पहर दोपहर

पहर दोपहर

असग़र वजाहत

वाणी प्रकाशन

वाणी प्रकाशन

'लोगो' वाणी प्रकाशन : मक़बूल फ़िदा हुसेन

वाणी प्रकाशन, 4695, 21-ए, दरियागंज, नयी दिल्ली-110002
वाणी प्रकाशन, अशोक राजपथ (पटना कॉलेज के सामने), पटना (बिहार)

PAHAR DOPAHAR

by Asghar Wajahat

Novel

ISBN : 978-93-5000-493-7

प्रथम संस्करण 2011

मूल्य : 375/-

वाणी प्रकाशन

फोन : 0091#11#23273167, फोन व फैक्स 23275710
वेबसाइट : www.vaniprakashan.in
ई-मेल : vaniprakashan@gmail.com

आर.टेक ऑफसेट द्वारा दिल्ली-110095 में मुद्रित

1

वे दिन ऐसे तो न थे लेकिन याद आते हैं। न तो उन दिनों कुछ ऐसा हुआ जो बहुत खास कहा जा सके और न कुछ ऐसा घटा जो बिलकुल नया, चमत्कारी या विस्मयकारी हो या कहा जाये कि जीवन अपनी परतें खोल रहा था। दरअसल वे आवारगी के दिन भी नहीं थे क्योंकि उन दिनों मैं अपनी क़िस्मत आज़मा रहा था। लेकिन इस वजह से वे संघर्ष के दिन भी नहीं कहे जा सकते। उन दिनों चूँकि जेब में पैसे भी रहते थे और रोज़ रात शराब और कबाब का इन्तज़ाम हो जाता था। इसलिए वे संकट या गर्दिश के दिन भी नहीं कहे जायेंगे। उन दिनों छोटी-मोटी पेट की तकलीफ़ों जैसे पेचिश और बवासीर आदि को छोड़कर कोई दूसरी तकलीफ भी न थी। इसका यह मतलब भी नहीं है कि मैं निश्चिन्त था और मौज-मस्ती में गुजर रही थी। मौज-मस्ती में न था इसका सबसे बड़ा प्रमाण यह था कि मेरी शादी हो चुकी थी और नून, तेल, लकड़ी का भाव पता चल चुका था। भाव ऊँचा था, तनख़्वाह कम थी। हाथ खुला हुआ था और आमदनी चौदहवीं के चाँद वाली थी—यानी महीने में एक बार ही पैसे के दर्शन होते थे। ज्यादा पैसा पैदा करने का कोई अच्छा रास्ता न नज़र आता था। क्योंकि बदनसीबी से इतना पढ़ गया था कि नौकरी मिल गयी थी, इसलिए हाथ-पैर कट चुके थे। अधिक पैसे का जुगाड़ करने के लिए मेरे जैसे आदमी के लिए एक ही रास्ता था—लेखन, अनुवाद या पत्रकारिता। लेखन में कितना पैसा है यह सभी जानते हैं इसलिए उसमें भी गुज़र न होता था। इस नाज़ुक मौक़े पर दोस्तों की सलाह

काम आयी। कुछ दोस्तों ने कहा कि तुम फिल्मों में जाकर कुछ पैसा क्यों नहीं पीटते। मैं चक्कर में पड़ गया।

राय तो अच्छी थी लेकिन कैसे, कब, कहाँ, किस तरह आदि सवाल टेढ़े थे। लेकिन सम्भावनाएँ ज़रूर थीं एक नहीं अनगिनत, सैकड़ों, हज़ारों, करोड़ों, खरबों।

अब सवाल ये था कि महानगरी मुम्बई का रुख़ किया जाये तो कुछ बात बनेगी या नहीं? इससे पहले कुछ फिल्मीनुमा लेखन कर चुका था और उम्मीद थी कि अगर पत्थर से सिर टकराया जाये तो खून नहीं बल्कि मुद्रा निकलेगी। बहरहाल खतरा तो उठाना ही था कुछ पैसे का इन्तज़ाम भी हो गया था। पत्नी की भी पक्की राय थी कि मुझे कुछ 'संघर्ष' करना चाहिए क्योंकि घर की गाड़ी रेंग रही थी और हम दोनों उसे दौड़ाना चाहते थे। मुम्बई एक-दो बार गया था लेकिन सुना था कि मुम्बई बहुत निर्मम बस्ती है। मुम्बई उसी की है जिसके पास पैसा है। मेरे पास पैसा न था, मैं तो पैसे कमाने जा रहा था। क्या होगा? कहीं रवि प्रकाश वाला अनुभव हुआ तो क्या होगा? रवि प्रकाश नेशनल स्कूल ऑफ ड्रामा में पढ़कर मुम्बई चला गया था। संघर्ष के दौरान यह नौबत आ गयी थी कि वी.टी. स्टेशन पर सो जाया करता था। उसके बराबर ही झाँसी से आया एक और लड़का विजेन्द्र सोता था। चूँकि दोनों फिल्मों में रोल पाने के लिए संघर्ष कर रहे थे इसलिए दोस्ती हो गयी थी। अक्सर दोनों को भूखा सोना पड़ता था। दोनों को बीमारियों ने जकड़ लिया था। लेकिन रात में दोनों को सुनहरे ख्वाब आते थे। कभी वे अपने को अमिताभ बना पाते तो कभी शाहरुख और कभी आमिर की शक्ल में सपने आते थे। इसी उधेड़बुन, बेकारी, भूख और बीमारी के हालात में एक सुबह जब रवि प्रकाश उठा या सफाई करने वालों ने उठाया तो विजेन्द्र को नहीं पाया। वह संसार से ही उठ गया था। यह देखकर रवि इतना घबरा गया कि बेटिकट ट्रेन में बैठकर

दिल्ली आ गया था। मुम्बई में रहने का मसला तो जालिब के साथ सुलझ सकता है। वह मुम्बई में बरसों से रह रहा है। उसके पास एक पुरानी इमारत के फ्लैट किराये पर था। किसी बिल्डर ने पुरानी इमारत खरीदी थी और जालिब को फ्लैट छोड़ने की एवज़ में उसे नया फ्लैट मुफ्त मिला था।

जालिब और मैं जब साथ पढ़ा करते थे तो उसने अपने खानदान वग़ैरा के बारे में मुझे काफी तफसील से बताया था। उसके वालिद हश्मतयारजंग निज़ाम हैदराबाद की सरकार में मन्त्री थे। उन्हें लम्बी-चौड़ी जागीर भी मिली हुई थी। हश्मतयारजंग की ज़िन्दगी भी दिलचस्प थी। वे खानदानी रईस न थे। उनका ताल्लुक़ उत्तर प्रदेश के एक छोटे से शहर फतेहपुर के एक कस्बे हस्वा से था। हस्वे के एक ग़रीब शिया परिवार में वे पैदा हुए थे। उनके वालिद मौलवी थे और गाँव के बच्चों को क़ुरान शरीफ और अरबी वग़ैरा पढ़ाया करते थे। हश्मतयारजंग पढ़ने में बहुत तेज थे। गांव में जितना सीखा जा सकता था उसे पढ़ने के बाद उनके वालिद ने उन्हें अपने बड़े भाई के पास लखनऊ भेज दिया था। लखनऊ में हश्मतयारजंग को ऐसे मौक़े मिले कि वे तरक़्क़ी की सीढ़ियों पर छलाँगें लगाते कहाँ से कहाँ जा पहुँचे। पहले उन्हें 'पैसा' अख़बार में मुंशीगिरी मिली। उसके बाद उन्होंने खुद अपना अख़बार 'अवध रोज़नामचा' निकाला और उर्दू के पत्रकारों की दुनिया में हलचल मचा दी। उनकी ज़ुबान और बयान की ताक़त से रामपुर के नवाब इतने प्रभावित हुए कि उन्हें रामपुर बुलाकर जजी का ओहदा दे दिया। जजी से छलाँगें लगाते हुए हश्मतयारजंग लगातार आगे बढ़ते रहे और नवाब की सरकार में पुलिस के अफसरे आला बन गये। उस ज़माने में दीवान हबीबुल्ला रियासत के दीवान थे। दीवानी उनके खानदान में तीन पीढ़ियों से चली आ रही थी। उन्हें लगा कि हश्मतयारजंग अगर रामपुर में और रुकते हैं तो दीवानी

पर काबिज़ हो जायेंगे। हश्मतयारजंग की तरक्कियों की वजहें एक नहीं दसियों थीं। इन्तज़ामी मामलात को अच्छी तरह समझते थे। अपने अमले को खुश रखते थे। ताल्लुक़ात का दायरा बड़ा लम्बा-चौड़ा था।

लोगों के दिलों तक पहुँच जाने में माहिर थे। ईमानदार और मेहनती भी। हाज़िर जवाब ऐसे थे मुश्किल से मुश्किल मंज़िल पार कर जाते थे। एक बार सर्दियों के दिनों में नवाब रात के वक़्त खुली छत पर दरबार कर रहे थे। नवाब ने कुश्ते इस क़दर खा लिए थे कि जाड़ों की सर्द रात में खुली छत पर महीन कुर्ता पहनकर बैठते थे और तरबूज का शरबत पीते थे। एक बार इसी किस्म के दरबार में नवाब ने तरबूज़ के शरबत का गिलास हश्मतयारजंग की तरफ बढ़ाया और कहा, लो इसे पी जाओ।

अगर हश्मतयारजंग शरबत पी लेते तो निमोनिया ज़रूर हो जाता, न पीते तो नवाब का इताब नाज़िल होता। कहने लगे—'सरकार कैसे पियूँ? अपना जनाज़ा उठते देख रहा हूँ। बाल-बच्चों को रोता-बिलखता देख रहा हूँ, अपनी कब्र आप खुदते देख रहा हूँ।' नवाब को ये सुनकर हँसी आ गयी और समझ गये कि हश्मतयारजंग क्या कह रहे हैं। उसके बाद नवाब ने अपना गिलास अपनी फौज के कर्नल फतेह खाँ की तरफ बढ़ाया और कहा कि लो खान पियो। खान गटागट पी गये। रात भर दरबार होता रहा।

सुबह खान को बुख़ार आया और तीसरे दिन गुज़र गये। रामपुर रियासत के दीवान हबीबुल्ला ने ये देखा कि अब हश्मतयारजंग नवाब की नाक का बाल बनते जा रहे हैं जो कुछ ऐसा जोड़-तोड़ लगाया कि हश्मतयारजंग को नियाज़ हैदराबाद के यहाँ से नौकरी की पेशकश हुई। कहाँ रामपुर के नवाब और कहाँ हैदराबाद के 'हिज़ एक्ज़ाल्टेड' ज़ाहिर है दोनों में हर लिहाज़ से ज़मीन-आसमान का फ़र्क़ था। हैदराबाद में उन्हें दस हज़ार रुपये महीने तनख़्वाह मिलती, तोशे खाने से एक-एक चीज़ मुफ्त हासिल होती। जागीर

की आमदनी अलग होती। हश्मतयारजंग हैदराबाद चल दिए और दरअसल हश्मतयारजंग वहीं बने।

जालिब अक्सर रात के खाने के बाद हॉस्टल के लॉन में बैठकर मुझे अपने वालिद साहब के किस्से सुनाया करता था। ये उसी की बतायी बातें हैं जो आधी-अधूरी मुझे याद है। बताता था निज़ाम मोहर्रम में मजलिसें करते थे। एक बार मजलिस होने जा रही थी, वक़्त हो गया था लेकिन शुरू नहीं हो रही थी। किसी ने पूछा क्या बात है मजलिस शुरू क्यों नहीं हो रही। हश्मतयारजंग ने कहा कि 'दीवाना' नहीं आया। मतलब ये था कि निज़ाम अभी नहीं आये। ख़ैर मजलिस के बाद निज़ाम के कान भरने वालों ने निज़ाम से कहा कि हुजूर के दुश्मनों को हश्मतयारजंग दीवाना कहते हैं। निज़ाम को बड़ा गुस्सा आया। हश्मतयारजंग बुलाये गये, गवाह भी मौजूद थे जिन्होने अपने कानों से हश्मतयारजंग को 'दीवाना नहीं आया' कहते सुना था। निज़ाम ने पूछा हश्मत तुमने हमें दीवाना कहा। इन्होंने जवाब दिया—बन्दापरवर बताने वालों ने आपको आधी बात बतायी, ये नहीं बताया कि मैंने आपको किसका दीवाना कहा था।

निज़ाम ने पूछा—किसका दीवाना कहा था। तो हश्मतयारजंग ने कहा—हुजूर मैंने सरकार को अली का दीवाना कहा था। ये सुनना था कि निज़ाम खुशी से उछल पड़े और हश्मतयारजंग को गले से लगा लिया। शिकायत करने और कान भरने वाले लोगों से कहा तुम लोग हश्मत की बातें नहीं समझ सकते। हमारे दरबार में वही है जो हमारे दिल का हाल जानता है।

जालिब ने ही बताया था कि निज़ाम छोटे कद और सॉवले रंग के दुबले-पतले आदमी थे। उनकी शख्सियत में कुछ खास न था। हाँ आँखें ऐसी थीं कि बड़ा से बड़ा आदमी उनकी आँखें की ताब न

ला सकता था। सब उनके सामने निगाहें नीचे रख कर बात करते थे। उनकी आँख से आँख मिलाना सबसे बड़ा जुर्म था। निज़ाम कंजूस भी ग़ज़ब के थे। चारमीनार सिगरेट पिया करते थे। उनसे मिलने जब कोई बड़ा आदमी आता था तो चुपके से उसके सिगरेट केस से कीमती सिगरेटें निकाल लिया करते थे। उन्हे दौलत की बेतहाशा हवस थी। अनगिनत पैसा और अथाह दौलत होने के बावजूद वो एक-एक पैसे को दाँत से पकड़ते थे। इस सिलसिले में जालिब एक दिलचस्प किस्सा सुनाया करता था। एक बार ये हुआ कि हैदराबाद रियासत के किसी दूरदराज़ इलाके में किसी जवान आदमी को जज ने फाँसी की सज़ा सुना दी। उस आदमी की माँ रोती-पीटती हैदराबाद आयी। निज़ाम फाँसी की सज़ा माफ कर सकते थे लेकिन रात हो गयी थी। निज़ाम अपने कमरे में सोने चले गये थे। अगले दिन सुबह फाँसी होनी थी। अब किसी में हिम्मत न थी कि निज़ाम को सोते से जगा दे। उस औरत से सबने कहा कि तेरे बेटे को अगर कोई जिन्दगी दे सकता है तो वो हश्मतयारजंग ही है, तू उसके पास जा। औरत का रोना-पीटना, बैन करना देखकर हश्मतयारजंग का दिल पसीज गया। वे सीधे निज़ाम के कमरे में गये। वो सो रहे थे। हश्मतयारजंग ने चाबियों का बड़ा-सा गुच्छा फर्श पर गिरा दिया। छन की जोरदार आवाज़ आयी।

निज़ाम उठ बैठे और बोले–पैसा...पैसा...उसके बाद हश्मतयारजंग को देखकर पूछा–हश्मत तुमने पैसे की आवाज़ सुनी। इन्होंने कहा–बन्दा तो हुज़ूर के करीब जब तक रहता है पैसे की झनकार सुनाई देती रहती है। ये सुनकर निज़ाम हँस दिये। इन्होंने कहा हुज़ूर इस काग़ज पर दस्तख़त फरमा दें एक मासूम की ज़िन्दगी का सवाल है। निज़ाम ने फौरन दस्तख़त कर दिये। उनके दस्तख़त भी दिलचस्प होते थे एक सीधी लाइन खींचकर उनके ऊपर नुक्ता लगा देते थे।

एक बार कोई बड़ा अंग्रेज़ अफसर और उसकी बीवी निज़ाम के मेहमान होकर आये। अंग्रेज़ की बीवी निज़ाम को बहुत पसन्द आ गयी लेकिन ज़ाहिर था कि उसकी मर्ज़ी के बग़ैर कुछ न हो सकता था। निज़ाम ने ये ज़िम्मेदारी हश्मतयारजंग को सौंपी। उन्होंने कहा कि बन्दा पूरी कोशिश करेगा और हुज़ूर के इक़बाल से कामयाबी हासिल होगी। अगले दिन नाश्ते की मेज़ पर अंग्रेज़ अफसर की बीवी ने अपना नैपकिन जो खोला तो उसमें से हीरे की एक ऐसी नायाब अँगूठी निकली जैसी उसने ज़िन्दगी में कभी देखी तक न थी। उसने चुपचाप अँगूठी रख ली। दूसरे दिन फिर उसे नैपकिन से हीरों से जड़ा 'हेयर क्लिप' मिला वह भी उसने रख लिया। यही चार-पाँच दिन होता रहा। उसके बाद अंग्रेज़ अफसर को शिकार पर ले जाने का प्रोग्राम बना। निज़ाम ने पहले से ही माफी माँग ली थी कि वो न जा सकेंगे। साहब और मेम साहब जाने को तैयार थे लेकिन ऐन मौक़े पर मेम साहब के सिर में दर्द होने लगा। उन्होंने शिकार पर जाने से मना कर दिया। साहब चले गये। मेम साहब के सिर में 'दर्द' निज़ाम के हीरे जवाहरात ने किया था। इस तरह निज़ाम की मुराद पूरी हो गयी। अंग्रेज़ अफ़सर ने भी अच्छा शिकार कर लिया था।

निज़ाम के पास कोहिनूर हीरे के बाद दुनिया का सबसे बड़ा 'जैकब' हीरा था। निजाम ने एक बार खुश होकर हश्मतयारजंग को जैकब हीरा दिखाया था।

मैं और जालिब हॉस्टल में पास ही पास रहते थे। मेरा कमरा नम्बर तीस और उसका पैंतीस। शामें हम लोग साथ-साथ गुज़ारते थे और आमतौर पर रात के खाने के बाद चाँदनी रातों में टहलते थे या लॉन में बैठकर गप्प मारते थे। इन गप्पों के दौरान उसने बहुत कुछ सुनाया था। निज़ाम के लड़कों की अय्याशी के किस्से वह बड़े मज़े ले-लेकर सुनाया करता था। उसने भी ज़ाहिर है किस्से सुने ही

होंगे क्योंकि वह मेरा हमउम्र है और आज़ादी मिलने के वक़्त मेरी तरह आठ-दस साल का ही रहा होगा।

निज़ाम के बेटों में एक का किस्सा, मुझे उसका नाम तो याद नहीं रहा, बड़े मज़े का था। वो अपने महल के स्वीमिंग पूल में निर्वस्त्र औरतों का जश्न आयोजित करता था। उसी जश्न में ड्राप सीन ये हुआ करता था। एक बहुत ही खूबसूरत लड़की को एक मोटे-ताजे हब्शी के साथ सम्भोग कराया जाता था।

हब्शी जब सम्भोग के अन्तिम क्षणों में होता था तो उसे दो पहलवान जबरदस्ती लड़की के ऊपर से खींचकर स्वीमिंग पूल में फेंक देते थे। इस तरह के दृश्य देखकर निज़ाम के उस लड़के को बड़ा मज़ा आता था।

निज़ाम के जमाने की शाही ज़िन्दगी, अदब-आदाब, रख-रखाव, तहज़ीब और नज़ाकत का जिक्र भी वो बहुत तफसील से किया करता था। अपने वालिद की लायब्रेरी उसे याद थी जिसमें ऊँट की खाल पर सोने के पानी से लिखा क़ुरान शारीफ का एक नायाब नुस्खा था। इसके अलावा सैकड़ों बेशकीमती किताबें थीं। वह बताता था कि निज़ाम को ज़िन्दगी में सबसे ज़्यादा गुस्सा उस वक़्त आया था जब मोहम्मद अली जिन्ना उनसे मिलने आये थे। ये वो ज़माना था जब पाकिस्तान का बनना तय हो चुका था। यह भी तय था कि अंग्रेज़ हिन्दोस्तानी रियासतों को भी आज़ाद कर देंगे। निज़ाम ये चाहते थे कि हैदराबाद को एक आज़ाद मुल्क का दर्जा मिल जा़ये। जिन्ना उनसे मिलने आये और निज़ाम के सामने पैर पर पैर रखकर बैठे और सिगार पीने लगे। जिन्ना की इस बदतमीज़ी को निज़ाम बर्दाश्त नहीं कर सके और गरजने लगे। पूरे महल में उनकी आवाज़ गूँजने लगी उन्होंने जिन्ना को खड़े-खड़े निकल जाने का हुक्म दिया। जिन्ना ने उनसे कहा कि मैं दुनिया का अकेला आदमी हूँ जो इस वक़्त आपको बचा सकता है। आप मेरी बात मानिये लेकिन निज़ाम किसी तरह उसकी बात सुनने को

तैयार न थे। जिन्ना बाहर निकल आये। निज़ाम के प्राइम मिनिस्ट क़ासिम रिज़वी जिन्ना के ही आदमी थे। क़ासिम रिज़वी ने जिन्ना के कहने पर निज़ाम के महल के चारों तरफ पहरा बैठा दिया और हैदराबाद की आज़ादी और खुद मुख्तारी का एलान कर दिया। वे सब लोग पकड़े जाने लगे जिनके बारे में शक था कि कांग्रेस पार्टी से हमदर्दी रखते हैं और ये चाहते हैं कि हैदराबाद हिन्दोस्तान में शामिल हो जाये। इस फेहरिस्त में नवाब हश्मतयारजंग का नाम भी था। उनके महल पर भी क़ासिम रिजवी ने रजाकार तैनात करा दिये थे और कहा था कि हश्मतयारजंग चूँकि जवाहरलाल नेहरू के ज़रिये हैदराबाद को हिन्दोस्तान में शामिल किये जाने की साजिश कर रहे थे इसलिए उन्हें चौराहे पर फाँसी दे दी जायेगी। इसी हंगामे के दौरान हिन्दोस्तानी फौज ने चालीस जगहों से हैदराबाद की तरफ हमला किया था। ज़ाहिर है कि हिन्दोस्तानी फौज के सामने रजाकार धूल की तरह उड़ गये थे। क़ासिम रिज़वी पाकिस्तान भाग गये और हिन्दोस्तानी फौज ने निज़ाम को आज़ाद कराया था।

आज़ादी के कुछ ही साल बाद नवाब हश्मतयारजंग का इंतिकाल हो गया था। जब वे मरे तो जालिब सोलह साल का था। वही सबसे बड़ा लड़का था। दो छोटे भाई थे। रईसों के बेटों की तरह जालिब की आदतें बहुत बिगड़ी हुई थीं। जब वह आठवीं में पढ़ता था तब ही उसके पास 'आस्टिन' गाड़ी और रखैल थी। आवारा लोगों की एक फौज उसके साथ रहती थी। चूँकि सबसे बड़ा बेटा था और माँ उसे बेतहाशा चाहती थी। इसलिए जितना बिगड़ना सम्भव हो सकता है उतना वह बिगड़ चुका था। कुछ सालों बाद उसके परिवार की हालत बिगड़ते-बिगड़ते इतनी बिगड़ गयी कि खाने तक के लाले पड़ गये। तब उसके किसी दूर के रिश्तेदार ने उसे बम्बई बुला लिया था। जालिब को एक फर्म में अच्छी-खासी

नौकरी मिल गयी थी और बांद्रा वाला फ्लैट किराये पर ले लिया था। लेकिन जालिब को फिल्मों की ललक थी। दूसरी ललक यह थी कि वह ग्रेजुएट हो जाये। नौकरी छोड़कर वह पढ़ने आया था। पढ़ाई खत्म करने के बाद जालिब जब बम्बई वापस आया तो फिल्मों में चला गया। एक विख्यात 'डॉक्यूमेंट्री' बनाने वाले के साथ काम करने लगा। लेकिन वहाँ बात जमीं नहीं क्योंकि निर्देशक शराब इतनी पीने लगे थे कि उन्हे काम मिलना करीब-करीब बन्द हो चुका था। वहाँ से जालिब निकल भागा और एम.ए. कर डालने की ठान ली। एम.ए. करने के दिनों में उसका झुकाव मार्क्सवाद की ओर हो गया था। जिसकी अन्तिम परिणति उसके नक्सलवादी होने में हुई। मुझे उसका वह दौर भी याद है जब वह नक्सलवादी था। समुद्र के किनारे दौड़ता था कि वर्ग संघर्ष के दौरान सशस्त्र संघर्ष के लिए ताक़त आ सके। इन दिनों वह नक्सली दोस्तों से लगभग चौबीस घण्टे बहस मुबाहिसे करता रहता था और 'लाल किताब' हमेशा अपने बैग में रखता था। इन दिनों उसने अपनी एक बुराई यानी शराब से छुट्टी पा ली थी लेकिन दूसरी यानी 'औरतबाजी' बरक़रार थी। फिल्मों से उसका मोहभंग हो गया था और उसने एक पब्लिक स्कूल में नौकरी कर ली थी।

सैकड़ों और हज़ारों लड़कियों, औरतों, वेश्याओं, रखैलों और नौकरानियों के साथ 'सफलता' प्राप्त करने वाला जालिब एक मराठी लड़की के चंगुल में फँस गया था और नतीजतन शादी हो गयी थी। यह लड़की ईसाई थी और बम्बई के एक अस्पताल में नर्स थी। शादी से पहले वह मुसलमान हो गयी थी लेकिन हर इतवार को चर्च जाती थी। उसकी शादी उन्हीं दिनों हो गयी थी जब वह शुरू-शुरू में बम्बई आया था। उसकी पत्नी ने ही उसे पढ़ाई पूरे कर डालने के लिए न केवल उत्साहित किया था बल्कि उसकी अनुपस्थिति में पूरा घर चलाती थी और उसे पढ़ाई के लिए पैसा भेजती थी।

उसकी पत्नी नीना जिसका नाम बदलकर नीलोफर रखा गया था, एक मेहनती और ईमानदार औरत थी। सीधी इतनी थी कि जालिब की सारी हरकतों से वाक़िफ़ होने के बावजूद नाराज़ नहीं होती थी। जब जालिब पढ़ रहा था तो बच्चों को पढ़ाने-लिखाने का पूरा बोझ भी नीना पर ही था।

जालिब के नक्सलवादी दिनों में जब वह चर्च के स्कूल में पढ़ाता था तो क्लासरूम के अन्दर अपने क्रान्तिकारी विचारों से बच्चों का मन बदलने का अथक प्रयास करता रहता था। बच्चे उसके विचार अपने माता-पिता तक पहुँचाते थे और माता-पिता चर्च के पादरी से कहते थे कि यह नया अध्यापक कैसा है जो चर्च के स्कूल में ईश्वर, धर्म और चर्च के विरोध में आग उगलता रहता है। पादरी बहुत दिनों से जालिब को निकाल देने के चक्कर में था लेकिन उसे मौक़ा आपातकाल के दिनों में मिला। एक दिन सुबह चर्च में होने वाली 'प्रेयर' के बाद पादरी ने कहा कि हमारे बीच एक नास्तिक है जो भगवान को नहीं मानता, धर्म को नहीं मानता और हमेशा ग़लत-सलत बातें करता रहता है। उसे क्या यह नहीं मालूम कि यह चर्च का स्कूल है और यहाँ ऐसे विचार नहीं बर्दाश्त किये जा सकते। इसलिए मैं उस आदमी से अनुरोध करता हूँ कि वह यहाँ से हमेशा के लिए चला जाये। जालिब हमेशा 'प्रेयर' के समय सबसे पीछे खड़ा हुआ करता था। सब समझ गये कि पादरी का इशारा जालिब की तरफ है। जालिब ने अपना थैला उठाया और स्कूल के बाहर आ गया।

जालिब ने घर आकर पत्नी को बताया। पत्नी चूँकि अस्पताल में नर्स का काम करती थी और एक अच्छी बँधी हुई आमदनी थी इसलिए कोई बहुत परेशानी नहीं हुई। अब जालिब ने फिल्मों की तरफ रुख़ किया। इसी दौरान पेरिस से फिल्म बनाने का डिप्लोमा प्राप्त एक युवक को फिल्म वित्त निगम ने एक फीचर फिल्म बनाने के लिए 'लोन' दिया था। वह जालिब का दोस्त था। उसने जालिब

को अपनी फिल्म में संवाद लिखने का काम दे दिया। फिल्म बनी और सफल हो गयी। निर्देशक रतनसेन जम गया। उसे दूसरी फिल्म के लिए पैसा मिला। उसके संवाद भी जालिब ने लिखे। वह भी अच्छी चली। जालिब को पैसा भी मिला। अब वह पूरी तरह फिल्मी लेखक बन गया।

मेरे बम्बई पहुँचने के ज़माने में जालिब फिल्मी लेखक के रूप में एक जमा हुआ नाम था। रतनसेन से उसकी दोस्ती बरक़रार थी और उसकी हर नयी फिल्म जालिब ही कर रहा था। जावेद जालिब का पूरा नाम नवाब सैयद जावेद जंग था लेकिन शुरू-शुरू में तख़ल्लुस जावेद किया करता था। उसके बाद बम्बई आने के बाद जालिब, जावेद के पीछे जुड़ गया और धाँसू किस्म का नाम बन गया—जावेद जालिब।

जालिब देखने में कोई बहुत गोरा-चिट्टा या बहुत सुन्दर नहीं था। रंग काफी गहरा था यानी उसे काला तक कह सकते हैं। नाक-नक़्शा ठीक-ठाक ही कहा जायेगा। कद औसत था, जिस्म दुबला-पतला था, हाथ-पैर सूखे-सूखे थे, आँखों पर चश्मा रहता था। हाँ बाल ज़रूर शायराना किस्म के रखता था। लम्बे, काले और सूखे। फिल्मों में आने के बाद उसने फिल्मी कपड़े पहनने शुरू कर दिये थे यानी जीन्स और कुर्ता।

बम्बई सेन्ट्रल से जालिब को फोन किया तो वह घर पर ही था। बहुत तपाक से बोला—"हाँ यार, सीधे यहीं आ जाओ, तुम नये फ्लैट तो आ चुके हो न?"

"नहीं नये फ्लैट नहीं आया।" मैंने कहा।

"देखो पुराने फ्लैट तक आओ... सीधे चलते रहो... एक चौराहा आयेगा... दाहिने को हो जाना, करीब दो सौ क़दम चलोगे 'आम्रपाली' है—मेरी वाली बिल्डिंग, फ्लैट नम्बर सात...."

"ठीक है मैं आता हूँ।"

टेलीफोन बूथ से बाहर निकल आया। बम्बई मेरे लिए नया शहर नहीं है। कई बार आ चुका हूँ। यह शहर मुझे पसन्द भी है। यहाँ जो है कम-से-कम अपने देश के किसी शहर में नहीं है। शहर के अपने उसूल हैं। वह आदमी को अपने अनुसार ढाल लेता है। जबकि दूसरे शहरों में यह ताकत नहीं है। वहाँ कुछ न कुछ ऐसा 'निजी' बचा रहता जिस पर लोग गर्व कर लेते हैं लेकिन बम्बई में ऐसा नहीं होता।

एक बार कई साल पहले यहाँ आया था तो बम्बई सेन्ट्रल पर एक लाइन लगी देखी। लम्बी लाइन थी। पर न उस जगह से टिकट मिल रहे थे। न पेशाबखाना था और न दीगर कुछ ऐसी कि लाइन हो। यह देखने के लिए लाइन क्यों लगी है मैं आगे तक गया तो देखा कि एक खम्भे पर शीशा लगा हुआ है। लाइन में लोग उस तक आते हैं जेब से कंघा निकालते हैं कंघा करते हैं और हट जाते हैं, दूसरा आदमी आ जाता है। पहले तो यह देखकर हँसी आयी क्योंकि लाइन खासी लम्बी थी लेकिन बाद में बम्बई वालों की तारीफ में सिर झुकाना पड़ा। दिल्ली में यह असम्भव था। यहाँ या तो लाइन टूटती या शीशा टूटता। दोनों चीज़ें एक साथ नहीं रह सकतीं।

जालिब फ्लैट में इन्तज़ार कर रहा था। अन्दर जाते ही गले से लिपट गया। उसे गौर से देखा। मैं पिछली बार जब मिला था तो वह पहली फिल्म लिख रहा था। करीब चार साल पहले। तब और अब में फ़र्क़ था। सफलता के निशान चेहरे पर उभरते दिखाई दे रहे थे। कुछ सेहत भी पहले के मुक़ाबले अच्छी लग रही थी। नया फ्लैट भी साफ-सुथरा और पुराने वाले के मुक़ाबले ज़्यादा रौशन था।

"नीना कहाँ है?" मैंने पूछा। नीना का नाम बदल दिया गया था लेकिन मज़ेदार बात यह कि पूरे परिवार और मित्र-मण्डली में अब तक सब उन्हें नीना ही कहते थे।

"सो रही है, शाम की गयी सुबह ही आती है। पूरी रात की ड्यूटी...मैंने कहा अस्पताल का चक्कर छोड़ो बहुत कर लिया लेकिन मानती ही नहीं... मैं भी सोचता हूँ यार ज़रा दो-चार फिल्में और लिख लूँ तो कुछ भरोसा हो।

हम बैठकर बातचीत कर रहे थे। दोपहर का तीन बजा था। उसकी बैठक, जिसे बम्बई में हॉल कहते हैं, में एक कोने पर सोफा सेट पड़ा था और दूसरे कोने में बालकनी के पास फर्श पर बैठने का इन्तज़ाम था। यहीं किताबों की एक नीची और लम्बी अलमारी के पास जालिब बैठता था। मुझे यह अन्दाज़ा लगाते देर नहीं लगी कि उसके बैठने की जगह तय है। वहीं फोन रखा था दीवार पर 'कार्ल मार्क्स' का बड़ा-सा चित्र लगा था। उसके दूसरी तरफ 'चेग्वेरा' का एक शानदार पोस्टर था।

"तो तुम इस फ्लैट में अच्छी तरह जम गये।"

"हाँ यार यही समझ लो...घाटे का सौदा नहीं हुआ। 'बिल्डर' ने कहा जालिब साहब आप 'राइटर' हैं। मैं राइटरों की बहुत इज़्ज़त करता हूँ। पुरानी बिल्डिंग मैंने खरीद ली है। उस जगह कई माले की बिल्डिंग बनाना है आप मेरी नयी बिल्डिंग के नये फ्लैट में आ जाओ।".

"बहुत अच्छा रहा—शानदार।".

"यार मैं मर्ज़ी से बिल्डिंग न छोड़ता तो समन्दर में डूबा हुआ पाया जाता... ये 'बिल्डर' बड़े तूफानी लोग हैं माफिया और नेताओं का इन्हें पक्का 'सपोर्ट' हासिल है।"

कुछ देर बाद जालिब की लड़की शबनम चाय लेकर आ गयी।

"बेटी चचाजान को आदाब करो।" जालिब ने उससे कहा। उसने आदाब किया मैंने दुआ दी।

"अब टेन्थ में आ गयी है।"

"बहुत अच्छा, पढ़ाई में कैसी है?"

"बहुत अच्छी, जबकि अहमद कुछ ऐसे ही हैं ढीले-ढाले से।" वह हँसा—"लो चाय पियो।"

चाय एक ही कप थी मैंने कहा—"तुम?"

"यार मैं तुम्हारे आने की खुशी में 'ये' शुरू कर चुका हूँ जैसे हि तुम्हारा फोन आया मैने एक पेग बनाकर शुरू कर दिया था।" उसने किताबों के पीछे से गिलास निकालकर दिखाया।

"चाहो तो तुम भी लो और चाय छोड़ दो।"

"नहीं यार अभी तो चार भी नहीं बजे।" मैंने कहा।

"अच्छा तो तुम भी घड़ी देख कर पीने लगे हो।" वह ठहाका लगाकर हँसा।

"और तुम घड़ा रखकर पीने लगे हो।" हम दोनों ने ठहाका लगाया।

"याद है लतीफा।"

"हाँ-हाँ, क्यों नहीं। मजाज़ और जोश वाला।"

जब हम कॉलेज में साथ थे तो किसी ने मज़ाज़ और जोश का एक लतीफ़ा चला दिया था। जोश घड़ी सामने रखकर शराब पीते थे। पैंतालीस मिनट में एक 'पेग' ख़त्म करते थे। एक बार उन्होने 'मज़ाज़' से कहा—"मज़ाज़ तुम भी घड़ी सामने रखकर पिया करो।"

मजाज़ ने जवाब दिया—"जोश साहब मेरा बस चले तो मैं घड़ा रखकर पिया करूँ।"

हमारे ठहाकों से दूसरे कमरे में नीना उठ गयी थी। उन्होंने वहीं से आवाज़ दी—"क्या असग़र भाई आ गये हैं?"

"हाँ असग़र मियाँ आ गये हैं। तुम्हें याद कर रहे हैं।" जालिब ने भी बैठे- बैठे आवाज़ लगायी।

कुछ देर बाद नीना आयी। कुछ मोटी जरूर हो गयी थी लेकिन खुश लग रही थी। बोली—"अकेले क्यों आये हैं? भाभी और बच्चों को लाना था।"

अब मैं उससे क्या कहता कि देखो मैं तो फिल्मों में किस्मत आज़माने आया हूँ। भाभी और बच्चे आकर क्या करते। कुछ परेशानियाँ ही पैदा हो जातीं।

मैंने कहा—अगली बार उन्हें लाऊँगा।

दो-चार छुटपुट बातों के बाद नीना खाना पकाने में लग गयी। उन्हें सात बजे अस्पताल भी जाना होता था। इसलिए ज़्यादा बात करने का वक़्त नहीं था। मैं नहा-धो लिया और कपड़े वग़ैरा बदलकर जालिब के पास आ गया। उसने एक 'पेग' बना दिया। हमने बड़े एहतेमाम से 'टोस्ट' किया। पक्की दारू थी जो बम्बई के अड्डों पर मिलती है।

एक 'पेग' ख़त्म करते-करते हम काफी नज़दीक आ गये थे। मैंने कहा—"यार जालिब मैं बम्बई कुछ दिन रहने आया हूँ। बुरा मत मानना मैं जानता हूँ शहरों में फ्लैट छोटे होते हैं। तुम्हारे यहाँ रहना मुमकिन नहीं है। मतलब मैं यह नहीं चाहता कि तुम्हें किसी तरह की तकलीफ हो। तुम मेरे लिए कहीं एक कमरे का इन्तज़ाम करा दो। मेरे पास पैसे हैं। मैं..."

उसने मेरी बात काटकर लगभग मुझे डपट दिया—क्या बकवास कर रहे हो। तुम अगर यहाँ रहोगे तो मेरे पास, नहीं तो दिल्ली चले जाओ...वापस।

मैंने उसे काफी समझाने की कोशिश की लेकिन सब बेकार गया। कभी-कभी उसके सामन्ती संस्कार जाग जाते हैं। वे जाग गये थे। वह नवाब सैयद जावेद जंग बन गया था। बोला—नामुमकिन है तुम्हें यहीं रहना है। जब तक चाहो रहो। इधर-उधर की बात के बाद मैंने उसे अपना बम्बई आने का मकसद बताया। वह बोला—यार

यहाँ काम बहुत है। बहुत काम है, मुझे यक़ीन है कि यहाँ तुम्हें काम मिलेगा। सबसे बड़ी कमी तो यहाँ 'सब्जेक्ट्स' की है। वह बहुत नाटकीस ढ़ंग से बोला—'सब्जेक्ट्स' अगर तुम्हारे पास हैं तो बस समझो पौबारह है। हम दोनों मिलकर काम कर सकते हैं। ये अच्छा है कि तुम हिन्दी में लिख लेते हो। मैं तो अब तक उर्दू से ही काम चला रहा हूँ लेकिन अब उर्दू का ज़माना लद गया है।

'डायरेक्टर' 'स्क्रिप्ट' हिन्दी में माँगते हैं। मैं तुम्हें रतनसेन से लेकर बी.आर. चोपड़ा तक से मिलवा सकता हूँ। फिक्र मत करो, तुम्हारा फोन आने के बाद ही मैंने कई लोगों को फोन करके बता दिया है कि दिल्ली से मेरे बहुत प्यारे और बहुत पुराने दोस्त आ गये हैं और मैं चाहता हूँ उनसे कुछ लोगों को मिलवाऊँ। तो शाम कई लोग आ रहे हैं। सब फिल्म वाले। रतनसेन भी हैं और एक 'ग़ज़ब की चीज़' भी आ रही है। वह आँख मारकर मुस्कराया।

"हाँ उसके बग़ैर तुम्हारा काम कहाँ चलता है।"

"तुम तो जानते ही हो यार।"

"बक़ौल शायर

सँभाला होश तो मरने लगे हसीनों पर
हमें तो मौत ही आयी शबाब के बदले।" मैंने कहा।

वह हँसा। नीना किचन से बाहर आ गयी। एक-दो छुटपुट बातों के बाद वे चली गयीं। उनके जाते ही लोगों के आने का जैसे तांता बँध गया। सबसे पहले जसिया आया। जसिया ने दरवाजे पर खड़े ही खड़े हाथ जोड़े। फिर पास आकर जालिब के पैर छुए और मेरे सामने हाथ जोड़कर खड़ा हो गया।

"ये जसिया है, मेरा 'असिस्टेंट', मथुरा से आया है। बड़ा होनहार और अच्छा कलाकार है। इसे फिल्मों में 'फिट' करना है। बैठो जसिया बैठो।" जसिया ने बैठने से पहले अपनी टी शर्ट के अन्दर सामने की तरफ पैंट में हाथ डाला और एक बोतल इस तरह उसके हाथ में आ गयी जैसे करिश्मा हो गया हो।

"यह ले आया हूँ प्रभू।"

"ठीक है फ्रिज में रख दो और दो बोतल ठण्डी भी निकाल लेना।"

जसिया किचन में चला गया। उसके जालिब को 'प्रभू' कहने और फिर किचन में चले जाने से मुझे समझते देर नहीं लगी कि वह जालिब का प्रिय शिष्य है। जालिब को ऐसे चेले रखने का शौक कॉलेज के ज़माने से ही है। कॉलेज के दिनों में शेरो-शायरी में दिलचस्पी लेने वाले लड़के उसके चेले हुआ करते थे।

"आजकल मैं जसिया को ही 'डिक्टेंशन' देता हूँ।" वह बोला।

फिल्मों में 'असिस्टेंट' शब्द न हो तो सब काम रुक जाये। सबके 'असिस्टेंट' होते हैं। मज़ेदार बात यह है कि टेक्नीशियनों के 'असिस्टेंटों' को छोड़कर बाकी 'असिस्टेंट' आमतौर पर स्वयंसेवी किस्म के होते हैं।

यानी वे फिल्मों में अपना कैरियर बनाने आते हैं अपनी योग्यता और साधनों के अनुसार किसी जमे हुए आदमी के साथ चिपक जाते हैं। जमा हुआ आदमी भी जानता है कि वे उसके साथ क्यों चिपके हैं और वे भी जानते हैं। यह सिलसिला जब तक चलता है चलता है नहीं तो मज़े में ख़त्म हो जाता है। पिछले सालों जालिब के पास एक दूसरा 'असिस्टेंट' था। जसिया सूखा मरियल और बूढ़े भैंसे जैसा लगता था। पता नहीं उससे किसने कह दिया था कि फिल्मों में वह अभिनय कर सकता है। यहाँ आने से पहले वह स्थानीय रामलीला में विभिन्न पार्ट किया करता था। उसे देखकर यह लगता था कि अपने बारे में गलतफहमी की कोई सीमा नहीं हो सकती। उसकी पढ़ाई-लिखाई भी मामूली सी ही थी। उसके घर में दूध का कारोबार होता था और उसने बताया था कि कारोबार अच्छा है लेकिन उसे 'गोल्डन स्क्रीन' और इस 'महानगरी' से प्रेम हो गया था। पिछले छः साल से किस्मत आज़मा रहा था।

जसिया के आ जाने के बाद मानस आये। उसके बाद रतनसेन आये फिर मैनुअल आये और सबसे बाद में 'ग़ज़ब की चीज' यानी पिया आयी। उनके साथ एक साँवली सी लड़की भी थी जिसे सब देवी कहकर पुकार रहे थे।

उसे देखकर लगता था चरस के अत्याधिक सेवन ने उस पर बहुत भयानक असर डाले हैं। जो जो आया वह अपनी दारू अपने साथ लाया। कुछ देशी लाये, कुछ 'रम' लाये और कुछ 'ह्विस्की' लाये। मुझे समझते देर न लगी कि यह अपना बोझ अपने ऊपर उठाने वाली महफ़िल है। रात देर तक महफ़िल जमी रही। पीना-पिलाना चलता रहा। शुरू-शुरू बातचीत किसी नयी फिल्म के बारे में होती रही। उसके बाद पता नहीं कैसे राजनीति पर बहस होने लगी। मुझे यह जानकर हैरत हुई कि रतनसेन के विचार बड़े क्रान्तिकारी थे। उन्होंने मार्क्सवाद अच्छी तरह पढ़ा था और बातचीत करने का ढंग ऐसा था कि बहुत 'जेनुइन' किस्म के आदमी लगते थे। यह बात दूसरी थी कि वे हिन्दी बोलने में कुछ असुविधा महसूस करते थे और एक-आध वाक्य बोलकर सीधे अंग्रेज़ी पर आ जाते थे। लेकिन इसमें शक नहीं कि उनका व्यक्तित्व प्रभावशाली था। चेहरे पर हल्की-सी दाढ़ी, लम्बे बाल, गोरा रंग और छः फुट की काया पर काफी कलात्मक किस्म का कुर्ता-पाजामा, आँखों पर सुनहरे फ्रेम वाला चश्मा और उँगलियों में लगातार जलती सिगरेट—उसकी प्रत्येक भाव-भंगिमा काफी सच्ची मालूम होती थी। कुछ देर बाद बातचीत राजनीति से हटकर फिल्मों के ऊपर आ गयी। पुरानी फिल्मों की चर्चा होने लगी। फिर एन.एफ.डी.सी. पर बहस चल पड़ी। सब अपने-अपने अनुभव सुनाने लगे। पिया ने भी अंग्रेज़ी में अपनी राय दी। देवी लगातार सिगरेट में चरस भर-भर कर पी रही थी। लगता था वह उकताई हुई है और यहाँ किसी के बन्धन के तहत बैठी है। मैनुअल कुछ अलग किस्म का आदमी लगा। वह फिल्मों में नहीं था। किसी कॉलेज में

पढ़ता था। वह भी बातचीत में पूरा हिस्सा ले रहा था। मानस से कुछ सुनाने की फरमाइश की गयी। मानस ने हाल ही में जालिब की एक गज़ल को 'कम्पोज' किया था। वे हारमोनियम पर गाने लगे। यह सिलसिला फिर बातचीत से टूट गया। अबकी 'ऐड फिल्मों' की बातचीत शुरू हो गयी जो पता नहीं कैसे 'फिल्म डिवीजन' तक जा पहुँची। बारह बजते-बजते सब अपने-अपने हिसाब से 'सरशार' हो चुके थे। उसी वक़्त घण्टी बजी दरवाज़ा खुला और अधेड़ से एक आदमी अन्दर आ गये। उन्हें सबने देखा लेकिन किसी पर किसी तरह की कोई प्रतिक्रिया नहीं हुई। वे साहब एक किनारे बैठ गये। जालिब ने मुझसे कहा—"हैदर साहब से तो तुम मिल चुके हो न?"

"नहीं मैं नहीं मिला।"

"अरे तो मिलो...हैदर साहब फिल्मों के बड़े सीनियर हस्ती हैं आपका भी ताल्लुक हैदराबाद से है।"

हैदर साहब ने मेरे पास आकर हाथ मिलाया। वे देखने से बहुत ही सज्जन और सौम्य क़िस्म के आदमी लग रहे थे। बातचीत में उन्होंने करीब-करीब कोई हिस्सा नहीं लिया।

2

रात करीब एक बजे महफिल बरख़ास्त हो गयी थी। उसके बाद मैं, जालिब, हैदर साहब और जसिया कमरे के अलग-अलग कोने में गद्दों पर लेट गये थे। जसिया को जालिब ने रोक लिया था क्योंकि इतनी रात गये वह वहाँ नहीं जा सकता था जहाँ रहता था। नयी जगह मुझे नींद नहीं आती। इसलिए खूब पी लेने के बाद भी मैं अजीब तरह से सोया यानी आँखें बन्द रहीं पर जागता रहा। करीब पाँच बजे सुबह मेरी आँख खुली तो देखा हैदर साहब नहा-धोकर तैयार हो चुके हैं। उन्होंने नहाना- धोना इतनी आहिस्ता-आहिस्ता से किया था कि किसी को पता भी नहीं चला था। दीवान के नीचे अपना बक्सा खिसकाकर और जूतों पर कपड़ा फेरकर वे आहिस्ता से दरवाज़ा खोलकर बाहर निकल गये थे। उसके बाद जसिया उठा था और सीधा किचन में चला गया था। आवाज़ों से लग रहा था कि वह चाय बना रहा है। चाय कमरे में लाने के बाद ही उसने जालिब को जगाया। चाय पीने के बाद जसिया चला गया। मैं और जालिब रह गये। उस वक़्त तक नीना लौट चुकी थीं और दूसरे कमरे में सो रही थी। बच्चे तैयार होकर स्कूल जा चुके थे।

"ये सुबह तड़के हैदर साहब कहाँ चले गये।" मैंने जालिब से पूछा।

"उनका यही 'रूटीन' है सुबह छः बजे निकल जाते हैं पार्क में टहलते हैं फिर ऑफिस निकल जाते हैं।"

"हैदर साहब तुम्हारे ही साथ रहते हैं?"

"हाँ, करीब चार-पाँच साल से रह रहे हैं।"

"क्या करते हैं।"

"एक टांसपोर्ट कम्पनी में काम करते हैं।"

चाय पीने के बाद हाथ-मुँह धोकर जालिब ने अपने लिए एक पेग बना लिया था। मुझे देखकर हैरत हुई थी कि वह सुबह-सुबह दारू पी रहा है।

"ये क्या कर रहे हो यार... सुबह-सुबह?"

"प्यारे, इसी से तो रात का नशा टूटेगा... तुम भी चाहो तो एक छोटा-सा बना लो।"

"नहीं यार... मैं ठीक हूँ।"

जालिब शुरू करने के बाद रुका नहीं। एक 'पेग' के बाद उसने दूसरा और दूसरे के बाद तीसरा और चौथा बनाया। मुझे यह समझते देर नहीं लगी कि वह दिन भर पीता है और नशे में रहता है। कॉलेज के ज़माने में कभी-कभार हम शाम के वक़्त पिया करते थे। ये सुबह से रात तक पीने वाला सिलसिला उसने बाद में ही शुरू किया होगा। नाश्ते के बाद हम सिगरेट सुलगाकर आराम से बातचीत करने के इरादे से बैठ गये।

"अब बताओ यार रात में कैसा लगा।"

"अच्छे लोग हैं तुम्हारे दोस्त। रतनसेन से मैं काफी 'इम्प्रेस' हुआ। खासा पढ़ा-लिखा आदमी मालूम होता है।"

"रतनसेन हीरा आदमी है। पॉलिटिक्ल साइंस में एम.ए. है. ..उसके बाद पेरिस जाकर वहाँ से डिप्लोमा किया है। फिल्मी लोगों में तुम्हें उस जैसे पढ़े-लिखे कम ही मिलेंगे। इसके अलावा बड़ा हमदर्द दोस्त है। उसे जब पता चला कि मेरी नौकरी छूट गयी है तो उसने खुद ही फोन किया था और खुद ही ये 'ऑफर' दिया था कि मैं उसकी फिल्मों के लिए लिखूँ। तुम्हें हैरत होगी उसने 'फुल पेमेंट' मुझे एडवांस किया था। बीस हज़ार के नोट लेकर यहाँ आ गया था। ऐसे लोग फिल्मों में नहीं होते। यहाँ तो एक-एक पैसे के लिए जूता-लात होती है।

“अच्छा मानस क्या है भाई?” वही जो तुम्हारी ग़ज़ल गा रहे थे।

“मानस मनोजा, म्युज़िक डायरेक्टर हैं। उनके दो ट्रेड मार्क हैं। ‘रॉथमैन’ सिगरेट और टैक्सी।”

“क्या मतलब?”

“मतलब यह कि ‘रॉथमैन’ के अलावा कोई दूसरी सिगरेट नहीं पीते और टैक्सी या कार के अलावा किसी दूसरी सवारी में सफर नहीं करते। कभी-कभी हफ़्तों घर से नहीं निकल पाते क्योंकि टैक्सी में जाने लायक पैसे नहीं होते।”

“ये तो बड़ी अजीब बात है।”

“ये फिल्मी लटके हैं प्यारे...फिल्मी लटके...मानस यहीं पास में रहते हैं। मराठी फिल्मों में संगीत दिया करते थे। आजकल काम कुछ कम है लेकिन फिर भी चलता है लेकिन यार पीता बहुत है।”

“मतलब तुम कह रहे हो कि बहुत पीता है तो?”

हम दोनों हँसे—हाँ बहुत पीता है... मुझसे कहीं ज़्यादा...

“अच्छा अब ज़रा पिया का खुलासा करो। पहले तो समझाओ कि यह नाम क्या है? प्रिया तो होता है लेकिन पिया मैंने पहली बार सुना है।”

“हो सकता है पिया का असली नाम प्रिया ही हो लेकिन वह और दूसरे उसे पिया कहते हैं। उसका यही नाम चलता है। पिया मेरे बहुत अज़ीज़ दोस्त धर्मवीर की बीवी है।”

“कौन धर्मवीर जिसकी फिल्म ‘आस्था’ को नेशनल एवार्ड मिला था...वह तो मर चुका है न? अखबारों में तो उसके बारे में काफी आया था।”

“हाँ, वही धर्मवीर...यूनिट वाले प्यार से उसे धीरू साब कहते थे...बहुत शानदार आदमी था। उसकी कहानी बिल्कुल फिल्मों जैसी कहानी लगती है। दस साल पहले बम्बई आया था, पास एक कौड़ी नहीं थी, फुटपाथ पर सोता था। उसके बाद ‘ऐड

फिल्म्स' का सबसे बड़ा डायरेक्टर बना। 'इण्डिया ऐड' वाले उसे 'बोर्ड ऑफ डायरेक्टर्स' तक में रखने पर मजबूर हुए क्योंकि उसका जैसा पूरी 'इण्डस्ट्री' में कोई दूसरा न था। काम बिल्कुल भूत की तरह करता था। रात-दिन, सुबह-शाम का कुछ होश नहीं रहता था। एक यूनिट के साथ दिन में शूटिंग करता था तो दूसरी के साथ रात में। उसने पिया से शादी की थी। एक बच्ची भी है बिल्कुल बाप पर गयी है चार साल की है।"

"पिया उससे कहाँ टकरा गयी?"

"पिया तक पहुँचने का रास्ता थोड़ा है। पिया के बाप हिन्दुस्तानी और माँ अंग्रेज़ हैं। पिया पैदा लंदन में हुई थी। करीब दस साल वहीं रही। उसके बाद जैसे हर शादी के बाद होता है.वह टूट गयी। बाप लड़की को लेकर बड़ौदा आ गये। बड़ौदा आर्ट्स कॉलेज में पिया पढ़ रही थी कि 'एडवरटाइजिंग' वालों की नज़र उस पर पड़ी। उन्हें 'ऑफर' पर 'ऑफर' मिलने लगे। बाप की मर्जी के बग़ैर पिया बड़ौदा से बम्बई आ गयीं।"

"लड़की खूबसूरत है।"

"यही उसकी बदनसीबी है।"

"क्यों?"

"इतनी खूबसूरत न होती तो ये हाल न होता।"

"क्या मतलब?"

"तो सुनो यार पूरा किस्सा।" जालिब ने एक और पेग बनाते हुए कहा—'ऐड' वाले पिया को बम्बई ले आये। काम भी मिला लेकिन शर्तों पर... शर्तें क्या हो सकती हैं तुम जानते हो। उसके बाद पिया इस हाथ से उस हाथ और उस हाथ से उस हाथ चक्कर लगाती रही। किसी ने राय दी फिल्मों में क्यों नहीं जाती हो। क्योंकि 'ऐड' की दुनिया में 'मॉडलों' की ज़िन्दगी बहुत छोटी होती है। पिया फिल्म वालों से टकराने लगी। फिल्म वाले 'ऐड' वालों से ज्यादा शरीफ नहीं होते। कुछ दिनों में हुआ यह कि न तो वो 'ऐड'

की रह गयी और न फिल्मों में आ सकी। उन्नीस साल की पिया को लगने लगा कि उसकी ज़िन्दगी पूरी हो चुकी है। उन्हीं दिनों एक पार्टी में बहुत ड्रामाई तरीक़े से इनकी मुलाक़ात धीरू से हुई।

"ड्रामाई कैसे?"

"हुआ यह यार कि जल्दी ही फिल्म वालों और 'ऐड' वालों को ये पता चल गया कि लड़की उनके 'रहमोकरम' पर पड़ी हुई है। पिया की इज़्ज़त उतनी भी रही जितनी रण्डियों की होती है। उन्हीं दिनों एक पार्टी थी। मैं भी वहाँ था। एक बहुत बड़ी 'ऐड' एजेंसी के मैनेजिंग डायरेक्टर और पिया में सीन हो गया। सब पिये हुए थे। रात के दो बज रहे थे। उस पार्टी में धीरू भी था। मैनेजिंग डायरेक्टर ने सबके सामने यह एलान किया कि आज रात पिया उसके साथ जायेगी। साला बेवकूफ़ था। अगर पिया से चुपके से कहता तो वह मना न करती क्योंकि वह 'ऊँचा' आदमी था लेकिन उसके एलान करने और कुछ शराब का नशा पिया पर ऐसा असर हुआ कि उसने उसे डाँट दिया। एम.डी. ने सबके सामने पिया को इतना औल-फौल कहा कि वह रोने लगी लेकिन फिर भी वह एम. डी. के साथ जाने पर तैयार न थी।"

लेकिन एम.डी. ज़बरदस्ती उसे खींचने लगा। पूरी पार्टी में कोई एम.डी. से पंगा न लेना चाहता था क्योंकि उसके पास काम की कमी न थी। वह किसी को भी लाखों का काम दे सकता था। अपना यार धीरू भी नशे में था। उसने कहा कि पिया अगर नहीं जाना चाहती तो कोई नहीं ले जा सकता। हुआ यह कि उस रात पिया को धीरू उपने साथ ले गया। अगले दिन दोनों ने शादी कर ली। अब किसी की हिम्मत न थी जो पिया की तरफ आँख उठाकर देखता। लेकिन शादी के दो ही साल बाद पिया फिर पुराने ढर्रे पर चल निकली। पता नहीं क्या बात थी कि एक अच्छी इज़्ज़तदार और महफ़ूज़ ज़िन्दगी के बाद भी उसने धीरू के साथ धोखा शुरू किया। धीरू को यह सब पता चल गया और 'आस्था' की शूटिंग

के दौरान तो उसने पिया से कह दिया था कि वह सेट पर न आया करे।"

"लेकिन पिया ने ऐसा किया क्यों?"

"अब मैं क्या बताऊँ...बाद के दिनों में धीरू अलग रहने लगा था। पिया से सिर्फ बच्ची की वजह से मिला करता था।"

"अच्छा ये बताओ धीरू मरा कैसे?"

"जैसे यहाँ सब मरते हैं। सबसे पहली बात रात-दिन काम। अब रात-दिन काम क्यों? तो यार ये 'इण्डस्ट्री' है। 'शिट्स' होती है जितना ज़्यादा और जितनी जल्दी काम करोगे उतना पैसे मिलेगा। तो दिन-रात काम करने के लिए शराब का सहारा लिया जाता है। फिर उसकी आदत पड़ जाती है कि उसके बग़ैर रहा नहीं जा सकता...फिर सबसे पहले 'लीवर' बोल जाता है। धीरू को डॉक्टरों ने दो साल पहले मना कर दिया था। उसने छोड़ भी दी थी लेकिन पिया ने अपने जो नये चक्कर शुरू किये उससे उसका 'टेन्शन' बढ़ गया। शायद वह बर्दाश्त नहीं कर सका। दूसरी तरफ काम का 'प्रेशर'।"

"तो एक तरह से धीरू की मौत की ज़िम्मेदारी..."

"नहीं-नहीं, यार...ये मत कहो...देखो होने वाली होकर रहती है...पिया वैसे बहुत अच्छी लड़की है...अब ज़िन्दगी उससे बदला ले रही है।"

"क्या अब भी उसके चक्कर चलते हैं?"

"बिल्कुल नहीं...अब तो वह नौकरी ढूँढ़ रही है ताकि अपना और बच्ची का खर्च उठा सके...फ्लैट तो धीरू ने उसके लिए छोड़ा ही है।"

"चलो अच्छा है।"

"लेकिन यार अजीब लड़की है।"

"क्या मतलब?"

"यहाँ अक्सर आ जाती है। एक ज़माना तो ये था कि रोज़

ग्यारह बजे यहाँ आती थी। मुझसे उर्दू सीखने के लिए आती थी। फिर धीरे-धीरे ये होने लगा कि उर्दू तो पीछे हो गयी सिर्फ गप्प-शप्प होने लगी। एक दिन मुझसे बोली जालिब साहब आपके नाख़ून कितने बड़े हो गये हैं आप काटते क्यों नहीं। मैंने मज़ाक में कहा—मैं नहीं काटता तो तुम ही काट दो। मेरा ये कहना था कि अन्दर गयी, नेल कटर तौलिया, एक बड़े मग में गर्म पानी लेकर आ गयी और ज़बरदस्ती मेरे पैर तक के नाख़ून काट दिये। यार एक ज़माने में तो नीना को शक हो गया था कि शायद मेरा और पिया का चक्कर है। आजकल आना कम हो गया है लेकिन हफ़्ते में दो-चार बार आ जाती है।"

"अच्छा, अब एक नया 'चैप्टर' खोला जाए—ये देवी क्या चीज़ है?"

"तुमने 'जड़ें' देखी होगी?"

"नहीं देखी।"

"फिर' देखी होगी?"

"नहीं यार नहीं देखी... मैं फिल्में कम ही देख पाता हूँ।"

"इन दोनों फिल्मों में देवी का रोल है। 'शी इज वेरी गुड एक्ट्रेस'। इतनी 'टैलेण्टेड' है कि लोग इसे नयी स्मिता पाटिल कहा करते थे। लेकिन चरस-गाँजे ने उसे बर्बाद कर दिया। तुमने तो कल ही देखा होगा हड्डियाँ निकल आयी हैं और आँखों के चारों तरफ काले-काले गोले खिंच गये हैं।"

"तो अब क्या करती है?"

"कुछ नहीं।"

"क्या मतलब?"

"एक 'एडीटर'... मतलब 'फिल्म एडीटर' के साथ रहती है। वह भी इससे तंग आ गया है। लेकिन जानता है कि उसने अगर इसे छोड़ दिया तो सिर्फ फुटपाथ पर कुत्ते ही मंमोड़ खायेंगे।"

"पिया से उसके कैसे सम्बन्ध हैं?"

"पिया के दिमाग़ में भूत सवार हो गया है कि वह देवी को सुधार सकती है।"

"ओहो ये चक्कर है।"

"हाँ, और ये एक साल से चल रहा है। मैंने पिया से साफ कह दिया है कि देखो ये देवी सुधरे या न सुधरे कहीं ऐसा न हो कि तुम भी चरस पीने लगो।"

"यार एक बात समझ में नहीं आती ये लोग दूसरों को सुधारने के चक्कर में क्यों लगे रहते हैं।"

"बहुत पते की बात कही तुमने...यही नीना से कहना।" हम दोनों हँसे लेकिन मैंने कुछ गम्भीर होकर कहा—लेकिन तुम पीने बहुत लगे हो। ये सुबह से लेकर शाम तक वाला चक्कर ठीक नहीं है।"

"फिर वही दूसरों को सुधारने वाली बात।"

"नहीं यार मैं सीरियस हूँ।"

"भई बात दरअसल है कि पिछले तीन साल से कुछ बढ़ गयी है और एक दिन मैं छोड़ ही दूँगा।"

"उसके लिए तुम्हें अस्पताल जाना पड़ेगा।"

"अस्पताल।" उसने एक ठहाका लगाया।

मेरा इशारा वह समझ गया था। हुआ यह कि करीब पाँच साल पहले जालिब की बवासीर इतनी बढ़ गयी थी कि पाखाना करते वक़्त बाकायदा ख़ून की नदियाँ बह जाया करती थीं। तंग आकर वह ऑपरेशन के लिए तैयार हो गया था। जबकि ऑपरेशन से उसका डर बहुत पुराना था। पता नहीं ऑपरेशन को क्या समझता था। खैर तो बम्बई के एक अच्छे अस्पताल में भर्ती हुआ। ऑपरेशन के एक दिन पहले नाई आया उसने अच्छी तरह से आगे-पीछे क्लीन शेव किया। शाम को मिलने के लिए दोस्त आये। हिम्मत बढ़ाते रहे कि घबराओ नहीं कल निपट जाओगे। हमेशा के

लिए आराम हो जायेगा। ठाठ से शराब पीना वग़ैरा-वग़ैरा। जालिब ने भी अपने आपको मानसिक रूप से पूरी तरह तैयार कर लिया कि कल ऑपरेशन हो जायेगा लेकिन अगले दिन उसे बताया गया कि आज नहीं आपका ऑपरेशन कल होगा। फिर पता नहीं क्या हुआ जालिब ने अपना सारा सामान अस्पताल में छोड़ा और स्लीपिंग सूट में अस्पताल से भाग खड़ा हुआ। बाद में नीना जाकर सामान लेकर आयी। मज़ेदार बात ये कि ऑपरेशन की फीस वग़ैरा दी जा चुकी थी।

"नहीं-नहीं, अस्पताल जाने की नौबत नहीं आयेगी।" वह बोला और अगला... पता नहीं कौन-सा पेग बनाने लगा।

"अच्छा अब मैनुअल के बारे में बताकर छुट्टी करो... गिनती पूरी हो जायेगी। ये क्या है?" मैंने कहा।

"यार मैनुअल बड़ा प्यारा आदमी है। नक्सल है और मेरा उन दिनों का दोस्त है जब मैं आन्ध्र प्रदेश के जंगलों में जाने का फैसला कर चुका था। मैनुअल आजकल बम्बई के एक कॉलेज में 'हिस्ट्री' पढ़ाता है। अब किसी पार्टी में नहीं है। इमरजेंसी में उसके नाम वारेन्ट था। उससे पहले ही वह भाग गया था। बेचारा पूरे साल भर छुपता फिरा था। केरल का रहने वाला है। यहाँ बचपन से है। अपने आप पढ़ा है। बूढ़ी माँ और बहन को पैसे भेजता है। अँधेरी में रहता है। रोज शाम यहाँ चला आता है। अपनी दारू लाता है। पीता है। हँसता-बोलता है और ग्यारह पचपन वाली बस पकड़कर लोकल पकड़ता है। अँधेरी उतरकर वटाटा खाता है। दो गिलास पानी पीता है और कमरे में जा कर सो जाता है।"

3

बम्बई में मेरा एक बहुत पुराना और प्यारा दोस्त है। जब भी यहाँ आता हूँ उससे मिलने का वक़्त ज़रूर निकालता हूँ। पता नहीं वह मेरे बारे में क्या सोचता है क्योंकि इसके बारे में उससे कभी बात नहीं हुई है। न मैंने पूछा, न उसने बताया है। लेकिन कम-से-कम मैं उससे प्यार करता हूँ। घण्टों जब तक उसके पास बैठ नहीं लेता तब तक चैन नहीं मिलता। फिर ये बैठना कभी दिन में होता था, कभी रात में, कभी दोपहर के वक़्त। हर लम्हे उसका नया रंग होता है। हर क्षण उसकी रंगत बदलती है। हर बार उसकी पुरानी आवाज़ एक नयी आवाज़ लगती है और हर बार मेरे उसके बीच शब्दों के बिना बातचीत होती रहती है। मैं उसे ताकता रहता हूँ वह मुझे देखता रहता है। हम दोनों मुस्कराते हैं। जालिब के यहाँ रहते चार दिन हो गये थे। अपने प्यारे और पुराने दोस्त के पास जाने का मौक़ा नहीं मिल सका था।

वज़ह यह थी कि जालिब हर वक़्त कुछ न कुछ प्रोग्राम बनाता रहता था और उसके घर लगातार लोग आते रहते थे। वह चाहता था कि मैं सबसे मिलूँ। शाम सात बजे के बाद तो रौनक ही आ जाती थी।

इसमें कोई शक नहीं था कि जालिब बम्बई में बहुत लोगों को जानता था। इनमें ज़्यादातर फिल्म वाले थे—वे भी समान्तर सिनेमा या आर्ट फिल्म वाले। उसके फ्लैट के दरवाज़े सबके लिए खुले रहते थे।

संघर्षरत नये कलाकार, जमे हुए अभिनेता, निर्देशक और

पुरानी अवकाश प्राप्त फिल्मी हस्तियाँ—सब उसके यहाँ बराबर आते थे।

एक दिन उसने कहा—"प्यारे आज शाम सुल्ताना आ रही हैं।"

"सुल्ताना कौन?"

"यार तुम फिल्मों में लिखना चाहते हो लेकिन फिल्मों के बारे में तुम्हारी मालूमात बहुत कम है।"

"बहुत कम मत कहो—कहो बिल्कुल नहीं है।"

"हाँ, यही लगता है—यार सुल्ताना एक पुरानी हीरोइन हैं... परी चेहरा नसीम वग़ैरा के बाद सुल्ताना को ही मल्का-ए-हुस्न कहा जाता था। अपने ज़माने की 'टाप' हीरोइन थीं।"

"आजकल क्या करती हैं?"

"देखना या पूछना... उन्हें बातें करना पसन्द है।"

शाम सात बजे फ्लैट की घण्टी बजी एक आया-सी औरत हाथ में दो बड़े-बड़े थैले लिये दरवाज़े पर खड़ी थी। वह अन्दर आ गयी। मैं समझ नहीं पाया। कम-से-कम ये जवान मराठी औरत सुल्ताना तो नहीं हो सकती। यह औरत थैले लिये किचन में चली गयी। उसके बाद एक दुबली-पतली औरत फ्लैट में घुसी। यही सुल्ताना थी। उनकी उम्र का अन्दाज़ा लगाना आसान न था। भारी मेकअप और कीमती हीरे जड़े जेवरात से इस तरह सजी थी जैसे दुल्हन। उन्हें देखकर जालिब खड़ा हो गया और झुककर आदाब किया।

"जीते रहो मियाँ जीते रहो... बैठो।"

"ये मेरे दोस्त हैं असग़र... बहुत पुराने दोस्त हैं। राइटर हैं ... बहुत अच्छा लिखते हैं। जालिब ने मेरा परिचय कराया।"

"ज़रूर लिखते होंगे... तुम कह रहे हो तो ज़रूर लिखते होंगे।"

"आप के मिज़ाज कैसे हैं?"

सुल्ताना एक फीकी हँसी हँसी—मिज़ाज...जानते हो जब मैं सुबह उठती हूँ तो क्या कहती हूँ?"

"क्या?"

"या खुदा...एक और दिन...गुजारने के लिए एक और दिन..."

इस बात पर मैं और जालिब उनका मुँह देखते रह गये। हमारी समझ में नहीं आ रहा था कि हमारी प्रतिक्रिया किस तरह की होनी चाहिए। उसी वक़्त सुल्ताना की नौकरानी ने उनके सामने ट्रे में 'स्कॉच ह्विस्की' की ढाई लीटर वाली बोतल सोडा, बर्फ और वे सब चीज़ें जो काम की हो सकती हैं पेश कर दी। मुझे देखकर हैरत हुई कि ये सब चीजें जालिब के घर की न थीं। सब कुछ सुल्ताना के साथ आया था।

मेरे चेहरे पर कुछ देखकर ही सुल्ताना बोलीं—"माफ करो मैं बुढ़ापे में सनक गयी हूँ।"

"नहीं-नहीं, किसी तरह की सफाई की ज़रूरत नहीं है मैं जानता हूँ।" जालिब ने कहा।

"तुमको सफाई नहीं दे रही हूँ। तुम्हारे दोस्त से कह रही हूँ। ये पता नहीं क्या समझ रहे होंगे—शायद यही कि मैं 'स्नॉब' हूँ लेकिन ऐसा नहीं है। मैं किसी की पार्टी में अपनी ह्विस्की, अपना सोडा, अपना गिलास, अपने स्नैक्स लेकर जाती हूँ। अब तो सब इनके आदी हो गये हैं। एक बार बी.आर. कह रहे थे क्या हम आप को ज़हर दे देंगे जो आप हमारे यहाँ खाती-पीती नहीं। मैंने कहा काश कोई ज़हर दे दे क्योंकि अपने आप तो खाने की हिम्मत नहीं है।"

"मेरी समझ में आपको उदासी नहीं आती। आपने एक कामयाब ज़िन्दगी गुजारी है। हिन्दी फिल्मों की तारीख़ में आपकी जगह महफ़ूज़ है और अल्लाह का दिया आज भी आपके पास काफी है।" जालिब बोला।

"जालिब मियाँ तुम ठीक कहते हो। यही अपने आपको

समझाती हूँ लेकिन मेरी समझ में नहीं आता।" उन्होंने अपने लिए 'लार्ज पेग' बनाते हुए कहा।

"मेरे ख़्याल से अपने आपको लोगों में 'इन्वाल्व' करें।" जालिब का नक्सलवाद जाग गया था।

"लोगों में 'इन्वाल्व' करूँ?" सुल्ताना ने पूछा।

"जी हाँ।"

"लेकिन लोग हैं कहाँ?"

"जी क्या मतलब?" जालिब सटपटा गया।

"काश यहाँ लोग होते।" उन्होंने पूरा 'लार्ज पेग' एक ही बार में अपने हलक़ में उँडेल लिया।

"गिलास ट्रे में रखकर उन्होंने अपने पैकेट से निकालकर सिगरेट सुलगाई और आवाज़ दी—शीला...शीला यहाँ आओ।"

उनकी आया किचन से निकलकर आ गयी।

"प्लीज़, ज़रा घर फोन कर के अहमद से पूछो कि वो सब क्या कर रही हैं।" सुल्ताना ने बड़ी गम्भीरता से कहा। इस तरह रहा जैसे ये यह जुमला अक्सर बोलती रहती हों। शीला ने फोन मिलाया। जालिब ने सुल्ताना की नज़रें बचाकर मेरी तरफ देखा। उसकी आँखों में शरारत थी जैसे कह रहा हो प्यारे ये नक्शा है।

"ठीक है बीबी जी...अहमद कह रहा है नसीम आँखें बन्द किये लेटी हैं। रुख़साना जाग रही है। दीबा, अंजुम और महापारा खेल रही हैं।"

"ठीक है ठीक है फोन बन्द कर दो।"

"असग़र मुझसे पूछ रहे थे आजकल आपका वक़्त कैसे गुज़रता है।"

"बहुत अच्छी तरह गुज़रता है। सुबह उठकर नमाज़ पढ़ती हूँ। तिलावत करती हूँ। पहले अपनी बेटियों को खाना देती हूँ फिर खुद नाश्ता करती हूँ। फिर उनके साथ खेलती हूँ। उसी दौरान मिर्ज़ा आ जाते हैं...हाँ लो मैं कहना ही भूल गयी थी मिर्ज़ा यहाँ आ

रहे हैं। बस पहुँचने वाले ही होंगे।"

"मिर्ज़ा साहब यहाँ आ रहे हैं। बहुत अच्छा है। उनसे भी बहुत दिनों से मुलाकात नहीं हुई है।"

"मिर्ज़ा कोई वी.आई.पी. नहीं है भाई। जब उनसे मिलने को दिल चाहा करे मुझे फोन कर लिया करो मैं भेज दिया करूँगी।" उसी वक़्त घण्टी बजी।

"लो आ गये।"

"मिर्ज़ा साहब की उम्र लम्बी होगी।"

"हाँ, ये दुआ तुमने मुझे अच्छी दी।"

"आपको?"

"हाँ, मैं चाहती हूँ कि मैं मिर्ज़ा के सामने मरूँ।"

मिर्ज़ा साहब अन्दर आ गये। अजीब चिमिरखी से आदमी लगे। आँखों में सुरमा लगाये, ढीला-ढाला पैंट और उस पर रंगीन बुश्शर्ट पहने। उम्र कोई साठ के आसपास होगी।

"मैं बांद्रा टॉकीज़ पर आपका इन्तज़ार कर रहा था।" उन्होंने आते ही सुल्ताना से कहा।

"मिर्ज़ा पहले सलाम दुआ करते हैं उसके बाद शिकायत करते हैं। ये जैसे-जैसे तुम बूढ़े होते जा रहे हो वैसे-वैसे सठियाते क्यों जाते हो।" सुल्ताना बोली।

"बैठिये-बैठिये, मिर्ज़ा साहब..." ग़ालिब बोला। मिर्ज़ा बैठ गये लेकिन उनकी नज़रों में शिकायत जैसी थी। मुझे यह समझते देर नहीं लगी कि सुल्ताना और मिर्ज़ा के पुराने और नजदीकी सम्बन्ध हैं।

"मिर्ज़ा अब तुम एक बात पर और नाराज़ हो जाओगे?" सुल्ताना बोलीं।

"किस बात पर?"

"तुम्हारी 'ह्विस्की' नहीं आ सकी। मैंने अपनी ही बोतल रखवायी तुम्हारी बोतल वहीं रह गयी।" वे बोलीं।

"जालिब साहब के पास थोड़ी-सी संखिया होगी। वही मेरे लिए काफी है।" मिर्ज़ा जलकर बोले।

"तुम जब तुनक जाते हो तो और प्यारे लगते हो।" साठ साल की बूढ़ी औरत की आँखों में मुझे जवान औरत की आँखों जैसी चमक महसूस हुई। मुझे यह सोचकर भी हैरत हो रही थी कि सुल्ताना अपनी लगभग भरी बोतल से मिर्ज़ा को क्यों नहीं पिला देती।

"आपको मालूम था मैं यहाँ आ रहा हूँ। मैंने शीला से भी कह दिया था कि बोतल लेती जाये। ये तो बड़ी ज्यादती है न?"

"आपके लिए दारू हाज़िर है मिर्ज़ा साहब।" जालिब बोला।

"नहीं-नहीं, मिर्ज़ा को दारू मत देना...इनका पेट वैसे ही खराब रहता है।" सुल्ताना बोलीं।

"जाओ प्लीज़ अपने लिए ले आओ।" सुल्ताना ने मिर्ज़ा की तरफ सौ का एक खरखराता नोट बढ़ाया। हैरत हुई कि नोट देखते ही मिर्ज़ा का गुस्सा गायब हो गया। उन्होंने लगभग झपटकर नोट ले लिया और बाहर निकल गये।

मिर्ज़ा साहब के जाने के बाद सुल्ताना बोलीं—बिल्कुल बच्चा है मिर्ज़ा...अब तक बच्चा है।"

वे हँसने लगीं। अब उन पर नशा असर कर रहा था। उनके पीने की रफ़्तार भी खासी तेज़ थी। दो-तीन के बाद वे सोडा भी नहीं मिला रही थी सिर्फ बर्फ के साथ पी रही थीं।

"पुराने दिनों की याद जब आती है आपको कैसा लगता है।" मैंने पूछा।

"मैं पुराने दिनों को याद नहीं करती।" उन्होंने टका-सा जवाब दिया। मैं थोड़ा शर्मिन्दा हो गया। लगा अजीब बुढ़िया है।

"अपनी पुरानी फिल्में देखने जाती हैं।" जालिब ने पूछा।

"नहीं।" उन्होंने सख्ती से कहा।

"क्यों?"

"गुस्सा आता है।"

"अपनी फिल्में देख कर?"

"हाँ।"

"क्यों?"

"पता नहीं क्यों...इसलिए मैं नहीं देखती। हद ये है कि पुराने लोगों से मिलकर भी गुस्सा आता है। पता नहीं कैसे मैं मिर्ज़ा को बर्दाश्त कर लेती हूँ। ये खुद मेरी समझ में नहीं आता।" कुछ देर बाद मिर्ज़ा आ गये। वे बोतल लाये थे। आते ही शुरू हो गये।

"कहो, खुश हो गये... लॉलीपाप मिल गया तुम्हें।" सुल्ताना ने उनसे हँसकर कहा।

"कभी-कभी आप हद करती हैं।" मिर्ज़ा बोले।

"तुम्हारे ऊपर इतना भी हक़ नहीं है मेरा।"

सुल्ताना इतनी लगावट से बोलीं की मिर्ज़ा पानी-पानी होते दिखाई दिये। उनकी सुरमा लगी आँखें कुछ तर-सी हो गयीं। उनके गिले-शिकवे दूर हो गये। मैंने सोचा, अगर ये आदमी सुरमा न लगाया करे तो ज़्यादा बेहतर लगे लेकिन ज़ाहिर है यह राय मैं उन्हें नहीं दे सकता था। इस बीच सुल्ताना ने कई बार अपने बँगले फोन करवाया और दीबा, अंजुम, महापारा वग़ैरा के बारे में पूरी जानकारी ली। बीच-बीच में मिर्ज़ा से उनकी नोक-झोंक चलती रही। लगता था मिर्ज़ा उनके लिए खिलौना हैं। लेकिन कभी-कभी जब यह लगने लगता कि खिलौना कहीं टूट न जाये तो सुल्ताना खेलना बन्द कर देती थीं और खिलौने को झाड़-पोंछ देती थीं। प्यार कर लेती थीं, सहला देती थीं, पुचकार देती थीं। लेकिन अक्सर सुल्ताना की आँखों में पुराने और गहरे सम्बन्धों की भी झलक दिखाई देती थी। यह भी लगता था कि ज़िन्दगी के इस मोड़ पर यह विश्वास उनके लिए बहुत कीमती है। रात करीब ग्यारह बजे उनके जाने के बाद में जब मैं और जालिब फिर पीने बैठे तो जालिब ने पूछा—"हाँ यार अब बताओ, सुल्ताना कैसी लगीं?"

“तुमने भी यार पूरा अजायबघर बनाया हुआ है।”

“देखो, इसे कहते हैं ज़िन्दगी। ज़िन्दगी किताबों में नहीं मिलती। उसे लिखना भी आसान नहीं है क्योंकि वह तो छलावा है ...बस ये समझो ये उस छलावे की एक झलक है।”

“ये मिर्ज़ा साहब क्या चीज़ हैं?” मैंने पूछा।

“रोमियो...” वह हँसने लगा।

“क्या मतलब?”

“मतलब ये कि सुल्ताना के पुराने आशिक़ हैं। आज से कोई चालीस साल पहले सुल्ताना की सबसे अच्छी फिल्म ‘हूर’ देखकर मिर्ज़ा साहब सुल्ताना पर फिदा हो गये थे। लखनऊ के रईसों में थे। बीवी-बच्चे, घर-बार सब को छोड़-छाड़ मिर्ज़ा साहब बम्बई आ गये थे। उस ज़माने में सुल्ताना के जलवे बुलंद थे। अच्छे-अच्छे राजा महाराजा उनसे मिलने के लिए तरसते थे। मिर्ज़ा साहब किस खेत की मूली थे। सुल्ताना ने उन्हें घास तक नहीं डाली लेकिन मिर्ज़ा साहब सच्चे आशिक़ थे। सुल्ताना के बूढ़े होने का इन्तजार करते रहे।”

“नहीं यार ये कैसे हो सकता है।” मैं बेयक़ीनी से हँसा।

“अब तुम न मानो। मुझे मिर्ज़ा साहब ने खुद बताया है। देखो प्यारे आदमी के पागलपन की कोई हद नहीं होती। तुम एक हद सोचो और समझो कि उससे बड़ी हद नहीं हो सकती लेकिन तुमसे कभी कोई टकरा जाता है जो उसको भी तोड़ देता है।”

“अच्छा तो फिर?”

“फिर क्या, सुना नहीं है—रंग लाती है हिना पत्थर पे घिस जाने के बाद।” वह हँसकर बोला।

“तो आजकल मिर्ज़ा साहब सुल्ताना के साथ रहते हैं।”

“रहते भी हैं और नहीं भी रहते।”

“यार तुम पहेलियाँ क्यों बुझा रहे हो।”

“क़सम खुदा की पहेलियाँ नहीं बुझा रहा...सच यही है...एक

रात दो बजे मिर्ज़ा साहब यहाँ आ गये...कहने लगे जालिब साहब सुल्ताना ने मुझे घर से निकाल दिया है...पता नहीं क्यों बड़े गुस्से में हैं...क्या मैं आपके यहाँ रात सो सकता हूँ...मैंने कहा बड़ी खुशी से...रात में यहाँ सोयें, सुबह मिर्ज़ा साहब को लेने सुल्ताना का ड्राइवर आ गया।"

"यार इन पागलों के साथ रहकर तुम पागल नहीं हुए ये हैरत की बात है।" मेरे कहने पर जालिब ज़ोर से हँसा—"हाँ, ये बात मज़ेदार कही तुमने...इसमें, अब तक, और जोड़ दो।"

"अच्छा सुनो...मैं अपने पुराने दोस्त से मिलने जा रहा हूँ।" मैंने जालिब से कहा।

"इस वक़्त? रात ग्यारह बज चुका है?"

"तो क्या है? मेरा दोस्त कभी सोता नहीं न।"

"अब तुम अपने को क्या कहोगे पागल या सही दिमाग़ जो रात को इस वक़्त समन्दर किनारे जाना चाहते हो।" वह बोला।

"जो चाहे कहो मैं तो चला।"

"खाना?"

"फिक्र मत करो।"

मैं बस पकड़कर जुहू की तरफ आया। बीच पर नहीं उतरा। जुहू तारा से होता और आगे आया। हरे कृष्णा मन्दिर के पास वाले स्टाप पर उतरकर एक गली से होता अपने दोस्त के सामने पहुँचा। उसने मेरा शानदार स्वागत किया। एक अर्राटे की आवाज़ आयी। लगा मेरे आने के बाद ही आवाज़ आयी है। मैं और आगे बढ़ता चला गया। अब यहाँ वेश्याओं और पुलिस वालों के अलावा कोई न होगा, यह मुझे पता था। दोनों में कितना साम्य है, यह ख़्याल मन से तुरन्त निकाल दिया क्योंकि इस वक़्त मैं किसी गम्भीर सामाजिक या राजनैतिक मसले पर न सोचना चाहता था। सामने मेरा दोस्त था। दोस्ती के सामने सब कुछ हेच है। आगे बढ़ता हुआ वहाँ तक पहुँच गया जहाँ से रेत शुरू होती है। सन्नाटा था, दोस्त

ने कहा, बहुत अच्छे समय आये हो। कुछ घन्टे पहले आते तो यहाँ साँस लेने तक की जगह न थी। लोगों पर लोग चढ़े जा रहे थे, अब शान्ति है। इधर-उधर कोनों में दो-चार शराबी, कुछ व्यभिचारी, एक-दो प्रेमी और कुछ पुलिस वाले ही हैं।

"पड़े हैं तो कोई बात नहीं, शान्ति तो है...तो कहो कैसे रहे?"

"मैं तो ठीक रहा...तुम कैसे रहे?"

"मैं? मेरा क्या होता...जैसा हूँ...वैसा हूँ।"

"कुछ नया नहीं हुआ।"

"नया तो यहाँ रोज़ होता है।"

"तुमने क्या नया कर डाला, वह बोला।"

मैं हँसा "यार नया करने तो मैं यहाँ आया हूँ...तुम्हारे घर।"

"मेरे घर...ये तुमने खूब कही।"

"क्यों तुम न होते यह शहर भी न होता।"

"अच्छा ये बताओ इन सालों तुमने क्या किया?" मैंने एक ठण्डी साँस ली।

"क्यों? क्या बात है।" वह बोला।

"काम की बात तुमने कह दी तो ठण्डी साँस लेनी पड़ी।"

"क्यों?"

"यार काम ही नहीं हुआ...कुछ नहीं हुआ...लगता है नून, तेल, लकड़ी के चक्कर में ज़िन्दगी गुज़र जायेगी।"

"ठीक कहते हो...यही मैं रोज़ देखता हूँ।"

"ये बताओ यहाँ आकर मैंने अच्छा किया? या नहीं?"

"अच्छा किया...देखो कहावत है न...बैठे से बेगार भली।"

"वो तो ठीक है...लेकिन ये फिल्मों-इल्मों का चक्कर कुछ जँचता नहीं...आने को तो आ गया।"

"तुम क्या यहीं बस जाना चाहते हो?"

"नहीं-नहीं, बिल्कुल नहीं...न जाने कैसे तो दिल्ली में बसा हूँ...यार किसी शहर में बसना और फिर उखड़ना आसान तो नहीं

है न?"

"ठीक कहते हो...कहाँ चूल्हा-चक्की उठाये-उठाये घूमोगे।"

"फिर क्या करूँ? रुकूँ...ठहरूँ?"

"अपनी सी कर देखो।"

"हाँ, ये ठीक कहते हो।"

"मैंने तुम्हें कभी ग़लत राय दी है।"

"नहीं...नहीं दी...मैं मानता हूँ।"

वह चुप हो गया, मैं भी चुप हो गया। सामने दूर बहुत दूर कुछ टिमटिमाती हुई रौशनियाँ दिखाई दे रही थीं। मछुआरों की नावों की रौशनियाँ समुद्र में इस तरह थीं जैसे बरसात के दिनों में झाड़ियों में जुगनू दिखाई पड़ते हैं। हवा का ज़ोर लगातार बढ़ रहा था। लगता था कि हवा और मेरे दोस्त के बीच लड़ाई जारी है लेकिन दरअसल ये लड़ाई नहीं थी। दोनों एक दूसरे से छेड़छाड़ कर रहे थे। अँधेरे में उसकी आवाज़ और साफ सुनाई दे रही थी। दूसरी तरफ चौबीस घण्टे जागने वाला शहर था। ऊपर काला आसमान था और बीच में मैं था। मैं रेत पर लेट गया, ठण्डी रेत का एहसास और समन्दर से उठने वाली आवाज़ एक साथ मिल गये। लगा इसी क्षण के लिए मैं तरस रहा था। यही एक बात थी जो मुझे याद आती थी। फिर तय किया जब तक यहाँ हूँ यानी इस शहर में हूँ...तब तक यहाँ आया करूँगा।

दोस्त हँसा...अविश्वास भरी हँसी।

4

जालिब के यहाँ पन्द्रह दिन रहने के बाद मुझे सख़्त वहशत होने लगी थी। ऐसा लगता था जैसे पूरे दिन का बँधा-बँधाया रूटीन है। रोज़ वही होता है, वही लोग आते हैं, वही बातचीत होती है, वही ख़्वाब देखे जाते हैं, वही बहसें होती हैं, वही क़िस्से होते हैं और दिन खत्म हो जाता है। पिछले दो-तीन दिनों या शायद ज़्यादा दिनों से बस इतना नया हो रहा था कि रतनसेन और पिया साथ वापस जाते थे। रतनसेन टैक्सी लेते थे। पिया को उसके फ्लैट छोड़ते हुए अपने यहाँ चले जाते थे। ख़ैर किसी ने यह बात नोट भी नहीं की क्योंकि पूरी मण्डली में रतनसेन की हैसियत बहुत ऊँची थी। उनसे किसी तरह के घटियापन की कोई शंका न थी और फिर होती भी तो कोई कुछ न कर सकता था। क्योंकि रतनसेन को अगली फिल्म के लिए एक बहुत अच्छा 'फायनेन्सर' मिल गया था। जालिब उसे लिखेगा यह तय था लेकिन संगीत कौन देगा? मानस मनोजा? अभिनय कौन करेगा जसिया?, देवी? या और कोई? मतलब यह कि वे सब रतनसेन से आशाएँ लगाये बैठे थे। मण्डली में कुछ वे लोग भी घुस आये थे जो रतनसेन से करीब होना चाहते थे क्योंकि यही ऐसी जगह थी जहाँ रतनसेन रोज़ शाम कई घण्टे बिताते थे और थोड़ा खुलते भी थे। जसिया को पूरा यक़ीन था कि रतनसेन की अगली फिल्म 'परदा उठता है' में कोई न कोई अच्छा रोल मिलेगा। जसिया एक दिन मुझे वहाँ ले गया था जहाँ रहता था। मथुरा के दो-तीन और 'स्ट्रगलरों' के साथ उसने एक खोली किराये पर ले रखी थी। अपनी खोली में पहुँचकर सबसे पहले उसने

टी-शर्ट उतारी थी। अपनी पसलियों पर हाथ फेरते हुए कहा था—बॉस, अब आप देखिए जिसके घर में बीस भैंसें बँधी हैं उसकी ये हालत हो गयी है।" जसिया पता नहीं क्यों मुझे बॉस कहने लगा था। शायद इसलिए कि मैं जालिब का गहरा दोस्त था। वैसे बॉस सम्बोधन 'इण्डस्ट्री' का प्रिय सम्बोधन था।

यहाँ अक्सर लोग एक-दूसरे को बॉस कहकर पुकारते थे। जसिया की राम कहानी साफ थी। बचपन में स्कूल से भागकर फिल्में देखा करता था, लड़कियों का पीछा करता था। नवीं में पहुँचा तो दसवीं में जाने के बजाय बम्बई पहुँच गया। घर से अच्छा-खासा पैसा लेकर भागा था जिसे वह बड़े हिसाब से धीरे-धीरे खर्च कर रहा था। उसका इरादा वापस लौटने का न था। कहता था—बॉस इस शहर में चाहे फुटपाथ पर मर जाऊँ लेकिन वापस नहीं जाऊँगा। उसकी इसी बात पर मैं हँसता था क्योंकि मुझे दिल्ली के 'नेशनल स्कूल ऑफ ड्रामा' के दो अभिनेताओं का किस्सा याद आ जाता था जो बम्बई में 'स्ट्रगल' करने आये थे—पाण्डेय और अमित। पाण्डेय तो बम्बई में किसी को जानता था उसके पास ठहर गया। अमित को रहने की कोई जगह न मिली तो वी.टी. स्टेशन पर सोने लगा। वहाँ एक दिन उसे नरेश यादव मिला। नरेश भी बी.टी. स्टेशन पर सोता था। वह भी 'स्ट्रगल' करने आया था। तीनों की दोस्ती हो गयी। तीनों साथ-साथ निर्देशकों के घरों, स्टूडियो और 'फिल्म सिटी' के चक्कर लगाने लगे।

नरेश को चूँकि बम्बई में ज़्यादा समय हो चुका था, वह सब अड्डे जानता था। तीनों की हालत ख़स्ता थी। तीनों को कहीं से कोई काम न मिला था। तीनों के पास खाने तक के पैसे न होते थे। पाण्डेय की हालत फिर भी ठीक थी क्योंकि वह जहाँ रहता था वहाँ कम-से-कम रात का खाना मिल जाता था लेकिन अमित और नरेश तो अक्सर पानी पीकर ही बी.टी. पर पड़ जाते थे। स्टेशन

पर उन्हें सुबह-सुबह चार बजे के आसपास उठना पड़ता था क्योंकि सफाई करने वाले आ जाते थे। चार बजे उठकर दोनों बाहर बैठ जाते थे और एक-एक चाय पीते थे। एक दिन सफाई करने वाले आये उन्होंने सोने वालों को उठाया। अमित तो उठ गया लेकिन नरेश नहीं उठा। सफाई करने वालों की लातें खाकर भी न उठा। वह मर चुका था। उसे देखकर अमित काँपने लगा और उसी हालत में पाण्डेय के पास पहुँचा। पाण्डेय ने जब सुना कि नरेश मर चुका है तो कुछ देर तक तो वह कुछ नहीं बोला, फिर कहने लगा—चलो, वापस चलें, दिल्ली वापस चलें। दोनों सीधे स्टेशन आये और बिना टिकट दिल्ली जाने वाली गाड़ी में बैठ गये। जब ट्रेन चलने लगी तो पाण्डेय ने अपना सिर निकाला और प्लेटफार्म पर थूककर कहा, "बम्बई थू।" ऐसा उसने एक बार नहीं किया। वह पागलों की तरह बाहर थूकता रहा और "बम्बई थू" "बम्बई थू" करता रहा। यहाँ तक कि डिब्बे के लोग पहले तो हँसते रहे बाद में कुछ डर गये, उन्हें लगा कि उनके साथ एक गम्भीर पागल यात्रा कर रहा है जो रास्ते में पता नहीं किसके साथ क्या कर दे लेकिन बम्बई से निकल जाने के बाद पाण्डेय पस्त पड़ गया था।

जसिया जब भी मुझसे कहता था कि मैं बम्बई नहीं छोड़ूँगा तो मुझे यह कहानी याद आ जाती थी। लेकिन जसिया को यह नहीं बतायी। मैं चाहता था उसे काम मिले वह अभिनेता बने, जिसकी सम्भावना मेरे ख़्याल से कम ही थी।

जालिब मण्डली के दूसरे लोगों से भी मेरी घनिष्ठता बढ़ रही थी लेकिन उसी के साथ-साथ लग रहा था कि यार वक़्त बर्बाद हो रहा है। काम तो कुछ मिल नहीं रहा, यह बात जालिब से तो कह नहीं सकता था। वह अपने तौर पर काफी कोशिश कर रहा था। लोगों से मिलवाता था, तारीफ करता था लेकिन फिर भी सब टाँय-टाँय फिस्स हो जाता था। तब मैंने सोचा, जालिब के साथ मैं नियाज़ साहब से मिलूँ वैसे नियाज़ साहब को मैं भी जानता था

क्योंकि वे दिल्ली से ही बम्बई आये थे। लेकिन ज़ालिब के उनसे अच्छे सम्बन्ध थे। नियाज़ सुल्तानपुरी के बारे में अब कहा जाने लगा था कि उनके पास इतना काम है, इतना काम है कि पैसा बरसता है। बड़े-बड़े बैनरों की फिल्में ही नहीं वे मद्रासी हिन्दी फिल्म 'इण्डस्ट्री' पर भी छापा मार चुके थे। अब उनका दिन मद्रास में गुज़रता था और रातें बम्बई में। जालिब ने उन्हें कई बार फोन किया था और हर बार ये कहा गया था कि नियाज़ साहब सुबह की फ्लाइट से मद्रास चले गये हैं और शाम को ही वापस आयेंगे नियाज़ साहब दूसरे फिल्मी लेखकों से भिन्न थे। वे दिल्ली के एक कॉलेज में उर्दू पढ़ाते थे। उर्दू में पी-एच.डी. थे और अच्छे शायर माने जाते थे। करीब पन्द्रह साल पहले नियाज़ साहब को एक प्रोड्यूसर फिल्म लिखवाने के लिए बम्बई लाया था उसके बाद नियाज़ साहब यहीं जम गये थे।

होते-हुआते एक दिन नियाज़ साहब के यहाँ से समय दिया गया। वे जुहू की उन कोठियों में रहते थे जो बिल्कुल समन्दर के किनारे बनी है। जिनके ड्राइंगरूम में बैठकर आपको समन्दर इतना करीब दिखाई देता है और आवाज़ इतनी साफ सुनाई देती है कि लगता है 'बीच' पर बैठे हों।

हम दोनों ने नियाज़ साहब के यहाँ पहुँचे तो वे अपने विशाल ड्राइंगरूम में कश्मीरी कालीन पर अधलेटे से बैठे थे। उन्होंने सिल्क का कुर्ता और सिल्क की लुंगी बाँध रखी थी। उनके पास ही बड़ा-सा चाँदी का पानदान और उगालदान रखा था। नियाज़ साहब मुझे कुछ बूढ़े ज़रूर लगे लेकिन उनमें वही मस्ती और शान थी जो पहले हुआ करती थी। उनके पास तीन लोग और बैठे थे। शतरंज हो रही थी। हमें देखते ही नियाज़ साहब बहुत गर्मजोशी से मिले, उन्होंने हमारा परिचय कराया—ये अहमद हैं, रामपुर से आये हैं, 'हीरो' बनना चाहते हैं, ये विक़ार हैं ग्वालियर से, 'विलेन' बनना चाहते हैं और ये बलदेव हैं, रायटर हैं और भाई

ये दोनों हमारे पुराने दोस्त हैं। उस ज़माने के दोस्त जब हम 'अदबी' हुआ करते थे। अब तो हम 'फिल्मी' हो गये हैं। मैं और जालिब 'अदबी' फिल्मों वाली बात पर हँसे। वे तीनों ये नहीं तय कर पाये कि उन्हें इस बात पर हँसना चाहिए या गम्भीर रहना चाहिए। इसलिए उनके चेहरों के भाव कुछ विचित्र से होकर रह गये। लेकिन वे तीनों समझ गये थे कि अब शतरंज की बाज़ी समेटी जायेगी। उन्हें मोहरे हटाते देखकर नियाज़ साहब बोले—हाँ भई, ये समेटो अब हम अदबी बातें करेंगे।" मोहरे समेटकर रखने के बाद उन तीनों ने करीब एक साथ कहा, "अच्छा साहब तो हम लोग चलें?"

"हाँ, तुम लोग जाओ।"

"कल का क्या प्रोग्राम है साहब?" बलदेव ने पूछा।

"वही प्रोग्राम है... मुल्ला की दौड़ मस्जिद तक, "मद्रास जाना है लेकिन कल मेरे साथ अजमल जा रहा है।"

"तुम ऑफिस चले जाना।"

"जी ठीक है।" तीनों ने नियाज़ साहब को झुक कर सलाम किया और बाहर निकल गये।

"हाँ, तो अब बताओ? कब आये?" उन्होंने मुझसे पूछा।

"पन्द्रह दिन हुए।"

"और अब मिल रहे हो?"

"अरे हुजूर आपका एक पैर यहाँ रहता है दूसरा मद्रास में. .. अब आपसे कोई मिले कैसे?" जालिब बोला।

"बीच में।" नियाज़ साहब ने ठहाका लगाया।

"यानी न इधर का रहे न उधर का?"

"नहीं, इधर का भी और उधर का भी।"

जालिब और मैं जमकर बैठकर साहित्यिक बातचीत की शुरुआत दिल्ली के शायरों के अहवाल पूछने से शुरू हुई। फिर नयी किताबों पर बातचीत होने लगी। उसके बाद सेमिनारों की

चर्चा चल निकली। बीच-बीच में नियाज़ साहब के लतीफे जारी रहे। इसमें कोई शक नहीं कि बातचीत की कला में नियाज़ का जवाब नहीं है। इस तरह बोलते हैं जैसे मुँह से शब्द नहीं फूल झड़ रहे हों। कुछ देर के बाद चाय आ गयी। बड़ी नफ़ासत के साथ ड्राइंगरूम में जिधर भी नज़र आती थी कलात्मकता और सम्पन्नता नज़र आती थी। कुछ देर के बातचीत के बाद मैं सीधे-सीधे मकसद पर आ गया।

"नियाज़ साहब मैं यहाँ काम की तलाश में आया हूँ।" मैंने कहा।

"काम यहाँ बहुत है।"

"तो मुझे कुछ काम दिलवाइए।"

"काम मिल जायेगा... मगर एक शर्त पर।"

"क्या है वह शर्त?"

"यहीं रहना पड़ेगा।"

"ठीक है रहूँगा।"

"रहोगे इसका क्या सबूत है? सबसे बड़ी शर्त यही हो सकती है कि पहले नौकरी छोड़ आओ तब यहाँ का काम हाथ में लो... क्योंकि कोई प्रोड्यूसर ये नहीं चाहेगा कि तुम्हारे पीछे-पीछे दिल्ली भागता रहे।"

"नौकरी छोड़ना तो मुश्किल है।"

"ठीक है...तब भी देखते हैं। तुम्हारे पास कुछ कहानियाँ हैं?"

"कहानियाँ हैं।"

"एक कॉपी मुझे दे देना...देखूँगा।"

फिर हमारी बातचीत लौटकर साहित्य पर आ गयी। लगा नियाज़ साहब साहित्यिक बातचीत के भूखे हैं। बातचीत जारी रहती अगर उनको फोन न पकड़ा दिया जाता।

"कौन है?" उन्होंने उस आदमी से पूछा था जो किसी दूसरे कमरे से निकल कर आया था। कॉल पहले उसके पास गयी थी

और वह एक्सटेंशन पर नियाज़ साहब की बात कराना चाहता था।

"चाँदवानी साहब।"

"लाओ...जी हाँ जनाब आदाब बजा लाता हूँ...हुज़ूरे अनवर कैसे हैं? अच्छा आ रहे हैं...आइये आइये मैं हाज़िर हूँ...अरे नहीं-नहीं, ये क्या कहा आपने...आपके लिए वक़्त न होगा तो वक़्त को मैं दफन कर दूँगा।"

उन्होंने या शायद उधर से फोन बन्द कर दिया गया। फोन रखने के बाद उन्होंने कहा, "कम्बख़्त"।

"कौन है ये?"

"अरे भाई एक 'फ़ायनेन्सर' है...उसकी फिल्म मैं लिख रहा हूँ।"

फिर नियाज़ साहब कुछ देर ख़ामोश रहकर बोले, "अब समझो मेरी पूरी रात गयी।"

"रात गयी।"

"हाँ भाई, रात भर शतरंज खेलेगा और शराब पियेगा।"

"कल सुबह आपको मद्रास जाना है?"

"हाँ यार, क्या करें जहाज़ में ही एक झपकी ले लूँगा। ख़ैर हटाओ ये तो लगा ही रहता है...उसकी भी कुछ 'प्राब्लम्स' हैं। बीवी छोड़कर भाग गयी है। लड़की ने उसकी मर्ज़ी के बग़ैर शादी कर ली है। लड़का चाहता है बिजनेस पर कब्ज़ा कर ले। बेचारा आजकल 'टेंशन' में रहता है।" कुछ ही देर में चाँदवानी आ गया। उससे नियाज़ साहब ने हम लोगों का परिचय कराया। उसने हमारी तरफ इस तरह देखा जैसे कोई ख़ाक, धूल, मिट्टी की तरफ भी नहीं देखता और छूटते ही बोला, "शतरंज कहाँ है?"

वह शतरंज जो हमारे जाने पर उठा दिया गया था फिर बिछ गया। नियाज़ साहब मोहरे रखने लगे। मैंने सोचा कि मैं यह कहूँ? ठीक होगा कि साहित्य का शतरंज समेटा जाये? हम दोनों ने वही कहा जो हमारे आने के बाद उन तीन लोगों ने कहा था।

5

"अच्छा तो हम लोग चलें नियाज़ साहब।"

"ठीक है जाओ...मिलते रहना।"

मैं बड़ी मुश्किल से दोनों को घर के बाहर निकाल कर लाया था। शुरू में तो दोनों ने हाथ-पैर डाल दिये थे। खासतौर पर मानस कहीं बाहर जाने के लिए तैयार ही नहीं था। कह रहा था, यार यहीं बैठकर पियो, बातें करो, क्यों मारे-मारे फिरना चाहते हो। जालिब ने भी यही कहा था कि यार बैठो, आने-जाने में जो पैसा ख़र्च होगा उसकी दारू खरीद लेंगे और आराम से पियेंगे। लेकिन मुझे वहशत हो रही थी। लग रहा था यह कोई बात है कि बस बैठे हैं, पी रहे हैं या पी रहे हैं, बैठे हैं। कहीं निकलना चाहिए।

शाम होते ही समन्दर की हवाएँ कितनी खुशगवार हो जाती हैं। सड़कों पर कितनी चहल-पहल होती है। हसीन चेहरे दिखते हैं। वेश्याएँ नज़र आती हैं। दलाल टकराते हैं। जेबकतरे मिलते हैं। बम्बई जैसा शहर जो कभी नहीं सोता, उस शहर के एक फ्लैट में घुसे रहने का क्या मतलब है। मेरे बहुत उकसाने पर भी जब दोनों नहीं तैयार हुए थे तो मैंने आखिरी वार किया—यार बात ये है कि तुम दोनों की नालें इसी शहर में गड़ी हैं। मैं नया-नया आया हूँ। तुम्हारा मेहमान हूँ, तुम लोग घुमाओगे तो घूम लूँगा और रातों को शहरों की सड़कों पर आवारगी करना मेरा मनपसन्द काम है। मेरा साथ दो यार इस काम में।" मेरी इस दर्द भरी इल्तजा के बाद दोनों थोड़ा पिघले थे। जालिब ने इशारा किया था कि प्यारे बाहर जाने में पैसा खर्च होगा। मेरी जेब में वे पैसे कुलबुला रहे थे जो दिल्ली

से लाया था। यह हक़ीक़त थी कि उनमें से कुछ ही खर्च हुए थे। मैंने दोनों को साफ संकेत दिया कि जो भी खर्च होगा मैं करूँगा। तुम दोनों बस मेरे साथ बाहर चलो और इस नगरी के कोने-खुतरे दिखाओ। मैंने सोचा था, यार काम साला चाहे मिले चाहे न मिले थोड़ी तफरीह तो होनी ही चाहिए। जालिब अच्छी तरह जानता था कि औरतों में मेरी दिलचस्पी देखने की हद तक है क्योंकि एक-आध बार मैं और वह साथ 'कोठे' पर गये थे। मैं बाहर खड़ा सिगरेट फूँकता रहा था वह 'निपट' आया था। इसलिए जालिब ने कहा, "तो चलो ठीक है तुम्हें यहाँ के अड्डे दिखाते हैं।" मानस हिचकिचाता रहा था कि शायद बसों से सफर होगा। उसके जवाब में मैंने कहा कि यार टैक्सी से चलेंगे, मेरे पास पैसा है। जब दोनों ने यह अच्छी तरह से यक़ीन कर लिया कि मैं कटने पर पूरी तरह तैयार ही नहीं हूँ तो बल्कि पैसे फेंकने तक के मूड में हूँ तो वे तैयार हो गये थे। हम लम्बे-लम्बे दो-दो पेग खींच कर बाहर आ गये थे। तय पाया था कि सबसे पहले बांद्रा का अड्डा देखा जाये। जालिब ने कहा था हो सकता है वहाँ हैदर साहब मिल जायें क्योंकि यह उनके अड्डे में होने का वक़्त है। बांद्रा का अड्डा—लकड़ी की मेज़ें और बेंचें, बेतहाशा धुआँ, तेज़ ठर्रे की महक और बातों की आवाज़ें थीं। हमें एक कोने में हैदर साहब बेठे दिखाई दे गये। उन्होंने हमें बाद में देखा खुश हो गये। उन्हें यह देखकर अच्छा लगा था कि हम लोग उनके अड्डे आ गये थे।

उन्होंने अपनी टेबुल पर ही हम लोगों के लिए जगह बना दी थी।

"तो आज इधर निकल आये?"

"असग़र मियाँ को बम्बई के अड्डे दिखाने का प्रोग्राम है।"

हम लोगों ने ऑर्डर किया। माहौल शानदार था। वैसे भी हम अच्छे-खासे नशे में थे। नशे में चीज़ें धुँधली नज़र आ रही थीं। बातचीत बम्बई के अड्डों पर होने लगी। हैदर साहब उस ज़माने

का ज़िक्र ले बैठे जब बम्बई में पूरी तरह शराबबन्दी थी और शराब मिलने का एक अकेला रास्ता यह हुआ करता था कि किसी पुलिस के सिपाही से बोतल मँगवायी जाये। पैसे ज़रूर दुगने लग जाते थे लेकिन 'चीज़' ठीक मिलती थी। हमने वहाँ बैठकर दो-दो पेग लिए। तली हुई मछली खायी। बिल मँगाया गया। मैंने पेमेन्ट किया। हैदर साहब ने राय दी कि अब मुझे सरवर का अड्डा दिखाया जाये। वे खुद हमारे साथ आने पर तैयार नहीं थे क्योंकि उनका 'कोटा' पूरा हो गया था और वे घर जाना चाहते थे। बाहर निकलकर हम तीनों ने टैक्सी ली। इन दोनों ने या शायद जालिब ने ही टैक्सी वाले को कुछ बताया। मेरी समझ में नहीं आया कि क्या कहा है। टैक्सी चल पड़ी। ठण्डी-ठण्डी हवा ने कमाल दिखाने शुरू कर दिये। मानस कुछ गुनगुनाने लगा। फिर उसका गुनगुनाना एक गीत में बदल गया। आवाज़ अच्छी थी। गीत शायद बंगाली में था। बाद में उसने बताया कि मछुआरों का गीत है। अचानक गीत बन्द करके वह जालिब से बोला, "जालिब अपना रतनसेन पिक्चर कब शुरू कर रहा है? पैसा तो आया हैं न उसके पास?"

"यार कुछ समझ में नहीं आता। लेकिन जल्दी ही करेगा।"

"उससे कहो म्युज़िक करा ले। गीत तो तुमने लिख दिये हैं न?"

"हाँ, गीत हो गये हैं उसे पसन्द भी आये हैं।"

"एक बात सुनी है मैंने।"

"क्या?"

"रतनसेन आजकल जयदेव से मिल रहा है।"

"जयदेव से क्यों?"

"जयदेव म्यूज़िक डायरेक्टर हैं। उनसे कोई डायरेक्टर मिलेगा तो क्यों मिलेगा।"

"नहीं-नहीं यह नहीं हो सकता यार...रतनसेन से मैं कई बार तुम्हारे बारे में कह चुका हूँ।"

“देख लो...मैंने तुम्हारे कान में बात डाल दी है।”

“तुम फिक्र न करो।”

टैक्सी कहीं रुकी। हम सब बाहर आ गये। कुछ दूर चले होंगे कि टीन की एक ऐसी दीवार दिखाई पड़ी जो बड़ी इमारतें बनाने के लिए बाड़े के तौर पर बनायी जाती हैं। हम टीन की इस दीवार के बराबर चल रहे थे। अचानक जालिब ने एक जगह टीन की दीवार पर जोर डाला और वह दरवाज़े की तरह खुल गयी। हम एक अँधेरे अहाते में आ गये लेकिन एक तरफ से रौशनी आ रही थी, वहीं सरवर का अड्डा था। यहाँ थोड़ी ज़्यादा ‘टेम्पेरेरी’ इन्तज़ाम था यानी मोंढ़े थे। और लोग उनको ही मेज़ों और कुर्सियों के तौर पर इस्तेमाल कर रहे थे। मानस काउण्टर तक गया। हम सब साथ गये। मानस ने काउण्टर पर पूछा, “सरवर भाई कहाँ हैं?”

“आज सरवर भाई नहीं आया। उसकी माँ गुज़र गयी है।”

“क्या सरवर भाई की माँ गुज़र गयी हैं।” मानस ने पता नहीं क्यों इतनी ‘कन्सर्न’ से पूछा जैसे सरवर की माँ उसकी भी कुछ लगती हो।

“हाँ आज सवेरे को...वहीं गया है सरवर भाई।”

“यार हम नहीं पियेंगे...सरवर भाई की माँ गुजर गयी हैं।” मानस ने कहा।

“लेकिन अड्डा तो चल रहा है।”

“अड्डा तो चलेगा ही, नहीं तो सरवर भाई दिहाड़ी क्या अपनी जेब से देगा।”

“चलो बैठो यार पीते हैं।” जालिब ने कहा।

“नहीं, मैं नहीं पी सकता।” मानस की आवाज़ से लग रहा था कि उसे काफी से ज़्यादा चढ़ चुकी है।

“तुम न पियो हम लोग पीते हैं।”

हम लोग पीने लगे, मानस सिगरेट पीने लगा। हमने दो-दो पिये। वह हमारी तरफ ललचाई नज़रों से देख रहा था। हमें लगता

था वह अपनी ग़लती पर पछता रहा है लेकिन उसने पी नहीं। जब हम वहाँ से चलने लगे तो वह बोला, "मैं बाहर निकल कर पियूँगा। मेरे लिए एक 'क्वाटर' ले लो।" मैंने उसके लिए एक 'क्वाटर' खरीद ली। वाक़ई अड्डे से बाहर आते ही वह टीन की दीवार के पास खड़ा होकर 'नीट' पीने लगा और एक झटके के साथ उसने 'क्वाटर' ख़त्म कर दिया।

"चलो अब तुम्हें चाल के अड्डे पर ले चलते हैं।"

बम्बई की चालों के बारे में मैंने सुना तो था लेकिन कभी देखी नहीं थी। मैं खुश हो गया। फिर टैक्सी पकड़ी और कुछ कुछ समझा कि हम पुराने शहर की ओर जा रहे हैं। टैक्सी कोई पन्द्रह मिनट चली।

सड़कों पर ट्रैफिक कम हो गया था लेकिन फिर भी गाड़ियाँ थीं। रात का बारह बजने वाला था। चाल के अन्दर आया तो आँखें फटी की फटी रह गयीं। यह मैंने कभी सोचा भी न था कि चाल ऐसी भी होती होगी। टीन का एक बहुत बड़ा शेड था जैसा फैक्ट्रियों, कारखानों का होता है। उसके नीचे छोटी-छोटी जगहों पर अपने बक्से, अलमारियाँ या दीगर सामान रखकर 'घर' बनाये गये थे। मतलब एक बड़ी-सी छत के नीचे लाइन से सैकड़ों परिवार रह रहे थे। लगभग दस-पन्द्रह फीट लम्बी-चौड़ी जगह हर परिवार के पास थी। उसी में चूल्हा था, उसी में सोने का इन्तज़ाम था, उसी में बच्चे पढ़ रहे थे। जवान ताश खेल रहे थे, औरतें खाना पका रही थीं, बूढ़े गप्प मार रहे थे। मतलब ये कि वे सब काम हो रहे थे जो हो सकते हैं। लगता था एक व्यवस्थित प्लेटफार्म है जिस पर बैठे लोग ट्रेन का इन्तजार करते-करते इतने ऊब गये हैं कि उन्होंने बक्से, बिस्तर, मोढ़े जमा कर थोड़ी सी जगह में 'घर' बना लिये हैं और गाड़ी की प्रतीक्षा कर रहे हैं। कई सीढ़ियों से बीच में से रास्ता था। हम अन्दर आगे बढ़ने लगे, ऊपर छत पर बेहिसाब कपड़े टँगे सूख रहे थे। मतलब जिस परिवार के पास जितनी जगह नीचे थी

ऊपर उतना ही उसका अधिकार था, जो कपड़े सुखाने के काम आती थी। छत पर कपड़े, तरह-तरह के कपड़े लटकते हुए ऐसे लग रहे थे जैसे लोग सूली पर लटक रहे हों। हर 'घर' के अन्दर एक बल्ब जल रहा था। चाल के इस कोने से उस कोने तक सब कुछ साफ दिखाई पड़ता था।

पता नहीं ये 'चालें' किसका 'आइडिया' थीं। मैं हैरत से देख रहा था। मानस आण्टी का अड्डा पूछ रहा था। कई लोगों से पूछने के बाद हम आण्टी के अड्डे पर पहुँचे। यह भी चाल के अन्दर एक 'मकान' था। आण्टी एक बूढ़ी या अधेड़ मराठिन थी।

"मिलेगी दारू?" मानस ने उससे पूछा।

"गटर की है...चलेगी।"

"हाँ चलेगी।"

आण्टी ने हमें तीन मोढ़े दिये और हम रास्ते में बैठ गये। मेरे आँखें फाड़-फाड़ कर यह देखने पर जालिब बोला, "देखा तुमने यह है शोषण" सैकड़ों सालों से एक सिलसिला है जो चला आ रहा है। बम्बई को सस्ते मज़दूर चाहिए। मज़दूर, दुःख की बात है कि मशीन नहीं बना सकती, न मज़दूर मशीन हो सकते हैं। उन्हें खाना चाहिए, रहने की जगह चाहिए, उन्हें औरत चाहिए, बच्चे चाहिए, परिवार चाहिए। तो ये सब इस तरह कैसे दिया जाये कि वे अपनी कम-से-कम तनख़्वाह में 'एफोर्ड' कर सकें। जानवरों के बाड़े में और इस जगह में कुछ फ़र्क़ नज़र आता है? वे ज़्यादा अच्छे होते हैं। बम्बई की घुड़सालें देखो तो आँखें खुल जायें। जालिब को गुस्सा आ रहा था, वह लगातार बोले जा रहा था, मैं लगातार देखे जा रहा था। इस बीच आण्टी ने हमें तीन गिलास पकड़ा दिये, हम पीने लगे। लेकिन कुछ पता न चल रहा था कि क्या पी रहे हैं। न तो कुछ स्वाद का पता चल रहा था और न नशे का ही पता चल रहा था। मानस कहने लगा कि यह मराठी लोगों की चाल है। उसने बहुत सी लोकप्रिय मराठी फिल्मों में

संगीत दिया है। बहुत से सुपरहिट गाने उसके 'कम्पोज़' किये हुए हैं। उसने कहा, "अगर मैं एक मराठी गाना शुरू कर दूँ तो ये लोग मुझे घेर लेंगे, मुझे कन्धों पर उठा लेंगे कहेंगे मानस दादा आ गया।" मानस झूमने लगा था। वह अपने हाथ हिला-हिला कर संगीत देने लगा था और इसी बीच उसके हाथ से गिलास छूटकर गिरा और टूट गया।

आण्टी की दहाड़ सुनाई दी, "गिलास का पैसा पड़ेगा।"

"हाँ-हाँ, दे देंगे...कितना होगा।" जालिब ने पूछा।

"पाँच रुपया।" आण्टी बोली। ये वो जमाना था जब गिलास पचास पैसे का मिला करता था।

"पाँच रुपया कैसे हो गया।" जालिब बोला।

"हाँ पाँच रुपया हो गया।" कुछ दूर बैठे तीन लोगों में एक बोला। वे तीनों ताश खेल रहे थे और दादा किस्म के लोग लग रहे थे। मैं नशे में होने के बाद भी भाँप गया कि पिटने तक की नौबत आ सकती है। मैंने जल्दी से कहा, "ठीक है...ठीक है...पाँच रुपया देंगे।"

मानस को एक दूसरा गिलास पकड़ा दिया गया। मैं और जालिब अपनी-अपनी ख़त्म कर चुके थे। मानस था कि बोले जा रहा था, पी नहीं रहा था। हमें जल्दी हो रही थी, इसलिए हमने मानस से गिलास लेकर बच्चों को जैसे दूध पिलाया जाता है वैसे उसको पिला दी और पैसे देकर बाहर आ गये। अँधेरी सी गलियों में टहलते हम सड़क तक आ गये थे।

मानस ने कहा, "जालिब भाई, अब अपुन को मीना के पास जाना है।"

"यार रात डेढ़ बज रहा है।"

"क्या फर्क पड़ता है साला रोज एक-डेढ़ बजता है, दो भी बजता है, तीन भी और..."

"प्यारे मानस तुम इस वक़्त होश में नहीं हो।"

"तुम होश में हो।"

"हाँ, मैं होश में हूँ।"

"जितनी तुमने पी रखी है उतनी ही मैंने भी पी...समझे।" उसे एक हिचकी आ गयी।

"ये साला अब एक लौंडिया के पास जाने को कह रहा है।" जालिब ने मुझसे कहा।

"बहुत दूर है यार।" जालिब ने बुरा-सा मुँह बनाकर कहा।

लेकिन मानस ज़िद करता रहा। उसे समझाना या मनाना असम्भव लग रहा था। वह अकेला पैदल जाने पर भी तैयार था। बहरहाल सब चलने पर तैयार हो गये। टैक्सी की गयी। मानस टैक्सी में ही सो गया।

मैंने कहा, "ये तो सो गया है...टैक्सी बांद्रा की तरफ मुड़वा लो।"

जालिब ने कहा, "तुम इसे नहीं जानते, साला जान खा जायेगा, अब इसे वहीं चलने दो।"

"लेकिन यार रात का दो बज रहा है।"

"अब क्या करें।"

टैक्सी रुकी, मानस को जगाया गया, वह तुरन्त उठ गया। यह शहर का एक गुंजान इलाक़ा था। दाहिनी तरफ पुराने किस्म की बड़ी-बड़ी इमारतें थीं। लगता था कम-से-कम सौ साल पुरानी इमारतें हैं। मानस तेज़ी से एक तरफ चल निकला, हम उसके पीछे-पीछे थे। एक इमारत के सामने आकर वह ज़ीने की तरफ बढ़ा, सीढ़ियों पर बिल्कुल अँधेरा था। उसे तो शायद अन्दाज़ा था लेकिन मैं और जालिब रेलिंग पकड़कर सीढ़ियाँ चढ़ रहे थे। पता नहीं कितना ऊपर चढ़े। एक दरवाज़े के पास उसने कुछ खटखटाया। हम दोनों दरवाज़े से कुछ फासले पर खड़े थे। बहुत धीरे से दरवाज़ा खुला और मानस अन्दर चला गया। हम बाहर खड़े रहे, जल्दी ही वह वापस आया और बोला।

"चलो अन्दर...लेकिन धीरे-धीरे आवाज़ नहीं, इस कमरे में साला उसका पति सो रहा है।"

यह सुनते ही मेरी तो जान निकल गयी। मतलब प्रेमिका का पति सो रहा है और हम उसके घर में घुस रहे हैं चोरों की तरह।

"मैं नहीं जाऊँगा।" मैंने साफ-साफ कहा।

"आ जाओ...आ जाओ...डरने की बात नहीं है साला खूब शराब पी कर सोया होगा...बस आवाज़ न हो...वह कमरे की बत्ती नहीं जलाएगी।" मानस बोला।

इसका मतलब था कि हम अँधेरे में अन्दर जायेंगे। अगर किसी चीज़ से टकरा गये, कुछ गिर पड़ा, पति जाग गया। इतनी देर में लड़की भी बाहर आ गयी थी। उसके कन्धे पर मानस ने हाथ रखा, मानस के कन्धे पर जालिब ने हाथ रखा और जालिब के कन्धे पर मैंने हाथ रखा। हम 'ट्रेन' की शक्ल में अँधेरे कमरे में घुसे। खर्राटों की आवाज़ आ रही थी। नशा साला पूरा उतर गया था। अँधेरा पार करते हुए हम एक पतले से बरामदे में आ गये। उसके बाद एक पतली गैलरी में चलते हुए सीढ़ियों तक आये।

सीढ़ियाँ ऊपर जा रही थीं। हम ऊपर चढ़े फिर एक पतला बरामदा था। अब हमारा क्रम कुछ बिगड़ गया था। मैं लड़की के बिल्कुल पीछे आ गया था। मेरे पीछे मानस था और सबसे पीछे जालिब। बरामदे के छोर पर लड़की रुक गयी और उसने एक दरवाज़ा खटखटाया। कुछ देर बाद अन्दर लाइट जली दरवाज़ा खुला, सामने एक अधेड़ उम्र आदमी खड़ा था। वह बनियाइन पहने और लुंगी बाँधे था। उसने दरवाज़े पर लड़की को देखा जिस पर रोशनी पड़ रही थी। आदमी की आँखों में एक चमक आ गयी। रात के दो बजे उसका दरवाज़ा खटखटाने का यही मतलब है कि लड़की को इतनी 'तलब' लगी है कि वह बर्दाश्त नहीं कर पा रही है। मैं चूँकि पीछे अँधेरे में था इसलिए वह मुझे नहीं देख पाया था। एक ही क्षण में उसकी आँखों की चमक में कामातुरता और हिंसा

का भाव आ गया। वह अचानक आक्रामक हो उठा। उसका चेहरा क्रूर हो गया। उस पर ऐसे भाव आये जैसे लड़की को कच्चा चबा जायेगा। उसका चेहरा कुछ उस तरह विकृत हो गया जैसे सम्भोग के अन्तिम क्षणों में हो जाता है। उसने तेज़ी से अपना हाथ लड़की की तरफ बढ़ाया और अज़ीब तरह की पशुता से उसे अन्दर खींच लिया।

लड़की ने जल्दी से कहा, "मानस आया है...मानस।"

इतनी देर में हम सब कमरे में आ चुके थे। यह एक आठ फिट चौड़ा और बारह फिट लम्बा कमरा था जिसमें एक मसहरी के अलावा दो मूढ़े और एक कोने में गैस चूल्हा बर्तन वग़ैरा रखे थे। अधेड़ व्यक्ति शायद मानस को पहले से जानता था। हम लोगों से उसका परिचय मानिक दादा कहकर कराया गया। यह भी बताया गया कि वह कवि है बंगला में कविताएँ लिखता है।

"दारू कहाँ है? दारू लाओ।" मानस ने मीना से कहा।

मीना बोली, "मैं जानती हूँ तुम इसी तरह आते हो और आते ही दारू माँगते हो। इसलिए मैं हमेशा दारू रखती हूँ।" वह कमरे से चली गयी। उसकी उम्र कोई सत्ताईस के आसपास रही होगी। जिस्म गठीला था, रंग साँवला और बाल लम्बे, नक़्शा तीखा था। कुछ देर बाद आयी। उसके हाथ में रम की एक पूरी बोतल थी। सबने शुरू कर दी। दादा, मैं और जालिब बातें करने लगे। मसहरी के एक कोने में मानस और मीना बैठ गये। जल्दी ही उनकी बातचीत शब्दों की सीमा को पार कर गयी। दादा हम लोगों को अपनी नयी कविता सुनाने लगा। हमें नशे में लग रहा था कि हम बंगला जानते हैं। दादा को बिना नशे के लग रहा था कि हम कविता समझ रहे हैं। दादा के सामने हम मोढ़ों पर बैठे थे। मसहरी के दूसरे कोने पर मानस और मीना बैठे थे। मानस उसके बालों से खेल रहा था, वह उसके कन्धों पर बड़े प्यार से हाथ फेर रही थी। उसके बाद मानस लेट गया और वह लड़की उस पर झुक गयी,

अब शायद वे एक दूसरे का चुम्बन ले रहे थे। दादा की कविता लम्बी थी, वह सुनाए चला जा रहा था। मेरे कान दूसरी तरफ लगे थे। जालिब बड़ी बेज़ारी से सिगरेट पी रहा था। दादा जितना कविता सुनाने पर ज़ोर दे रहा था उससे कम 'रम' पीने पर नहीं दे रहा था। लम्बे-लम्बे घूँट खींच रहा था। मसहरी पर मानस और मीना ने अपनी पोज़ीशन को और सुविधाजनक बना ली थी। दादा खिसकता हुआ पट्टी पर आ गया था।

लेकिन दादा या किसी भी दूसरे चीज़ की चिन्ता मानस और मीना को न थी। शायद उन्हें लग रहा था कि वे नितान्त एकान्त में, समुद्र के किनारे रेत पर लेटे हैं, आसमान में बहुत दूर उड़ते हुए परिन्दों को छोड़कर उन्हें देखने वाला कोई और नहीं है। समन्दर के ऊपर से ठण्डी-ठण्डी हवाएँ आ रही हैं, लहरों का शोर धीरे-धीरे गुदगुदा रहा है। इस नैसर्गिक एकान्त में मानस और मीना एक दूसरे के इतना पास आ चुके थे कि उससे अधिक पास होना सम्भव न था। अब उनकी तेज़ साँसे और सिसकियाँ कविता के साथ घुल-मिल रही थीं। उस तरफ़ दादा की पीठ थी। वह यह नहीं कर सकता था कि मुड़कर उधर देखता। हम लोगों का मुँह उस ओर था। जालिब तो उकताया हुआ-सा था। वह भी शायद कहीं और पहुँच गया था। उसके लिए न तो नैसर्गिक एकान्त का ही महत्त्व था और न दादा की कविता का। मैं ज़रूर 'एकान्त' में घटने वाली घटनाओं का अकेला साक्षी होना चाहता था। अब मेरे कान ही नहीं आँखें भी उधर लग गयी थीं। ऐसा लगता था जैसे उन दोनों को काफी फुर्सत है। ज़ालिम ज़माने का कोई डर नहीं है। जबकि ज़ालिम ज़माना तीसरे या चौथे कमरे में ही मौजूद था। यह बात दूसरी थी कि सो रहा था लेकिन सोते-जागने में कितना वक़्त लगता है। ख़ैर यह मेरी चिन्ता नहीं थी क्योंकि जब वे ही उसे चिन्ता नहीं मान रहे थे जिनकी वास्तव में वह चिन्ता था तो मैं क्यों मानता। कुछ देर बाद एकान्त और बढ़ जाने पर जालिब ने दादा

से कहा, "उन पर एक चादर डाल दो।"

दादा ने काँपते हुए हाथों से एक चादर उठाकर उन दोनों पर डाल दी और फिर अपनी कविताएँ सुनाने लगा। उसकी पीठ के ठीक पीछे 'महाकाव्य' रचा जा रहा था।

6

हम तीनों सुबह चार बजे वापस आये थे। मानस की हालत काफी खराब थी। पता नहीं नशे और शराब के कारण या कोई और वजह थी।

जालिब की राय थी कि उसे इस हालत में घर नहीं भेजना चाहिए। वह जालिब के फ्लैट में ही लेट गया था और नींद में इस तरह डूब गया था कि जैसे मर गया हो। हम लोगों ने तय किया था कि सोने से कोई फायदा नहीं है क्योंकि सुबह हो ही चुकी है। नहा-धोकर चाय वग़ैरा पीने के बाद जालिब ने कहा कि चलो यार मानस के घर ख़बर कर दें कि वह यहाँ है। भाभी बहुत परेशान हो रही होंगी। हम दोनों टहलते हुए मानस के यहाँ गये थे। उसका घर कुछ ऐसा दूर न था। एक पुरानी कोठी के कम्पाउण्ड में घुसकर हम पीछे पहुँचे। जालिब ने कॉल बेल बजाई। फौरन दरवाज़ा खुला था। सामने सौ प्रतिशत बंगाली लगने वाली औरत खड़ी थी। उसका चेहरा किताब जैसा स्पष्ट था। उसकी आँखें उसके पूरे जीवन की कहानी कह रही थीं। चेहरे पर समय से पहले पड़ने वाली झुर्रियाँ बता रही थीं कि बहुत चिन्ता करते-करते उसका यह हाल हो गया है। चेहरे पर सफेदी सी थी जिससे लगता था कि उसमें ख़ून की कमी है और वह आमतौर पर बीमार रहती है। उसके शरीर और चेहरे के भाव मिल जुल कर यही कह रहे थे कि उसने कठिनाइयों, अभावों और मानसिक अशान्ति का एक लम्बा जीवन जिया है और जी रही है। उसकी नाक में कील, गले में मंगलसूत्र और हाथों में काँच की चूड़ियाँ थीं। माथे पर उसने बिन्दी लगा रखी थी।

उसके तलवों की सख़्त खाल यह बताती थी कि वह दूर तक पैदल जाती-आती है। उसने छूटते ही सवाल किया, “वे कहाँ हैं?”

जालिब ने कहा, “आप चिंता न करें भाभी जी दादा हमारे यहाँ सो रहे हैं। कल रात ज़्यादा देर हो गयी थी इसलिए हमने उन्हें वहीं रोक लियां था। रात में खाना-वाना खाकर हम सब वहीं सो गये थे। दादा सो रहे हैं। उन्हें उठाना ठीक नहीं समझा आपको बताने चले आये कि आप परेशान न हों।” जालिब यह सब कहे जा रहा था और वह औरत इस तरह देख रही थी जैसे वह सब जानती हो कि यह सब झूठ है और सच उसे मालूम है। उसकी आँखों में विवशता का भाव भी था और यह भी कि सच्चाई जानते हुए भी वह कुछ कह सकती है न कर सकती है। जो कुछ है उसे अन्दर ही अन्दर दबाये रखना है।

“अन्दर आइये...चाय पीजिए..” वह पीछे हटते हुए बोली।

“नहीं-नहीं, चाय तो हमने अभी पी है...बस आपको बताने आये थे।”

“एक-एक कप पी लीजिए...आइये अन्दर।” वह ज़ोर देने लगी।

“फिर कभी भाभी जी...अब चलते हैं।” जालिब ने कहा।

लेकिन वह लगातार ज़ोर देने लगी। हमें यह समझते देर न लगी कि वह उतावली हो रही है हमसे कुछ बात करने के लिए। चाय तो महज़ एक बहाना है, हम अन्दर आ गये। एक बड़ा-सा कमरा था साफ-सुथरा एक कोने में हारमोनियम, तबला और सितार आदि रखे थे, दूसरी तरफ कपड़े का एक पार्टीशन करके बेडरूम बनाया गया था। पार्टीशन का कपड़ा पुराने फटी धोतियों को जोड़कर बनाया गया था। बैठने की जगह में लकड़ी और बेंत से बुना सोफा सेट था। दीवारों पर तस्वीरें थीं। बीच में मानस और भाभी की शादी की तस्वीर लटक रही थी, उसके आसपास एक-दो पारिवारिक ग्रुप फोटोग्राफ लगे थे।

इस कमरे से एक दरवाज़ा किचन की तरफ खुलता था। हमारे आते ही किचन से ग्यारह-बारह साल की एक लड़की निकली जिसने स्कूल का नीला यूनीफार्म पहना हुआ था। लड़की बिल्कुल माँ के चेहरे पर गयी थी पर उसके चेहरे पर भी वही छाया थी जो माँ के चेहरे पर मँडरा रही थी।

"मंजरी तुम्हारे बाबा ठीक हैं। जालिब साहब के घर सो गये थे...तुमने नाश्ता कर लिया? अब स्कूल जाओ बेटी देर हो रही है।" लड़की ने हम लोगों को हाथ जोड़कर नमस्ते किया और अपना स्कूल बैग लेकर बाहर निकल गयी। भाभी किचन में चली गयी थीं, हम बैठ गये। चाय का पानी चढ़ाकर वे वापस आयीं। उनके चेहरे पर दुविधा का भाव था। फिर बोली, "जालिब भाई इनको पीने न दिया कीजिए।"

"बिल्कुल मैं बहुत रोकता हूँ।" जालिब ने साफ झूठ बोला।

"इनके जिगर का वरम है। होम्योपैथी दवा लायी हूँ इनके लिए।"

"दवा बराबर देती रहिये...और 'लीवरजीन' भी ले लीजिए। सुबह-शाम एक-एक चमचा। मैं भी लेता हूँ।" वह बोला।

"भाई साहब..." वह काफी राज़दाराना और दर्द भरे लहजे में बोली, "रतनसेन की 'पिक्चर' कब तक शुरू हो रही है।"

"जल्दी ही।"

"जल्दी ही? कब तक।"

"अब ये नहीं कह सकता।"

"जल्दी शुरू हो तो इन्हें कुछ काम मिले। आजकल दिन भर घर में खाली बैठे रहते हैं।"

"लेकिन मुझसे तो मानस दा ने कहा है कि रोज रिकार्डिंग के लिए जाते हैं।"

"भाई साहब अब आप से क्या छिपाना..." उसकी आँखें डबडबा आयीं।

हम दोनों कुछ सहम गये। किचन में चाय का पानी हो गया था। वह आँख पोंछते उठ गयी। दो कप चाय लेकर आयी तो चेहरा ज़्यादा सफेद लग रहा था, उसने चेहरा धोया होगा। हम चाय पीने लगे।

"आप जानते ही हैं। इनके अलावा हमारा कौन है? जो हैं ढाके में हैं। उनसे साल-दो साल में चिट्ठी आती है।"

"सब ठीक हो जायेगा, भाभी चिन्ता न कीजिए।" जालिब बोला।

उसने मेज पर पड़ा 'राथमैन' का पैकेट उठा लिया और उसमें से एक सिगरेट सुलगा ली।

मुझसे कहा, "लो पियो।"

मुझे लगा मानस की 'राथमैन' पीना इतना बड़ा जुर्म है कि उसकी सज़ा भुगतने के लिए मैं तैयार नहीं हूँ। मैंने मना कर दिया।

"भाई साहब, बस आप इन्हें पीने न दिया करें। अरे काम आज नहीं तो कल हो जायेगा लेकिन 'हेल्थ' न रही तो।" वह रुकी फिर बोली, "मैंने कह रखा है अगर तुम दारू पियोगे तो मैं अपने और मंजरी को जहर पिला दूँगी।"

"नहीं-नहीं, भाभी इतना गुस्सा नहीं करते...दादा ने बहुत कम कर दी है। मैं और दादा साथ-साथ छोड़ देंगे।" वह बहुत आत्मविश्वास से बोला, "और जहाँ रतनसेन की फिल्म का काम है। वह दादा को ही मिलेगा।" उसकी बुझी आँखों में चमक आ गयी। वही चमक जो भूखे आदमी की आँखों में 'खाना' देखकर आती है।

बाहर रास्ते में चलते हुए जालिब ने मुझसे कहा, "यार मानस मुझसे झूठ बोलता है कि उसके पास बहुत काम है।"

"यार जालिब तुम भी बच्चों वाली बात कर रहे हो। कोई 'प्रोफेशनल' कभी यह कहता है कि वह दिन भर पड़ा मक्खियाँ मारता रहता था। मैं जब दिल्ली लौटकर जाऊँगा और लोग पूछेंगे

कि तुम्हें कुछ काम मिला या नहीं तो मैं क्या कहूँगा?"

"हाँ ठीक ही है।" वह ठण्डी साँस लेकर बोला, "यहाँ का यही दस्तूर है। साला फटीचर से फटीचर कलाकार तक अपनी 'डेट्स' के लिए चीं-चां करता है लेकिन ज़रा-सा 'टाइट' कर दो तो रास्ते पर आ जाता है।"

हम लौटकर फ्लैट आये तो मानस सो रहा था। जालिब अपने लिए पेग बनाने लगा। मैंने कहा, "यार तुम्हारा दिल नहीं भरा, रात भर पी है हम लोगों ने।"

"रात पी है न"... वह हँसा, "अब दूसरा दिन है... तारीख बदल गयी है।"

कुछ देर बाद जसिया आ गया। उसने जालिब के पैर छुए और बैठ गया।

"आज 'डिक्टेंशन' देंगे 'प्रभु'?"

"नहीं आज मूड नहीं है।" वह बोला। मेरी समझ में नहीं आ रहा था कि जालिब काम कब करता है। कोई पन्द्रह-बीस दिन से तो मैं रात-दिन उसके साथ था। मैंने उसे एक लाइन लिखते नहीं देखा, न उसे 'डिक्टेशन' देते देखा, न उसे कभी कुछ पढ़ते पाया। सुबह से शाम तक पीना और गप्प मारना यही उसका दस्तूर था। मैं यह समझा कि शायद मेरे सामने वह काम नहीं कर सकता इसलिए मैंने कहा कि तुम काम करो। मैं थोड़ा टहल आता हूँ। वह समझ गया कि मैं ऐसा क्यों कह रहा हूँ। बोला नहीं वैसी बात नहीं है। आजकल कुछ मूड जम नहीं रहा है। एक करवट बदलकर मानस उठ गया।

"गुड मार्निंग सर।" जालिब ने उससे कहा।

"अरे मैं यहीं सो गया था।" वह हैरत से बोला, "ये कैसे हुआ?"

"और भी कुछ याद है तुम्हें? या वो भी भूल गये।" जालिब हँसा।

"हम सरवर के अड्डे पर गये थे न? उसके बाद मुझे कुछ याद नहीं।"

"चलो अच्छा है..अब घर जाओ...हम लोग भाभी से कह आये हैं कि तुम यहाँ हो।"

"ठीक है चाय-वाय तो पी लूँ।" वह उठा।

उसी के साथ जसिया उठकर किचन में चला गया और चाय बनाने लगा। फोन की घण्टी बजी जालिब ने फोन उठाया। फोन पर वह जैसी रोबीली आवाज़ में बोलता है वैसे ही बोला। फिर उसकी किसी से बात होने लगी।

वह बोला, "पहले अपना तार्रुफ़ करवाइये ज़नाब...आप फिल्म बनाना चाहते हैं ये काफी नहीं है...जी जोगेन्द्र शर्मा...कहाँ से आये हैं कानपुर से...वेरी गुड...डायरेक्टर कौन है आपका... अभय चतुर्वेदी...जी? ये नाम तो कभी सुना नहीं...अच्छा-अच्छा, वहीं के हैं कानपुर के...नाटक-वाटक डायरेक्ट करते थे...पर भाई नाटक और फिल्म में तो फ़र्क़ है...क्या चौथाई स्क्रिप्ट लिखी हुई है और तीन हिस्से मैं लिखूँ...वाह ज़नाब वाह ये वही बात हुई कि जब एक डॉक्टर ने मरीज़ का पेट काट दिया है और आप दूसरे से कहें कि ऑपरेशन कर दो...ख़ैर ऐसा है कि ये बातें फोन पर नहीं हो सकतीं और मेरे पास 'इनीशियल' बातचीत करने की फुर्सत नहीं है...आपको जल्दी है...तो मैं कब कहता हूँ कि आप जल्दी न करें ...वो सब तो ठीक है...मैं तो अभी नहीं मिल सकता...मेरे चीफ असिस्टेंट आपके पास आयेंगे अगर उनसे आपकी बातचीत ठीक रही तो देखूँगा...कहाँ ठहरे हैं...'पीकॉक होटल'...नहीं-नहीं, वहाँ कोई नहीं पहुँच सकता, आप कल 'हॉलीडेन इन' के बार में... पहचानेंगे कैसे? ये लोग आपको पहचान लेंगे...ठीक है? कल रात आठ बजे...ठीक है..." उसने फोन बन्द कर दिया। मानस बाथरूम से हाथ-मुँह धोकर आ गये थे। जसिया चाय बना लाया था। वह जानता था और उसने तीन कप ही चाय बनायी थी।

जालिब ने बताया, "कानपुर से कोई जोगेन्द्र शर्मा आये हैं। फिल्म लिखवाना चाहते हैं। डायरेक्टर कोई उनके 'घर का ही आदमी है' अभय चतुर्वेदी...कह रहे हैं स्क्रिप्ट लिखने के लिए।"

"लिख दो जालिब भाई लिख दो," मानस बोला।

"यार पता नहीं कौन है? क्या है? इस तरह मैं हाँ कैसे कह सकता हूँ?"

"तो क्या करोगे?"

"कल उससे मिलने, यार तुम जा सकते हो जसिया के साथ?" जालिब ने मुझसे पूछा।

"हाँ-हाँ, क्यों नहीं।"

"ठीक है देखा जाये साले कितने पानी में हैं।"

"देखना म्यूज़िक किससे ले रहे हैं।" मानस बोले।

"मानस ये कोई कहने की बात ही नहीं है...मैं फिल्म लिखूँगा तो सौ फीसदी कोशिश करूँगा कि म्यूज़िक तुम्हारी हो।"

"दोस्तों पर ही तो भरोसा।" मानस बोले, "अच्छा तो चलूँ जालिब भाई दो बजे से रिकार्डिंग है।"

7

पिया मुझे धीरे-धीरे पसन्द आ रही थी। कुछ अजीब सी लड़की थी या अपने आप को अजीब-सा दिखाती रही होगी। लेकिन अगर वह अपने आपको अजीब दिखाती ही हो तो उसके दिखाने में सहजता थी। कभी-कभी उखड़ी-उखड़ी बातें करती थी। कभी-कभी ऐसी बात कह देती थी जिसकी आप उम्मीद ही न कर रहे हों। कभी बहुत दोस्ती ज़ाहिर करती थी और कभी-कभी लगता था कि वह अपने 'ख़ोल' में बन्द है और वहाँ से बाहर आने के लिए तैयार ही नहीं। चूँकि आमतौर पर हिन्दी कम ही बोलती थी इसलिए उससे बातचीत अक्सर औपचारिकताओं की सीमा में फँस कर रह जाती थी। देखने में तो ख़ैर ग़ज़ब थी। एक तो उसकी उम्र कोई ज़्यादा न थी। मेरे ख़्याल से चौबीस-पच्चीस रही होगी। दूसरे यह कि अपने शरीर पर पूरे से भी ज़्यादा ध्यान देती थी। कम खाना, मीठा न खाना, टहलना या समन्दर के किनारे सुबह दौड़ना वग़ैरा-वग़ैरा किया करती थी। उसके बाल बड़े ख़ास थे मतलब यह कि अपने बालों का 'गेटअप' खूबसूरती से बदलती रहती थी। बालों का स्टाइल बदल लेने से उसका व्यक्तित्व बदल जाया करता था और हमेशा या अक्सर नयी सी लगती थी। जिस्म छरहरा और उसके अनुपात बहुत स्वाभाविक और आकर्षक थे। कपड़े सादे पहनती थी लेकिन यह ख़्याल रखती थी कि कपड़े कहीं से भी शरीर के पेंचों-ख़म की सुन्दरता को कम न कर दें। कभी वह भोली और मासूम लगती थी तो कभी बहुत चतुर-चालाक और दुनियादार लगती थी। जालिब के ऊपर उसका विशेष स्नेह था जो कभी-कभी

मातृत्व भाव से सराबोर लगता था। हालाँकि वह खुद एक बच्ची की माँ थी और उसके लिए मातृत्व भाव प्रदर्शित करने के मौक़े भी रहते थे। लेकिन अगले ही क्षण कोई ऐसी बात कह देती थी या ऐसा काम कर देती थी कि उसका स्वरूप बदल जाता था। जालिब के यहाँ रात की पार्टियों में उसका आना एक तरह से अनिवार्य हो गया था। पीती न थी लेकिन बिन पिये ही वह पियक्कड़ों की सोहबत में अपनी ऊल-जुलूल बातों और व्यवहार की वजह से कभी 'मिसफिट' न लगती थी। एक-आध-बार मुझे उससे कुछ देर के लिए बात करने का मौक़ा मिला था। एक-आध बार उसे कुछ खरीदना था। मेरे साथ बाज़ार गयी थी। वह समझ रही थी कि मैं जालिब की तरह शायरी करता हूँ।

मुझसे कहने लगी, "आप भी शायरी करते हैं। अपना कोई ...क्या कहते हैं...शेर...हाँ शेर सुनाइये।"

मैंने उसे बताया कि मैं शायरी नहीं करता। लेकिन दिल में सोचा कि अगर तुम चाहो तो कर भी सकता हूँ। बस तुम्हारी एक नज़र काफी है किसी को शायर बना देने के लिए। लेकिन ज़ाहिर है कि दिल में सोचने वाली बात ज़बान पर नहीं आती। मैं खामोश हो गया। फिर वह बोली, "आप कम बोलते हैं। मुझे ऐसे लोग पसन्द हैं।"

"मैं कम नहीं बोलता...दरअसल नये लोगों के सामने।"

"तो मैं आपके लिए नयी हूँ।"

"नहीं...नहीं...मतलब...आमतौर पर मैं।"

"मैं समझ गयी।" वह बोली फिर अंग्रेज़ी में कहने लगी, "मुझे ऐसे लोग पसन्द भी नहीं हैं जो मिलते ही फटाफट बोलने लगते हैं और बोलते चले जाते हैं। मुझे लगता है उनके पास कहने के लिए कुछ नहीं होता जो बहुत बोलता है।"

मुझे लगा गहरी लड़की है। इसके बारे में मुझे जालिब ने जो बताया है वह सच नहीं लगता। यह नहीं हो सकता कि यह

आसानी से किसी आदमी के जाल में फँसे या अपने 'कैरियर' या 'पैसे' के लिए समझौते करती फिरे। शायद इसके बारे में ऐसा इसलिए सोचा या कहा जाता है कि कुछ विचित्र है। यह विचित्रता उसने दिखाई भी यानी एक बार बच्चों की तरह मेरा धूप का चश्मा झट से खुद लगा लिया। इत्तिफ़ाक की बात है कि मेरे धूप के चश्में में बहुत प्यारी लगी। लेकिन अगले ही क्षण उसने वापस कर दिया और बोली, "अच्छा है।"

पिया के प्रति मेरे मन में यही सब भावनाएँ थीं, जो कारण बनीं या जालिब ने कहा या उसे छोड़ने के लिए उस दिन रतनसेन नहीं थे कि मैं उसे घर तक छोड़ने के लिए तैयार हो गया था। रात के बारह बजे वह अकेली घर नहीं जाना चाहती थी। और जालिब उसकी फिक्र करता था जैसे वह बिल्कुल ही छोटी-सी बच्ची हो। वह जानता था कि मेरे पास पैसे हैं। मैं पिया को टैक्सी से ले जा सकता हूँ और फिर वापस लौट सकता हूँ। जबकि यह काम जसिया नहीं कर सकता था। दूसरे जालिब को कुछ यह भी अन्दाजा हो गया था कि मैं पिया को पसन्द करने लगा हूँ और उसके साथ वक़्त गुज़ारना मुझे अच्छा लगता है। वह ये तो अच्छी तरह जानता था कि मैं खूब नशे में होने के बावजूद कोई ऐसी-वैसी हरकत नहीं कर सकता। वह जुहूतारा पर रहती थी। मैं रात में बारह बजे निकला, वह और साथ में नशा था। खुली हवा में निकल कर मज़ा आ गया। हमें टैक्सी के लिए ज़्यादा दूर नहीं जाना पड़ा। सड़कों पर सन्नाटा था, समन्दर की हवा के तेज झोंके आ रहे थे।

मैंने कहा, "मेरा दोस्त है...कैसी अच्छी तरह मेरी देखभाल करता है।"

"कौन जालिब।"

"जालिब तो है ही...मेरा एक और दोस्त है?"

"कौन?"

"समन्दर।"

"अच्छा तो वो आपका दोस्त है।"

"हाँ, जब तक मैं उससे मिल नहीं लेता मेरा बम्बई आना पूरा नहीं होता। खासतौर पर रात में उसके पास जाना एक रोमांचक अनुभव है।"

"ये...ये रोमांचक अनुभव का मतलब? आप हिन्दी बहुत 'डिफिकल्ट' बोलते हैं।"

मैंने उसे अंग्रेज़ी में समझाया।

"धीरू को भी समन्दर पसन्द था। दरअसल वही, मतलब उसी के किनारे हम पैदा हुए थे, वहीं बढ़े थे।"

"तुम रोज सुबह समन्दर के किनारे जाती हो?"

"हाँ, जाती हूँ लेकिन उसकी तरफ देखती नहीं।"

"क्यों?"

"धीरू की याद आती है।"

"मुझे अफसोस है कि मैं उनसे मिल न सका।"

"वैसा अब कोई नहीं है न होगा।" वह बड़े आत्मविश्वास से बोली।

"कितने साल तुम लोग साथ रहे।"

"सात साल।" वह बहुत उदास लगने लगी। मैंने सोचा शायद मैंने ही उदास कर दिया है। कुछ देर बाद मैंने पूछा, "तुम्हारी बिल्डिंग जुहू बीच के आगे 'मेन' सड़क पर है न?"

"हाँ, क्यों?"

"मैं सोच रहा था क्यों न हम जुहू बीच पर टैक्सी छोड़ कर समन्दर किनारे टहलते हुए तुम्हारी बिल्डिंग तक चलें।"

"चल सकते हैं।" उसने इस तरह कहा जैसे कोई उत्साह न हो।

जुहू बीच पर कुछ चहल-पहल थी। हम समन्दर के किनारे तक आ गये और जुहूतारा की तरफ आगे बढ़ने लगे। समन्दर की आवाज़ें साफ आ रही थीं। ऊपर फीका-फीका सा चाँद चमक रहा

था। दूर रौशनियाँ टिमटिमा रही थीं। मछुआरों की नावें सिमटकर टिमटिमाती रौशनियों में बदल गयी थीं।

"दूर रौशनियाँ देख रही हो?"

"हाँ।"

"तुम कभी मछुआरों के साथ मछलियों के शिकार पर गयी हो?" वह हँसने लगी, "तुम कैसी बातें कर रहे हो...नहीं, कभी नहीं।"

"मैं जाना चाहता हूँ और वहाँ से बम्बई देखना चाहता हूँ।"

"ठीक है जाओ।" उसने इस तरह कहा जैसे मतलब हो अभी चले जाओ।

फिर हम साथ-साथ रेत पर चलते रहे। अचानक रुककर उसने चप्पलें अपने हाथ में ले लीं और रेत पर दौड़ने लगी। मैं समझा कुछ दूर पर जाकर रुक जायेगी लेकिन वह रुकी नहीं। मेरे आवाज़ें देने पर भी नहीं रुकी। मजबूरन मुझे भी उसके पीछे दौड़ना पड़ा। कुक्ष क्षण तो ये अच्छा लगा कि मैं उसके पीछे दौड़ रहा हूँ लेकिन फिर ख़्याल आया कि रात के साढ़े बारह बजे सुनसान 'बीच' पर एक लड़की के पीछे चीख़ते हुए दौड़ना पुलिस के सिपाहियों को आकर्षित करने के लिए काफी है। मैं हाँफता हुआ रुक गया लेकिन वह अँधेरे में ओझल हो गयी। अब मेरी समझ में बिल्कुल कुछ नहीं आ रहा था कि क्या किया जाये। मैं ये समझूँ कि वह अकेली घर चली जायेगी या ये समझूँ कि नहीं। फिर सोचा मैं उसे घर छोड़ने की जिम्मेदारी से मुक्त नहीं हुआ हूँ। जिस दिशा में वह दौड़ी थी उस दिशा में मैं चल दिया।

अचानक वह रेत पर गीली रेत पर लेटी मिली। मैं उसके पास पहुँचा तो वह खड़ी होकर बोली, "कभी-कभी मुझे लगता है कि इतनी तेज़ दौड़ूँ...इतनी तेज़ दौड़ूँ कि जैसे हवा चलती है।" अब मैं इस बात का क्या जवाब देता।

"मैं तो डर गया था।"

"डर गये थे मुझसे?"

"नहीं तुम्हारे दौड़ने से।"

"दौड़ने से?"

"हाँ।"

"दौड़ने में डरने की क्या बात।"

"है...मैंने दौड़ते-दौड़ते लोगों को गायब होते देखा है।" वह हँसने लगी।

"तुम लोग बातें अच्छी करते हो।"

"कौन तुम लोग?"

"तुम लोग मतलब 'राइटर' 'पोयट' लोग।"

"हम लोग इसी का खाते हैं।"

"कैसे?"

"इस तरह कि अगर तुम फिल्म डायरेक्टर होती तो मुझे अपनी अगली फिल्म में 'डायलॉग' लिखने का काम दे देती।"

"देखो एक फिल्म बनाना तो मेरा ड्रीम है।"

"तुमसे ये उम्मीद नहीं थी।"

"क्यों?"

"फिल्म बनाना तो आज हर चौथे आदमी का ड्रीम है।"

"लेकिन मैं वैसी फिल्म नहीं बनाना चाहती जैसी हर चौथा आदमी बनाना चाहता है।"

"फिर कैसी फिल्म बनाना चाहती हो।"

"ऐसी फिल्म कि एक लड़की समन्दर के किनारे रात के सन्नाटे में दौड़ते-दौड़ते उड़ गयी।"

"हाँ, सब्जेक्ट अच्छा है किसी प्रोड्यूसर से बात करो।" मैं बोला। वह हँसने लगी।

उसके फ्लैट का दरवाज़ा आया ने खोला था। आया के पीछे चार-पाँच साल की एक लड़की खड़ी थी। लड़की की शक्ल अपनी माँ से बिल्कुल नहीं मिलती थी। लगता था वह सौ फीसदी अपने

बाप पर गयी है। हम अन्दर आकर बैठ गये। लड़की माँ से बिल्कुल सटकर बैठ गयी। लड़की के हाथ में एक बड़ी सी मर्दानी घड़ी थी। मुझे घड़ी देखकर हैरत हुई। क्या लड़की उससे खेलती होगी?

मैंने पूछा, "ये घड़ी कैसी है?"

"यह धीरू की घड़ी है।"

मैं सन्नाटे में आ गया। वह बोली, "अनि इस घड़ी के साथ चौबीस घण्टे रहती है। सोते वक़्त भी यह घड़ी उसकी मुठ्ठी में रहती है।"

"क्या मैं इस घड़ी को देख सकता हूँ।" मैंने कहा।

"नहीं, घड़ी ये किसी को नहीं देती। मुझे तक नहीं देती।"

"स्कूल जाती है?"

"हाँ, के.जी. में...वहाँ भी घड़ी इसके साथ रहती है। हर चीज़ भूल सकती है, स्कूल बैग भी कभी-कभी भूल जाती है लेकिन घड़ी कभी नहीं भूलती।"

"अभी तक ये सोयी नहीं।"

"मेरे आने के बाद ही सोती है। अगर मैं रात भर न आऊँ तो रात भर नहीं सोयेगी।"

मैं लड़की की तरफ देखने लगा। वह बिल्कुल खामोश थी। उसके चेहरे पर कुछ नहीं था, लगता था उसे बोलना तक नहीं आता।

"अच्छा तुम बैठो...मैं कपड़े बदल लेती हूँ। गीली रेत पर लेटने से गीले हो गये हैं।"

मैंने पहली बार अच्छी तरह नोटिस किया कि पिया मुझे 'तुम' कह रही है। इसलिए कि शायद मैं भी उसे तुम कहने लगा था या शायद इसलिए कि अंग्रेज़ी बोलने वालों और अंग्रेज़ी में सोचने वालों के लिए तुम और आप में कोई अन्तर नहीं होता। उठने से पहले वह बोली, "क्या पियोगे चाय? काफी?"

"देखो तुम्हारे पीछे दौड़ने की वजह से मेरा नशा उखड़ गया है। अगर तुम्हारे पास 'रम' हो या कुछ और..." वह हँसने लगी और आवाज़ दी, "सुजाता साहब के लिए 'रम', 'पानी', 'आइस' लाओ।" पिया के साथ उठकर उसकी लड़की भी अन्दर चली गयी। मैंने पहली बार विस्तार से ड्राइंगरूम का जायज़ा लिया। किसी सम्पन्न आदमी के कलात्मक ड्राइंगरूम जैसा था। खास बात यह कि सस्तापन और पैसे का घटिया प्रदर्शन नहीं था। आरामदेह और सुरुचिपूर्ण फर्नीचर था लेकिन एक कोना बहुत खाली छोड़ दिया गया था। ऐसा लग रहा था जैसे जानबूझकर खाली छोड़ दिया गया हो। ऐसा नहीं लगा कि यह कोना अपने आप उपेक्षित रह गया होगा। ज़रा ही देर में सुजाता एक ट्रे में रम की बोतल, पानी और बर्फ लेकर आ गयी, सब कुछ था। हद यह थी कि नमकीन और बर्फ निकालने का चिमटेनुमा चमचा, सब था। लगा यह सब अच्छी तरह जानती है। मैंने पिया के लौट आने का इन्तज़ार नहीं किया। अपने लिए 'ड्रिंक' बना ली और एक लम्बा घूँट ले लिया। यह भी सोचा कि अब चलना चाहिए, काफी रात हो गयी है। ठीक है तो ख़त्म करके उठ जाऊँगा। पिया आयी, उसने एक लम्बा-सा कफ़तान पहन लिया था। कुछ बालों और चेहरे की भी ख़बर ली थी। वह बजाय सोफे पर बैठने के नीचे कालीन पर बैठ गयी। मैं भी कालीन पर ही उतर आया।

"तुम्हारा ड्राइंगरूम देख रहा था।"

"इसमें देखने के लिए कुछ नहीं है।"

"क्या मतलब?"

"मुझे वो लोग नहीं पसन्द जो कमरे के हर कोने में 'एन्टीक्स' सजा देते हैं। उसका मतलब होता है ये भी देखो, ये भी देखो, ये ज़रूर देखो...इसे न छोड़ देना।" वह हँसने लगी।

"एक बात महसूस की है मैंने।"

"क्या?"

"तुम्हारे ड्राइंगरूम का एक कोना क्यों खाली-खाली लगता है?" वह गम्भीर हो गयी, बोली, "वह ड्राइंगरूम का कोना नहीं है ...मेरे दिल का कोना है..."

फिर सँभलकर बोली, "वहाँ धीरू की कुर्सी हुआ करती थी।"

"अब कहाँ है?"

"बेडरूम में...वह उसी पर सोती है।"

"मुझे लगा पिया धीरू से इतना प्यार करती थी या है कि उसके दिल का कोना हमेशा खाली ही रहेगा।

"क्या तुम सुबह देर से उठती हो?"

"कल सण्डे है...वैसे आमतौर से नहीं।"

"पार्टियों में नहीं जाती हो?"

"जाती हूँ...मुझे लोगों को देखना अच्छा लगता है।"

"क्यों?"

"अलग-अलग तरह के लोगों को देखकर मुझे अलग-अलग तरह के जानवरों की याद आती है।" वह बहुत गम्भीरता से बोली।

"अच्छा, काफी दिलचस्प बात है...मुझे देख तुम्हें किस जानवर की याद आती है?"

"तुम्हें देखकर मुझे गैंडे की याद आती है।" वह बहुत गम्भीरता से बोली।

मैं सब परिचितों के नाम ले-लेकर पूछना चाहता था कि उन्हें देखकर किन जानवरों की याद आती है लेकिन पूछा नहीं सिर्फ उसकी तरफ देखता रहा।

8

कुछ लोगों को मंच पर अभिनय करने में मज़ा आता है। मुझे मंच के नीचे अभिनय करने में मज़ा आता है। जब मुझे पता चला कि मैं कानपुर के जोगेन्द्र शर्मा के सामने जालिब के 'चीफ असिस्टेंट' का अभिनय करूँगा तो मुझे सोचकर ही काफी मज़ा आया।

इसका मतलब ये हुआ कि मैं अपने आपको थोड़ी देर के लिए भूल जाऊँगा। अपने आपको भूल जाने का मज़ा या कहें नशा बड़ा ज़बरदस्त होता है। ये नशा खरीदा नहीं जा सकता। एक बार मेरा दोस्त पागल हो गया, छः महीने तक पागल रहा, फिर ठीक हो गया। मैंने पूछा कि तुम्हें कैसा लगता था?

बोला, यार मज़ा आ गया। मैं छः महीने अपने आपको भूला रहा, अब सालों ने मुझे मिल-मिलाकर 'ठीक' कर दिया है।

तय ये पाया था कि मैं चीफ के वेश में, जसिया दूसरे 'असिस्टेंट' के रूप में जायेंगे। अगर लगा कि 'पार्टी' में जान है तो "प्रभु" मिलेंगे, अगर नहीं तो जय राम जी की। जालिब का कहना था उन दोनों को पहचानने में कोई दिक्कत नहीं होगी। दो घबराये हुए अजनबी से लोग 'बॉर' में किसी को खोजते से दिखाई देंगे। वही जोगेन्द्र शर्मा और अभय चतुर्वेदी होंगे। हुआ भी यही, ठीक आठ बजे वे घुसे और जसिया उन दोनों को उस टेबुल पर ले आया जहाँ मैं बैठा था। जोगेन्द्र शर्मा की कानपुर में 'टेनरी' थी। अभय चतुर्वेदी नाटकों के निर्देशक थे। दोनों फिल्म बनाना चाहते थे। दोनों परेशान लग रहे थे। दोनों तीन महीने से बम्बई में थे, धक्के खा रहे थे। दोनों को फिल्म इण्डस्ट्री के बारे में कम ही मालूम था।

जोगेन्द्र शर्मा का नज़रिया साफ था। वह कह रहा था कि नये बिजनेस में यही होता है। कुछ परेशानी तो होती ही है। अभय कलाकार किस्म के आदमी थे। बातचीत शुरू हुई। सबसे पहले उन्होंने पूछा कि जालिब साहब के पास टाइम है या नहीं। मैंने बताया कि जालिब साहब के पास टाइम तो बिल्कुल नहीं है लेकिन वे 'प्रोजेक्ट' देखकर ही तय करते हैं। हो सकता है आपका 'प्रोजेक्ट' उन्हें पसन्द आ जाये। जोगेन्द्र शर्मा ने बताया कि कहानी उनके पास बहुत अच्छी है। यह पूछने पर कि किसने लिखी है, वे बोले, "बस यही समझ लीजिए कि हम ही लोगों ने लिखी है। बाद में पता चला कि कहानी उनकी पत्नी की है। फिर पैसे आदि के बारे में बात होने लगी। मैंने कहा कि अगर आपके 'फाइनेंसर' की हालत ठीक नहीं है तो जालिब साहब काम में हाथ नहीं डालेंगे क्योंकि वे किसी डिब्बे में बन्द हो जाने वाली फिल्म में शरीक नहीं होते। जोगेन्द्र शर्मा ने कहा कि पूरा पैसा वही लगायेगा इसलिए यह चिन्ता करने की ज़रूरत नहीं है कि फिल्म बीच में रुक जायेगी या 'फाइनेंसर' परेशान करेगा। उसने यह भी कहा कि वह पैसा बम्बई के 'फाइनेंसरों' से नहीं लेना चाहता क्योंकि उनके ब्याज की दरें बहुत ऊँची होती है। फिल्म का बजट उन्होंने चालीस लाख बताया था। कास्ट तय नहीं की थी क्योंकि सबसे बड़ी और पहली जरूरत 'स्क्रिप्ट' की थी। गाने लिखे जा चुके थे। उनकी रिकार्डिंग नहीं हुई थी क्योंकि कोई अच्छा 'म्यूज़िक डायरेक्टर' नहीं मिल पाया था।

देखने-सुनने में लगता था कि पार्टी ठीक है। अनाड़ी है, नयी है, बचकानी है लेकिन पैसा है। हमें और क्या चाहिए था? मैंने उनसे कहा कि कहानी 'वन लाइन' सुनायें। कहानी अभय चतुर्वेदी ने सुनानी शुरू की। बीच-बीच में जब जी चाहता था जोगेन्द्र शर्मा उसे चुप करा देते थे और खुद चालू हो जाते थे।

यह स्पष्ट था कि कहानी पचास-साठ हिन्दी फिल्मों की

कहानियों के घालमेल-से तैयार की गयी थी। मैं बीच-बीच में नोट्स लेने का अभिनय भी कर रहा था। कहानी सुनने के बाद मैंने उनसे कहा, "ठीक है मैं जालिब साहब को कहानी सुना दूँगा।"

"जी वैसे क्या लेते हैं जालिब साहब?" डरते-डरते अभय चतुर्वेदी ने पूछा।

"लेना-देना तो बाद की बात है। पहली बात तो ये है कि कहानी उनको पसन्द भी आती है या नहीं।" मैंने लापरवाही से कहा।

"आपको कैसी लगी?"

कहानी दो कौड़ी की थी लेकिन मैंने कहा, "मुझे तो अच्छी लगी है पर पता नहीं जालिब साहब को कैसी लगती है।"

"उनको भी पसन्द आयेगी साहब...बहुत पसन्द आयेगी... आज तक जिसको भी सुनाया है सबने कहानी पसन्द की है।" जोगेन्द्र शर्मा बोले।

"वैसे कहानी पसन्द आ गयी तो क्या लेंगे?" अभय ने फिर पूछा।

"देखिए, ये उनसे ही पूछिएगा...मैं इस बारे में कुछ नहीं बता सकता।" मैंने आजिज़ी से कहा।

"एक बात और है भाई साहब।" जोगेन्द्र शर्मा बोले।

"क्या?"

"स्क्रिप्ट बीस-पच्चीस परसेंट लिखी जा चुकी है।"

"किसने लिखी है?" मैंने पूछा।

"मदन मोहन जी ने।" मदन मोहन जी फिल्मी दुनिया के जाने-माने लेखकों में हैं। मैं उनके नाम से परिचित था।

"तो उन्हीं से पूरी करा लीजिए...जालिब से क्यों लिखवाना चाहते हैं?"

"जी बात ये है कि बात बनी नहीं।" जोगेन्द्र शर्मा बोले।

"क्या बात नहीं बनी?"

"वैसे तो सब ठीक था लेकिन..." अभय ने कहते-कहते अपने को रोक लिया।

"देखिए, अगर खुलकर बात नहीं करनी है तो बात करने से कोई फायदा नहीं है। जालिब साहब उल्टी-सीधी चीज़ में हाथ नहीं डालते।"

"नहीं-नहीं, ऐसा बिल्कुल नहीं है।"

"फिर क्या बात है।"

"दरअसल अब हम उनसे लिखवाना नहीं चाहते।"

"लम्बी कहानी है साहब।" जोगेन्द्र शर्मा ठण्डी साँस लेकर बोले।

"देखिए, आप लोगों के लिए यही अच्छा होगा कि सब साफ-साफ बता दें। कहीं बाद में कोई लफड़ा हुआ तो नुक़सान आपको ही होगा।"

"देखिए, हुआ यह कि..." अभय चतुर्वेदी पूरी बात बताने के मूड में आ गये। उन्हें जोगेन्द्र शर्मा का इशारा मिल गया था कि अब कह ही डालो।"... हम जब बम्बई आये तो किसी ने कहा कि मदन मोहन जी से लिखवा लो, बहुत सीनियर और टॉप के राइटर हैं।"

"फिर?"

"फिर हम उनके पास गये। पैसे-वैसे की बातें तय हो गयीं। हमने 'साइनिंग एमाउण्ट' दे दिया। उन्होंने हमें अगले 'वीक' बुलाया...हम गये तो फिर अगले 'वीक' बुलाया। हम फिर गये तो कहने लगे बम्बई में उन्हें लोग बहुत 'डिस्टर्ब' करते रहते हैं। वैसे भी वे बम्बई में नहीं लिखते। कहने लगे कहीं ऐसी जगह चलो कि महीने भर की 'सिटिंग' में तुम लोगों का काम पूरा हो जाये। हमने कहा कानपुर चलिए। इस पर वे बिगड़ गये कहने लगे अपना 'एडवान्स' वापस ले लो। मैं तुम लोगों के लिए नहीं लिखूँगा। फिर उन्हीं से पूछा कि कहाँ चलना चाहिए तो बोले ऊटी चलो।

मनमोहन जी उनके दो असिस्टेंट एक 'अटेंडेण्ट' और हम लोग ऊँटी आये। मनमोहन जी 'बाई एअर' आये। हम लोग पहले ट्रेन से पहुँच गये थे।"

"लेकिन साहब अटेंडेण्ट प्लेन से ही गया था।" जोगेन्द्र शर्मा ने इस तरह कहा जैसे इससे बड़ा अन्याय न कभी हुआ था न होगा। ज़ाहिर है कि 'अटेंडेण्ट' की हवाई यात्रा का भार जोगेन्द्र शर्मा पर ही पड़ा होगा।

"उसके बाद जी 'अटेंडेण्ट' ने कहा कि मदन मोहन जी जब 'डिक्टेंशन' देते हैं तो उन्हें किसी तरह का 'डिस्टर्वेन्स' पसन्द नहीं है। उनके कमरे में स्कॉच ह्विस्की और गर्मागरम कबाब बराबर मौजूद रहने चाहिए। चलो ठीक था। हम जानते थे कि 'राइटरों' का अपना-अपना 'स्टाइल' होता है। सब कुछ किया गया।"

मैं ध्यान से कहानी सुन रहा था। यहाँ तक तो कहानी समझ में आती थी लेकिन जो कुछ इसके बाद सुनाया गया वह मेरी समझ में नहीं आया। लेकिन सुनाते वक़्त अभय और जोगेन्द्र शर्मा के चेहरे पर जो ईमानदारी थी उसने मजबूर कर दिया कि मैं पूरे क़िस्से की हक़ीकत स्वीकार कर लूँ। किस्से के बीच में जोगेन्द्र शर्मा तड़प-तड़प कर टुकड़े लगाते थे जिससे अन्दाज़ा लगता था कि उनकी आत्मा को भयंकर कष्ट पहुँचा है।

"तो जी सीन ये होता था कि मदन मोहन जी अपने 'असिस्टेंटों' के साथ कमरे में बन्द हो जाते थे। वहाँ कोई नहीं जा सकता था। केवल 'अटेंडेण्ट', शराब, कबाब और सिगरेट की 'रेगुलर' सप्लाई करता रहता था। हम दोनों अपने कमरे या होटल की 'लाउंज' में बैठे रहते थे।'अटेंडेण्ट' से ही पूछ सकते थे कि काम कैसा चल रहा है। वह कहता था, "अभी मदन मोहन जी सोच रहे हैं।"

"अरे भाई साहब वह दो कौड़ी का 'अटेंडेण्ट' कभी-कभी तो हम लोगों को उस तरह झिड़क देता था जैसे हम उसकी प्रजा हों।"

जोगेन्द्र शर्मा बोला।

"दो दिन बाद हमने मदन मोहन जी से पूछा साहब 'स्क्रिप्ट' कितनी हो गयी है? वे बोले अभी शुरू नहीं हो पायी। हमने कहा, "कब शुरू होगी तो आसमान की तरफ उँगली उठाकर बोले कि उससे पूछो। वही लिखवाता है मैं तो लिखता नहीं। और उन्होंने यह भी कहा कि मैं इस तरह के सवाल पसन्द नहीं करता। अब आप ही बताइए हम पैसा पानी की तरह बहा रहे हैं और हमें यह भी अधिकार नहीं है कि जान सकें कि हमारा काम कैसा हो रहा है। भाई जी जब हम किसी को पच्चीस हजार का भी माल बेचते हैं तो वह सौ सवाल पूछता है। चीज़ को पचासियों बार उलट-पुलट कर देखता है। दसियों लोगों की राय लेता है। माल को ठोंकता-बजाता है, जाँचता-परखता है, तब कहीं उसकी जेब से पैसा निकलता है।"

इतना लम्बा भाषण देने के बाद जोगेन्द्र शर्मा ने पान पराग और एक सौ बीस नम्बर की तम्बाकू को अपनी हथेली पर मिलाया और बड़ा-सा मुँह खोलकर, जिसके सब दाँत पीले थे, अन्दर डाल लिया। उनके गले में सोने की मोटी चेन और उँगलियों में मोटी-मोटी अँगूठियाँ बता रही थीं कि वे सफल कारोबारी हैं।

"फिर क्या हुआ?"

"फिर तो साहब हम दोनों उनके कमरे के दरवाज़े पर कान लगाये खड़े रहते थे लेकिन अन्दर से 'डिक्टेंशन' की कोई आवाज़ नहीं आती थी। इस तरह एक 'वीक' निकल गया।" अभय बोला और फिर बात के सूत्र को जोगेन्द्र शर्मा ने झटक लिया।

"उसके बाद मैंने उनके हाथ जोड़कर साफ कहा कि मदन मोहन जी आप बहुत बड़े 'राइटर' हैं, हम लोग आपको मानते हैं। आपसे हमारा एक निवेदन है कि जिस कमरे में आप 'डिक्टेंशन' देते हैं उसमें हमें भी बैठने दीजिए। इस पर वे बोले, "देखो ऐसा मैं करता नहीं लेकिन ठीक है कल से तुम दोनों भी बैठ सकते हो।"

"फिर?"

"फिर साहब हम उसी कमरे में बैठने लगे। दो मेज़ों पर उनके दोनों 'असिस्टेंट' बैठते थे। हाथ में क़लम लिये सामने कागज़ रखे एक आरामकुर्सी पर मदन मोहन जी बैठते थे। उसके सामने छोटी मेज़ पर ह्विस्की और कबाब की प्लेट रखी होती थी। वे धीरे-धीरे ह्विस्की पीते थे और कबाब खाते थे। कभी-कभी उठकर टहलने लगते थे। कुछ बुदबुदाते थे, हवा में हाथ चलाते थे फिर ह्विस्की पीते थे, फिर कबाब का एक टुकड़ा मुँह में रखते थे, बोलते कुछ नहीं थे।"

"इस बीच 'असिस्टेंट' साले एक-आध झपकी मार लिया करते थे।" जोगेन्द्र शर्मा इस तरह बोले जैसे कोई लतीफा सुना रहे हैं। मैं नहीं हँसा लेकिन जसिया खूब हँसा।

"फिर?"

"फिर अगले हफ़्ते के चौथे दिन हमने हाथ जोड़कर फिर निवेदन किया कि महाराज कुछ शुरू कराओ।

वे बोले, देखो, जब 'वह' चाहेगा तुम्हारा काम शुरू हो जायेगा उसकी मर्ज़ी के बग़ैर पत्ता नहीं हिलता, मैं बोल कैसे सकता हूँ, प्रेरणा तो कहीं और से ही आती है न? होते-हुआते एक हफ़्ता और निकल गया। उधर होटल का बिल भी साला बढ़ता ही जाता था।"

"वह तो अच्छा था कि जो मेरे पास 'क्रेडिट कार्ड' था नहीं तो कैश के लिए परेशान होना पड़ता।" जोगेन्द्र शर्मा बोले।

"दूसरे हफ़्ते शनिवार का दिन था। सोलह अगस्त की तारीख थी। हम दोनों और उनके दोनों 'असिस्टेंट' बैठे थे। सामने कुर्सी पर मदन मोहन जी बैठे कुछ सोच रहे थे और ह्विस्की की छोटी-छोटी चुस्कियाँ ले रहे थे। अचानक वे चीख़ उठे, "आ गया ...हम दोनों उछल पड़े। उनके 'असिस्टेंट' भी सँभलकर बैठकर अपने क़लम खोल लिए। मदन मोहन जी ने हम लोगों से कहा देखा तुमने? अब लो एक टॉप की 'स्क्रिप्ट'। ऊपर से हुक्म आ

गया है। हम लोग बहुत खुश हो गये लगा कि काम हो जायेगा। उन्होंने कहा, "पहला सीन, रात का अँधेरा, जंगल में सन्नाटा, तेज़ हवा चल रही है, सियार की आवाज़ें आ रही हैं, रह-रह कर धुग्धू बोलने लगता है, दूर एक रौशनी का बिन्दु दिखाई देता है, कभी ओझल हो जाता है, धीरे-धीरे एक आवाज़ आती है, साफ पता नहीं चलता की आवाज़ कैसी है, पर धीरे-धीरे पता चलता है कि कुछ चलने की आवाज़ है, रौशनी का बिन्दु साफ होता जाता है, पता चलता है कि किसी रेल के इंजन की 'हेडलाइट' है, ट्रेन फ्रेम में आती है, कट घोड़े दौड़ रहे हैं...मदन मोहन जी बोलते रहे और वे दोनों लिखते रहे पर हम लोग हैरान थे। कभी जोगेन्द्र जी मेरा मुँह देख रहे थे और कभी मैं उनका। मौक़ा पाकर मैंने मदन मोहन जी को टोका और कहा, "महाराज ये ट्रेन और घोड़े तो हमारी कहानी में हैं नहीं...इस पर उन्होंने कहा, "क्यों? तुम्हारी कहानी में रात के वक़्त गाँव के स्टेशन पर ट्रेन नहीं रुकती और ठाकुर के आदमी घोड़ों पर बैठकर नहीं आते? मैंने हाथ जोड़कर कहा, "कहानी आपके सामने है खुद देख लीजिए। हमारी कहानी तो प्रोफेसर और उसकी 'स्टूडेंट' की प्रेम कहानी है।" इस पर मदन मोहन जी ने कहा, "धत्त तेरी की मैं दो हफ़्ते से एक दूसरे प्रोड्यूसर की कहानी के बारे में सोच रहा था...और समझ रहा था कि तुम्हारी कहानी है।"

"अब देखिए भाई साहब अगर हम कारोबार में ऐसा कर दें तो ग्राहक क्या सज़ा देगा। मतलब, माल कुछ दिखायें और सप्लाई कुछ और करें तो ग्राहक जूते लगायेगा, गालियाँ देगा, अपना पैसा वापस माँगेगा, दावा दायर कर देगा, एफ.आई.आर. दर्ज करा देगा लेकिन हम क्या कर सकते थे। खून का घूँट पी गये...भाई साहब आप विश्वास नहीं करोगे इस साली फिल्म के चक्कर में अपना कितना ख़ून जला है...डेढ़-दो किलो वज़न घट गया...लेकिन हम भी बिजनेसमैन हैं, तय कर लिया है कि जब तक फिल्म बना नहीं लेंगे

और उससे चार पैसे कमा नहीं लेंगे तब तक पीछा नहीं छोड़ेंगे।"

"फिल्म तो जी बनेगी ही...उसे कोई रोक नहीं सकता।" अभय चतुर्वेदी झूम कर बोले। मैं समझ गया कि उनके लिए फिल्म बनाना जोगेन्द्र शर्मा से भी ज़्यादा महत्त्वपूर्ण है क्योंकि जोगेन्द्र शर्मा का तो जमा-जमाया धन्धा है। फिल्म नहीं बनी तो दो-चार-दस लाख का घाटा खाकर चले जायेंगे लेकिन अभय चतुर्वेदी के साथ तो ऐसा नहीं है न।

"तब आप उनसे अलग हो गये।"

"नहीं जी, आसानी से तो थोड़ी ही हुआ।"

"फिर?"

"कहने लगे, यहाँ से तबीयत उखड़ गयी, चलो अब बम्बई चलो, वहाँ से गोवा चलो, अब तुम्हारा काम गोवा में ही होगा।"

"भाई जी वह मुहावरा है न...खैर आप तो राइटर हैं मुझसे अधिक जानते हैं...वही कि दूध का जला छाछ भी फूँक-फूँक कर पीता है, तो भाई जी हम गरम दूध से फिर जलने को तैयार न थे। बम्बई आकर हमने मदन मोहन जी से कहा कि महाराज, हमारी आपकी न पटेगी। हम फिल्म किसी और से लिखवायेंगे। इस पर उन्होंने कहा, "कल आना, कल बात होगी।"

हम लोग अगले दिन गये तो उन्होंने बीस-पच्चीस पन्ने लिखे दिखाये और बोले तुम्हारी 'स्क्रिप्ट' पर काम शुरू हो गया है, घबराओ मत, काम हो जायेगा।"

पर भाई जी मेरे मन में यही बात बैठ गयी थी कि यह आदमी हमें लूट खायेगा। मैंने कहा, "नहीं जी अब तो ऐसा ही मन बना लिया है कि काम किसी और से करायेंगे।" इस पर मदन मोहन जी ने कहा कि देखो तुम लोगों ने मुझसे 'कॉन्ट्रेक्ट' साइन किया हुआ है, मेरे अधूरे काम को इण्डस्ट्री में कोई हाथ में न लेगा, "देखा आपने तो कैसा फँसा लिया हमको?" अभय बोला।

"भाई जी हम भी बिजनेसमैन हैं हमने कहा देखो मदन

मोहन जी कोर्ट-अदालत हमारा रोज़ का काम है। अदालतें सब जगह एक सी होती हैं जैसी कानपुर में हैं वैसी ही बम्बई में हैं। वहाँ से किसी को कुछ नहीं मिलता। न हमारे वहाँ का चक्कर लगाने का टाइम है न आपके पास...न हम आपसे ज़बरदस्ती काम ले सकते हैं न आप कर सकते हैं...तो प्यार से अलग होने में तो कोई नुक़सान नहीं है।"

"तो आप लोग अलग हो गये।" मैंने सोचा कि किस्सा लम्बा होता जा रहा है। आठ बज चुका है। वहाँ महफिल जम गयी होगी यहाँ मैं चूतियों के साथ टाइम बर्बाद कर रहा हूँ।

वे बोले, "इतनी आसानी से नहीं। पाँच हजार और देने पड़े तब जाकर उन्होंने 'नो अब्जेक्सन' लिखकर दिया।"

"चलिए ठीक है। तो आप लोग परसों फोन कीजिएगा।"

"बिल्कुल ठीक है जी।"

"जालिब साहब यहीं लिखते हैं या...।"

"ये सब आपको 'कॉन्ट्रैक्ट' साइन करने से पहले बताया जायेगा, जालिब साहब साफ काम करते हैं।" मैंने कहा।

"ठीक है जी, ठीक है।"

जसिया ने मेज़ पर पड़े काग़ज़ उठा लिये। हम दोनों बाहर निकल आये। जसिया बोला, "यह महानगरी है बॉस।"

"जसिया प्यारे जैसे ब्रह्म हर जगह है वैसे ही माया भी हर जगह है।" मैंने कहा।

"हाँ ये तो आप ठीक कहते हैं।" वह चुप हो गया। ख़्यालों में डूब गया। पता नहीं ब्रह्म के ख़्यालों में डूबा या माया के।

9

मैं और जसिया लौटकर वापस आये तो 'प्रभु' फ्लैट में नहीं थे। यह आश्चर्य की बात थी,। 'प्रभु' अन्य भगवानों की तरह अपना 'ठीया' छोड़कर इस तरह कम ही जाते थे। जाते थे तो कार्यक्रम पहले से तय होता था और सबको मालूम होता था। शबनम ने बताया था कि आठ बजे के आसपास 'प्रभु' कहीं चले गये हैं। बहरहाल मैं और जसिया बैठ गये। जसिया की भी राय यह थी की 'पार्टी साउण्ड' है, पैसा है और फिल्म बनाने की इच्छा भी प्रबल है। 'प्रभु' को यह काम अपने हाथ में ले लेना चाहिए। चार पैसे ही बन जायेंगे। चने-चबाने का बन्दोबस्त हो जायेगा। जसिया ने चाय बनायी और हम बैठ गये। कुछ छुटपुट बातों के बाद जसिया ने बड़े राज़दाराना लहजे में पूछा, "बॉस एक राय दीजिए।"

मैं बहुत खुश हो गया। जब भी मुझसे कोई राय माँगता है मैं प्रसन्न हो जाता हूँ क्योंकि जितनी खुशी मुझे लोगों को राय देकर होती है उतनी दूसरे कम ही कामों में होती है। राय माँगने वाला आपको सम्मान देता है। राय माँगने वाला आप पर विश्वास ज़ाहिर करता है। राय माँगने वाला दर्शाता है कि जहाँ उसका दिमाग़ काम करते-करते ठप्प हो गया है वहाँ आपका दिमाग़ चलेगा।

मैंने कहा, "हाँ-हाँ, बताओ क्या बात है।"

"बॉस अपनी 'फाइनेन्स मिनिस्टरी' फेल हो गयी है।" वह बोला। वह कह रहा था कि उसकी आर्थिक हालत बहुत खराब हो गयी है। यह अन्दाजा लगाते देर नहीं लगी कि वह उधार माँगेगा

और सौ-दो सौ रुपये का ख़ून हो जायेगा। यह भी मेरा अनुभव है कि राय देने का काम हमेशा फोकट का काम नहीं होता। अक्सर राय देने वाला फँस जाता है।

"पैसा ख़त्म हो गया है?"

"हो तो नहीं गया है पर होने वाला है और उस कमी को पूरा भी कर लिया जाये नहीं तो फिर कम हो जायेगा। यहाँ पैसे का खर्च साला ज़्यादा है।"

"फिर?"

"बॉस जब मैं घर से भागा था तो पाँच हज़ार कैश लाया था। माता जी के गहने भी लाया था। पाँच हज़ार तो ख़त्म हो गये हैं। माता जी के गहने आठ हज़ार में बेचे थे। वही पैसा चल रहा है। अब होते-हुआते दो हजार बचा है।" मैंने एक चैन की साँस ली। इसका मतलब है तत्काल उसे उधार नहीं चाहिए।

मैंने कहा, "तो तुमने क्या सोचा है।"

"बॉस मैं अगर घर चिट्ठी डाल देता हूँ तो बाबूजी दो-चार हज़ार और भेज सकते हैं।"

"बहुत अच्छी बात है तुम्हें घर से अच्छी सपोर्ट है।"

"बॉस मैं इकलौता लड़का हूँ। दो बहनों की शादी हो चुकी है। घर में दूध का अच्छा कारोबार है। गिरे हाथों पाँच सौ रुपये रोज की आमदनी है। बीस-पच्चीस बीघा खेत भी है जिन्हें 'बटाई' पर उठा देते हैं। खाने भर को अनाज और जानवरों के लिए भूसा हो जाता है। घर अपना है ही और वहाँ ऐसा ख़र्चा ही क्या है।"

"घर वालों से पत्र-व्यवहार होता है?"

"आने के छः महीने बाद एक खत डाला था...ज़वाब आया था...बाबू ने लिखा था कि ठीक है जो मन में है करो...हम तुम्हारे साथ गले गले पानी तक हैं।"

"तो ठीक है और पैसा मँगवा लो।"

"वह भी ख़र्च हो जायेगा बॉस।" उसके यह कहने पर मुझे

लगा कि उसका झुकाव आध्यात्मिकता की ओर हो रहा है। अभी संसार की नश्वरता के बारे में एक भाषण पेल देगा।

"सो तो है ही है। कौन चीज़ यहाँ बच जायेगी।" मैंने भूमिका बाँध दी।

"ये बात नहीं है बॉस...मैं सोचता हूँ कुछ ऐसा किया जाये कि चार पैसे की 'रेगुलर आमदनी' होती रहे और बार-बार घर से पैसा न माँगना पड़े।"

"तो क्या करना चाहते हो?"

"सोचता हूँ कोई 'ठीया' ठीक कर के दो-चार भैंसें पाल लूँ। बम्बई में दूध का दाम बहुत अच्छा है। सौ-पचास की आमदनी हो जायेगी अपना स्ट्रगल भी चलता रहेगा और कारोबार भी खड़ा हो जायेगा।"

उसके यह कहने पर मेरा जी चाहा कि उसे गले लगा लूँ। वह ऐसा बुद्धिमान होगा यह सोचा भी न था। मैंने कहा, "यार जसिया ये तुमने सवा लाख रुपये की बात की है। बहुत दिन बाद मैंने तुम्हारे रूप में एक ऐसा आदमी देखा है जैसा एक बार दिल्ली में देखा था।"

"कैसा आदमी बॉस?"

"भई एक बार हुआ कि रात के करीब आठ बजे कनॉट प्लेस से ग्रीन पार्क आने के लिए स्कूटर की तलाश में था। एक सरदार जी स्कूटर वाले मिले उन्होंने कहा कि वे मुझे ग्रीनपार्क के 'उपहार' सिनेमा तक ले जा सकते हैं लेकिन 'उपहार' पर ही छोड़ देंगे। ख़ैर मैं बैठ गया। रास्ते में उनसे बातचीत शुरू हुई। मैंने उनसे पूछा कि वे 'उपहार' में पिक्चर देखने जा रहे हैं? उन्होंने बताया कि नहीं वे उपहार में मशीन ऑपरेटर हैं। मैंने पूछा कि तो क्या खाली समय में स्कूटर चलाते हैं? उन्होंने कहा नहीं जी मैं खाली समय में स्कूटर नहीं चलाता। फिर ये स्कूटर कैसा है और वे कैसे चला रहे हैं? यह पूछने पर उन्होंने बताया कि ड्यूटी पर

जाने के लिए पहले उनके पास एक मोटर साइकिल थी। नवीन शाहदरा से 'उपहार' तक आने-जाने में दस से बारह रुपये का पेट्रोल लग जाता था। फिर उसने मोटरसाइकिल बेचकर थ्रीह्वीलर खरीद लिया। तो आते वक़्त इधर की एक-आध सवारी तो मिल जाती है। जाते वक़्त एक-आध सवारी मिल जाती है। अपना उसका आना-जाना मुफ्त हो जाता है और बीस-पच्चीस रुपये की आमदनी अलग हो जाती है।

"हाँ 'आइडिया' तो अच्छा है।" जसिया बोला।

"वैसा ही अच्छा 'आइडिया' तुम्हारा भी है।"

"तो आप प्रोजेक्ट को ओ.के करते हैं बॉस।"

"बिल्कुल।"

"ठीक है तो जल्दी 'महूरत' हो जायेगी।" वह खुश होकर बोला।

"प्रभु' को भी दूध, दही, घी का आराम हो जायेगा।"

"हाँ, 'प्रभु' के लिए ये चीजें बहुत ज़रूरी हैं। दिमागी काम करने वालों और दारू पीने वालों के लिए असली घी अक्सीर है।"

"हाँ बॉस देखिये असली घी के अभाव से मेरा क्या हाल हो गया है।" वह अपनी टी-शर्ट उठाने लगा।

"ठीक है-ठीक है।" मैं घबराकर बोला। उसकी पसलियाँ देखने में मुझे कोई रुचि नहीं थी।

"लगता है तुम्हारे खाने-पीने की व्यवस्था भी ठीक नहीं है।"

"बॉस खाना-पीना यहाँ क्या होता है वटाटा वड़ा, पकौड़ा, ब्रेड कभी-कभी वैष्णव भोजनालय में चला जाता हूँ। तो पेट भर जाता है। नहीं तो यहीं लगा रहता हूँ।"

"तुम शादी कर लो।"

"नहीं बॉस नहीं...वह शर्मीली-सी हँसी हँसा।"

"क्यों?"

"इण्डस्ट्री में मार्केट गिर जाती है।" वह विश्वास से बोला।

"क्या मतलब?"

"मतलब यह है बॉस कि एक रास्ता बन्द हो जाता है।"

"मैं अब तक नहीं समझा।"

"मतलब यही बॉस कि जब तक शादी नहीं हुई तो..." उसने अधूरा वाक्य छोड़ दिया।

ओहो तो ये बात है जसिया जी, भई खूब, मतलब यह है कि आप अपने आपको इतना हसीन समझते हैं कि आपकी ज़वानी और हुस्न भी आपके लिए रास्ता हो सकता है। हम लोगों के कॉलेज में एक लड़की हुआ करती थी। निहायत ही बदसूरत लेकिन अपने आपको समझती थी हसीना। खुश रहती थी। उसे देखकर लड़के कहा करते थे कि "अपने बारे में ग़लतफहमी की कोई सीमा नहीं हो सकती—उदाहरण नदिया सुल्ताना।"

"हाँ, ये तो तुम ठीक कहते हो।"

जसिया दस बजे तक बैठा उसके बाद यह कहकर चला गया कि देर हो जाने पर पहुँचने में दिक्कत हो जायेगी। मैं अकेला हो गया लेकिन घड़ी देखी तो अकेला होना कुछ मिनट का ही था। क्योंकि हैदर साहब के आने का वक़्त हो रहा था। और उन्होंने निराश नहीं किया। ठीक अपने समय पर घण्टी बजी मैंने दरवाज़ा खोला। हैदर साहब सामने खड़े थे। बांद्रा अड्डे से ही आ रहे थे। चेहरा हल्का-सा सुर्ख था। मिलने पर हैदर साहब काफी हैदराबादी अन्दाज़ में थोड़ा झुककर आदाब अर्ज किया करते हैं। शालीनता उनके व्यक्तित्व का हिस्सा है। आदाब वग़ैरा के बाद उन्होंने पूछा, "जालिब साहब नहीं हैं क्या?"

"जी हाँ, कहीं गये हैं।"

"अच्छा है, उन्हें निकलना चाहिए...दिन भर घर में रहना अच्छा नहीं है।" वे गम्भीरता से बोले।

"आप ठीक कहते हैं।" फिर विषय बदलने के लिए मैंने पूछा, "आपका दिन कैसा रहा?"

"वैसा ही जैसा रहता है।" वे हँसे, "सुबह ऑफिस कुछ ख़तों के जवाब...कुछ दीगर काम...उसके बाद कम्पनी के मालिक हिलाल भाई आ गये, उन्होंने प्लास्टिक की एक नयी फैक्ट्री डाली है। उसमें आजकल उनका ज़्यादा वक़्त लगता है। ट्रांसपोर्ट कम्पनी तो एक तरह से मेरे ही ऊपर छोड़ रखी है, ख़ुदा का शुक्र है कि मेरे ऊपर उनको पूरा एतबार है।"

"आजकल फिल्मों में कुछ नहीं करते?" मैंने पूछा। वे एक फीकी-सी हँसी हँसकर बोले, "जी नहीं...बम्बई में रहते हुए और करीब चालीस साल तक इण्डस्ट्री में रहने के बावजूद आजकल मैं 'आउट ऑफ टच' हूँ। सड़कों पर फिल्मों के बड़े-बड़े बैनर न लगे हों तो मुझे पता ही न चले कि आजकल कौन-सी फिल्में रिलीज हुई हैं।"

"आप फिल्मों में कब आये थे हैदर साहब?" मैंने पूछा।

"बहुत पुरानी बात है असग़र साहब..." वे एक लम्बी साँस लेकर बोले। एक ही क्षण में उन्होंने चालीस साल का फासला तय कर लिया। उनके आँखों में अतीत चमकने लगा। अतीत चाहे जैसा हो, अच्छा या बुरा उसकी याद अच्छी लगती है।

"ये समझ लीजिए कि मैंने अपनी ज़िन्दगी ही फिल्मी दुनिया में गुज़ारी है।"

"मतलब शुरू से यहीं हैं?"

"नहीं...मैं सन् अड़तालीस में बी.ए. करने के बाद यहाँ आया था।"

"अड़तालीस में बी.ए. करने के बाद?" मुझे हैरत हुई क्योंकि उन दिनों पढ़े-लिखे फिल्म इण्डस्ट्री में नहीं आते थे।

वे हँसकर बोले, "अगर मैं चाहूँ तो इस बात पर फ़ख्र कर सकता हूँ कि हिन्दुस्तान का पहला ग्रेजुएट था जो फिल्म इण्डस्ट्री में 'फिफ्थ असिस्टेंट' था।"

"फिफ्थ असिस्टेंट'?"

"जी हाँ, वो ज़माना ही दूसरा था...जालिब साहब ने आपको बताया ही है कि मेरा ताल्लुक हैदराबाद से है या कहना चाहिए था मेरे वालिद निज़ाम के ज़माने में अदिलाबाद में मुंसिफ थे लेकिन 'फैमिली' को हैदराबाद में ही रखते थे। मैंने उस्मानिया यूनिवर्सिटी से—जब वो यूनिवर्सिटी नहीं थी तब—बी.ए. किया था। तालिबे इलमी के ज़माने से ही फिल्मों का चस्का था। केदार शर्मा की फिल्मों का दीवाना था लेकिन मैं पढ़ाई भी नहीं छोड़ना चाहता था। किसी को ये कहने का मौक़ा नहीं देना चाहता था कि पढ़ नहीं सके तो फिल्मों में चले गये।"

"तो बी.ए. पास करते ही आप यहाँ चले आये?"

"मैंने बी.ए. पास करते ही केदार शर्मा को ख़त लिखा और उन्हें बताया कि मैं उन्हें 'ज़्वाइन' करना चाहता हूँ। दूसरी तरफ वालिद साहब क़िब्ला ने दौड़-भाग करके मेरे लिए डिप्टी कलेक्ट्री हासिल कर ली थी। वो बहुत सख़्त घड़ी थी जब मैंने बालिद साहब से बताया कि मैंने फिल्मों में काम करने का फैसला कर लिया है। ये सुनकर उन्हें इतना सदमा हुआ था कि बिल्कुल ख़ामोश हो गये थे। ये समझिए जैसे कोई शीशे का बड़ा बर्तन टूटा हो और आवाज़ न आयी हो।" हैदर साहब चश्मा उतारकर साफ करने लगे। "हाँ वालिदा साहिबा ने ज़रूर रोते-रोते बुरा हाल कर लिया था।" वे हँसकर बोले, "ख़ैर माँ को मनाना इतना मुश्किल न था। दो-तीन हफ़्ते बाद वे मान गयी थीं।"

"केदार शर्मा का कोई ज़वाब आया था?"

"जी हाँ, आया था। उन्होंने लिखा था कि ये खुशी की बात है कि एक 'ग्रेजुएट' मुझे ज्वाइन करना चाहता है। इसके अलावा उन्होंने फिल्मी दुनिया के ख़तरों से भी मुझे आगाह किया था। लिखा था यहाँ तख़्त है या तख़्ता...ख़ैर साहब तो मैं बम्बई आया, केदार शर्मा के पास चार असिस्टेंट थे पाँचवाँ मैं लग गया। बाकी चार मुझसे चिढ़ने लगे। ज़ाहिर ही था क्योंकि पढ़ा-लिखा होने की

वजह से केदार साहब मुझे ज़्यादा जल्दी आगे बढ़ाना चाहते थे। दूसरे ये नहीं चाहते थे। उस ज़माने में केदार साहब 'दुल्हन' बना रहे थे। शूटिंग पूरी हो चुकी थी और 'एडीटिंग' चल रही थी। मैं उनके साथ रोज़ एडीटर के पास बैठा करता था। केदार साहब ने बाक़ायदा मेरी तालीम शुरू की। 'फ्रेम' से लेकर सारी 'टेक्निकल' बातें बतायीं...उसके बाद 'डबिंग' शुरू हुई, 'दुल्हन' में नसीम बानो हीरोइन थीं। क्या कल्ले-ठल्ले की औरत थीं, अल्लाह-अल्लाह। उनकी काले रंग की फोर्ड जब पोर्टिको में रुकती थी तो केदार साहब के चीफ असिस्टेंट का होना वहाँ ज़रूरी था। ड्राइवर दरवाज़ा खोलता था तो नसीम उतरती थीं। उसके बाद उनकी बुआ चाँदी का पानदान, चाँदी का उगलदान और खासदान लिए उतरती थीं। नसीम पान खूब खाती थीं लेकिन दाँत मोती की तरह चमकते थे। क़िमाम हमेशा लखनऊ का खाती थीं। ऐसा खुशबूदार कि मुँह खोलते ही कमरा महक उठता था।" हैदर साहब साँस लेने के लिए रूके।

"हैदर साहब आप ये सब लिख क्यों नहीं डालते।" मैंने लगभग उनसे गिड़गिड़ाते हुए कहा।

"काश मैं लिख सकता...मैं क्या जानूँ लिखना।"

"जैसे बता रहे हैं, वैसे ही लिख दीजिए।"

"अरे साहब न फुर्सत है, न दिमाग़ है, न आसानियाँ हैं, दिन भर ट्रक के ड्राइवरों से सिर मारना पड़ता है, कभी अनाज उतरवाना पड़ता है, कभी मोटर पार्ट्स...क्या लिखूँगा।"

"लेकिन हैदर साहब माफ कीजिएगा ये फिल्म छोड़कर आप 'ट्रांसपोर्ट बिजनेस' में कैसे आ गये?"

"बिजनेस में नहीं आया हूँ जनाब नौकरी करता हूँ, महज़ बारह सौ रुपये महीने मिलते हैं।"

अचानक घण्टी बजी। जालिब आ गया था। हैदर साहब ने दरवाज़ा खोला। जालिब कन्धे पर चमड़े का थैला टाँगे खड़ा था।

पिछले दिनों से मैं देख रहा था कि वह भी अगर कहीं जाता है तो सुल्ताना की तरह अपनी दारू साथ ले जाता है। इसलिए नहीं कि वह दूसरे की दारू नहीं पी सकता, बल्कि इसलिए कि अगर वहाँ दारू नहीं हुई तो क्या होगा।

"क्या भाई कहाँ चले गये थे?" मैंने पूछा।

"बस वैसे ही यार...थोड़ा निकल गया था...राकेश के यहाँ गया...वहाँ से पिया के पास चला गया था।" वे कुछ बुझे-बुझे से लग रहे थे। 'प्रभु' बैठ गये। उन्होंने थैले में से बोतल और गिलास निकाला और बनाने लगे। मैंने महसूस किया 'प्रभु' के हाथ कुछ काँप रहे हैं। इससे पहले मुझे शक ही था कि दारू बेतहाशा पीने की वजह से 'प्रभु' के हाथ काँप रहे हैं लेकिन इस वक़्त शक यक़ीन में बदल गया।

"हमारी मीटिंग तो शानदार रही।" मैंने बताया।

"कैसे लोग हैं?"

"जोगेन्द्र शर्मा की कानपुर में 'टेनरी' है। मैंने अन्दाज़ा यह लगाया कि क़रीब सत्तर-अस्सी लाख का 'टर्नओवर' होगा। और उनके डायरेक्टर अभय चतुर्वेदी भले आदमी लगे यह बात दूसरी है कि फिल्म डायरेक्शन के बारे में उतना ही जानते हैं जितना मैं यानी बिल्कुल नहीं।"

"वो सब अपनी 'हेडेक' नहीं है यार...ये बताओ के साले चालू तो नहीं हैं, पैसा-वैसा तो देंगे।"

"हाँ, दे देंगे...वैसे मदन मोहन जी उन्हें सूत चुके हैं।"

"अच्छे आदमी के हत्थे चढ़ गये थे।"

"अब वे परसों फोन करेंगे।"

"बहुत अच्छा...आज मैंने राकेश से भी बात कर ली है।"

"राकेश कौन?"

"अपना यार है, उसका जुहू में फ्लैट है, सोचता हूँ जोगेन्द्र शर्मा से वहीं मिला जाये।" वह बोला।

"लेकिन यार ये समझ में नहीं आया कि मदन मोहन जी जैसे आदमी ने इन लोगों को इतना परेशान क्यों किया।"

"देखिये असग़र साहब बात ये है कि इण्डस्ट्री में जो नये लोग आते हैं उन्हें ये झेलना ही पड़ता है। मदन मोहन जी किसी जमे-जमाये डायरेक्टर या प्रोड्यूसर से यह सब नहीं करते। ये आपके जोगेन्द्र जी भी जब जम जायेंगे तो सबका 'ऐटीट्यूड' चेंज हो जायेगा।" हैदर साहब बोले।

कुछ देर बाद हैदर साहब दूसरे कोने में करवट लेकर पड़ गये। जालिब और मैं बैठे रहे।

"क्या बात है कुछ फिक्रमन्द लग रहे हो?" मैंने कहा।

"यार वैसे फिक्र की कोई बात नहीं है। राकेश के यहाँ से निकला तो सोचा 'जुहूतारा' में पिया के पास हो लूँ... फोन नहीं किया चला गया तो वहाँ देखा अपने रतनसेन बैठे थे।"

"तो?"

"मतलब ये कि पिया ने मुझे कभी नहीं बताया कि रतनसेन उसके यहाँ आते हैं।"

"आते हैं मतलब?"

"मतलब यह कि ऐसा नहीं लगा जैसे रतनसेन वहाँ पहली बार गये हों।"

"ये तुम कैसे कह सकते हो।"

"यार मैंने धूप में बाल नहीं सफेद किये। रतनसेन को बाथरूम जाना था वे उठे और चले गये। जबकि अगर कोई पहली बार जा रहा है तो पूछेगा कि बाथरूम कहाँ है और वह भी पिया के फ्लैट में क्योंकि वहाँ बाथरूम बेडरूम के अन्दर है। और मुझे देखकर रतनसेन के चेहरे का रंग, ये तो नहीं कहूँगा की उड़ गया था, लेकिन कुछ बदल ज़रूर गया था। उनके सामने इतने तरह के नमकीन रखे थे जो मैंने पिया के फ्लैट में किसी के सामने नहीं देखे। पिया को भी मेरा उस वक़्त आना कुछ अच्छा नहीं लगा।"

"तो तुम क्या कहते हो, "इश्क़?"

"नहीं यार इश्क़ की मंज़िलों से दोनों गुज़र चुके हैं।"

"फिर?"

"तुम बताओ?"

"'बिजनेस'?"

"हाँ, ये हो सकता है। पिया को फिल्मों में काम करने का पुराना शौक है। रतनसेन ने अगली फिल्म 'एनाउंस' कर दी है।"

"ठीक है तो कोशिश करने दो।"

"यार अगर ये बात सच है तो पिया को कम-से-कम मुझसे तो कहना चाहिए था। मैंने ही उसे रतनसेन से मिलवाया है। मैं रतनसेन का पुराना दोस्त और उसकी फिल्मों का राइटर हूँ। यानी मेरा पत्ता ही काट दिया गया। तुम्हें क्या लगता है?"

"यही कि तुम्हारे 'इगो' को कुछ चोट पहुँची है। बस और कोई बात नहीं है।"

"काश तुम्हारी बात सच हो।"

"क्या मतलब?"

"मतलब ये कि मैं कुछ और ही सूँघ रहा हूँ।"

"क्या?"

"रतनसेन की आँखें कुछ बदली हुई सी लगती हैं।"

"अच्छा?" मुझे हैरत हुई।

"पिछली फिल्म का हिसाब भी अभी बकाया है।"

"तुम्हारा मतलब है 'सुनो ज्ञानी' के पैसे तुम्हें अभी तक नहीं मिले?"

"नहीं...बाईस हज़ार निकलते हैं।"

"तो तुमने बात?"

"की।"

"तब?"

"कहने लगा रग्घू से बात करो।"

"ये रग्घू कौन है?"

"उनका प्रोडक्शन इंचार्ज।"

"तो तुमने रग्घू से बात की होगी।"

"की थी। वह कहता है कम्पनी में पैसा ही नहीं है। अगला प्रोडक्शन शुरू होते ही दे देंगे।"

"तब ठीक है मिल जायेगा।"

"हाँ यार, रतनसेन आदमी तो ईमानदार है।"

"चलो देखते हैं...वैसे एक वजह है जो मैं कुछ परेशान हूँ।"

"वह क्या?" मुझे लगा वह पहेलियाँ बुझा रहा है।"

"यार मुझे पता चला है कि मेरे खिलाफ इण्डस्ट्री में 'प्रोपेगेण्डा' ये हो रहा है कि मैं पीता बहुत हूँ और इसलिए मुझे काम नहीं मिल रहा है।"

"कौन कर रहा है?"

"यार ये करता कोई नहीं...बस हवा बाँध दी जाती है।"

"तो तुम्हें क्या लगता है।"

"देखो यहाँ 'कटथ्रोट' कम्पटीशन है, अब मैं किसका नाम लूँ...रतनसेन को दो दूसरे राइटर्स घेरने के चक्कर में हैं।"

"तो ये उन्हीं का काम है।"

"तब तुमने क्या सोचा है।"

"ये 'प्रोपेगेण्डा' कराऊँगा की मैंने छोड़ दी है।"

"लेकिन छोड़ोगे नहीं।"

"कम कर दूँगा।" वह उदासी से बोला।

"चलो वो भी अच्छा होगा।"

10

वह करीब डेढ़ घण्टे का शानदार नाटक था। मंच-सज्जा बेहतरीन थी। अभिनेता मँझे हुए थे। संवाद चुस्त-दुरुस्त और प्रभावशाली थे लेकिन दर्शक नहीं थे या कह सकते हैं कि केवल दो दर्शक थे—जोगेन्द्र शर्मा और अभय चतुर्वेदी।

राकेश गुप्ता के फ्लैट के नीचे मैं और जसिया जोगेन्द्र शर्मा और अभय चतुर्वेदी का इन्तज़ार कर रहे थे। सही समय पर एक टैक्सी रुकी और दोनों उतरे। हम लोग बिल्डिंग की लिफ्ट तक ले गये। बिल्डिंग के सारे फ्लैट 'सुपर डीलक्स' थे। हर फ्लैट की अलग लिफ्ट थी। सर्विस लिफ्ट अलग थी जो नौकरों के काम आती थी। हर लिफ्ट का अपना-अपना 'ऑपरेटर' था। राकेश गुप्ता बम्बई के हज़ारों करोड़पतियों में एक थे। उन्हें जालिब ने एक फिल्म में एक छोटा-सा रोल दिया था। तब ही से वे जालिब के भक्त हो गये थे। वैसे राकेश गुप्ता शेरो-शायरी के शौकीन आदमी थे और जालिब से उनकी दोस्ती थी। वे अपने परिवार सहित खण्डाला में रहते थे। बम्बई का यह फ्लैट एक तरह से उनका गेस्ट हाउस था। यहाँ कभी-कभी वे .ख़ुद भी ठहरते थे। फ्लैट कील-काँटे से ही नहीं नौकरों से भी दुरुस्त था। एक लिफ्टमैन, एक सिक्यूरिटी गार्ड, एक खानसामा, एक बैरा और एक 'केयर टेकर' का स्टॉफ मौजूद रहता था।

लिफ्टमैन ने जोगेन्द्र शर्मा को 'सेल्यूट' करके बड़ी तमीज से पहले लिफ्ट के अन्दर जाने दिया फिर बाक़ी लोग उसके बाद लिफ्टमैन अन्दर आया। लिफ्ट की सजावट राजस्थानी परकोटों की

शैली जैसी थी। बन्द होने वाले दरवाज़े शीशे के थे।

जब लिफ्ट ऊपर जाती थी तो शीशे के दरवाज़े से समुद्र का पूरा दृश्य दिखाई पड़ता था। लगता था सिर्फ लिफ्ट ही देखकर जोगेन्द्र शर्मा की लेंडी तर हो गयी है। लिफ्ट फ्लैट के पोर्टिको में रुकी। वहाँ एक बावर्दी बैरा खड़ा था उसने मुझे झुककर कहा, "साहब गार्डेन में हैं।"

हम लोग विशाल ड्राइंगरूम में आ गये। यह शेखावटी की 'पेन्टेड' हवेलियों की शैली में सजा था। दुर्लभ कलाकृतियों के अलावा दीवारों पर बेल्जियम के बड़े-बड़े आईने लगे थे। ड्राइंगरूम इतना बड़ा था कि सौ लोग आसानी से समा सकते थे। कोनों में संगमरमर की रोमन शैली की मूर्तियाँ थीं। और फर्नीचर पूरी तरह विक्टोरियन था। 'कट ग्लास' का सामान इस तरह जगमगा रहा था जैसे हीरे जड़े हों। जोगेन्द्र शर्मा और अभय चतुर्वेदी भौंचक्के से आगे बढ़ रहे थे। ड्राइंगरूम, जिसे वहाँ के नौकर दीवानख़ाना कहते थे, से मिला हुआ गार्डेन था—टेरिस गार्डेन—जो बिल्कुल मुग़ल शैली में बनाया गया था। आठवीं मंजिल पर बना गार्डेन और उसके सामने विशाल नीला समुद्र देखकर लगता था जैसे यह सब जादुई हो।

गार्डेन में मखमली दूब घास उगी हुई थी। क्यारियाँ, रविशें और पौधे लगाने के लिए 'ज्योमेट्रिकल पैटर्न' बनाये गये थे जो लाल पत्थर और सफेद संगमरमर के थे। उनके बीच तरह-तरह के रंगों के फूल पहली नज़र में अविश्वसनीय लगते थे। पूरा गार्डेन चमेली की खुशबू से महक रहा था। हालाँकि चमेली के फूल न थे पर सुगन्ध उस 'स्प्रे' के कारण थी जो थोड़ी ही देर पहले किया गया था।

गार्डेन के एक कोने में सफेद मेज़ और कुर्सियों के ऊपर 'अम्ब्रेला' लगा था जिसके नीचे 'प्रभु' बैठे थे। उन्होंने हल्के गुलाबी रंग का रेशमी कुर्ता और गहरे लाल रंग की लुंगी पहनी हुई थी। वे

तरोताज़ा लग रहे थे। चेहरे पर काली ऐनक थी। उँगलियों में 'डनहिल' दबी थी।

मैंने परिचय कराया। 'प्रभु' बहुत आहिस्ता से उठे और दोनों से हाथ मिलाया। 'प्रभु' बहुत धीरे-धीरे ठहरकर बोलने लगे। गम्भीरता, गरिमा, आत्मविश्वास उनके लहज़े में कूट-कूट कर भरा था। आश्चर्य की बात यह थी कि उनके सामने दारू का गिलास नहीं बल्कि नींबू का शरबत था। उन्होंने जोगेन्द्र शर्मा से पूछा, "आप क्या पियेंगे ज़नाब? मेरी तरह नींबू का शरबत या और जो आप पसन्द करें।"

"जी वही ठीक है जो आप पी रहे हैं।"

'प्रभु' ने इंटरकाम पर कहा, "सब के लिए नींबू का शरबत।"

"मैंने आपकी कहानी सुन ली है। मुझे दुख है कि मदन मोहन जी ने आपके साथ 'प्रोफेशनल बर्ताव' नहीं किया। मैं शर्मिन्दा हूँ। इसलिए कि वे भी हमारी इण्डस्ट्री का हिस्सा हैं।"

"नहीं-नहीं, जालिब साहब ऐसा हो जाता है कभी-कभी। अब क्या किया जाये, कभी-कभी किसी के सितारे नहीं मिलते।" जोगेन्द्र शर्मा बोले।

"मेरे पास वक़्त बिल्कुल नहीं है लेकिन मैं आप लोगों की मदद करना चाहता हूँ। भई मेरी तो यही कोशिश रही है कि इण्डस्ट्री में नये-नये लोग आयें। हमारी इण्डस्ट्री फूले-फले।"

"हमें आपसे यही उम्मीद थी जालिब साहब...अब अगर यह पता चल जाता कि आपकी सेवा में क्या अर्पित करना होगा तो बात पक्की हो जाती।"

"ये बड़ी मुश्किल वाली बात है। देखिए साफ बात है, मेरा जो 'रेट' है वो आप दे नहीं सकते, इसलिए उसकी बात करना तो बेकार है।"

"जी हाँ, जी हाँ...नया प्रोडक्शन है हमारा।"

"कम बजट की फिल्म है।" मैंने कहा।

"जी बस बीस लाख।" वह साफ झूठ बोला।

"देखिए पैसे या लेन-देन की बात मैं नहीं करता। आप इन लोगों से बात कर लें, मैं अभी आया।"

'प्रभु' उठकर चले गये। मैं समझ गया कि 'प्रभु' ठर्रा पीने बाथरूम जा रहे है। लम्बे-लम्बे दो-तीन पेग खींचकर ब्रुश करेंगे। ऑफटर शेव लगायेंगे फिर 'परफ्यूम स्प्रे' करेंगे और तब आयेंगे।

"अब बताइए असग़र जी..." जोगेन्द्र शर्मा मेरी ओर मुड़े।

"अब मैं क्या बताऊँ शर्मा जी...मेरे ख़्याल से तो कम-से-कम पाँच होना चाहिए...उससे कम में जालिब साहब को परता न पड़ेगा।"

"एक? अरे साहब हमारा पचास हज़ार तो आलरेडी स्क्रिप्ट पर खर्च हो चुका है।" वे कुछ रूडली बोले।

"मैंने भी रूडली कहा, तो वो पैसे आपने हमसे पूछ कर खर्च किये थे? या वो हमारी जेब में चले गये हैं?"

"नहीं-नहीं, ये बात नहीं है असग़र जी...बात ये है..." अब वे कुछ गिड़गिड़ाने से लगे, "आप देखिए न...मतलब हम परेशान हैं जी... हमारी सहायता कीजिए।"

"देखिए जो हो सकता है आपको बता दिया।" मैंने बेरुखी से कहा।

"असग़र जी प्लीज देखिए कुछ तो 'डिस्काउण्ट' दे दीजिए हमें...हाँ जी हम आपके पड़ोसी हैं न...आप तो फतेहपुर के हैं न असग़र जी...हम कानपुर के हैं...तो हम आपके पड़ोसी हुए न?"

"देखिए हम पड़ोसी हैं मैं मानता हूँ। पड़ोसी होने के नाते आप सिर आँखों पर बैठिये लेकिन बिज़नेस बिज़नेस है।"

"गुरु जी काम बना दीजिए चलिए तीन पर हम तैयार हैं।" अभय चतुर्वेदी पहली बार बोले। जालिब मुझसे पहले ही कह चुका था कि तीन तक बात पक्की कर लेना।

"क्या बात कर रहे अभय जी...एकदम से आधे पर आ

गये।"

"मैं आपके हाथ जोड़ता हूँ। अगर आप चाहेंगे तो हमारा प्रोजेक्ट चल निकलेगा।" अभय ने हाथ जोड़ दिये।

"एडवांस कितना देंगे...एक...?"

जोगेन्द्र शर्मा ने बैग खोलकर, सौ-सौ के नोटों की पाँच गड्डियाँ मेज़ पर रख दीं।

"ये तो पचास हैं।"

"पचास अगले पन्द्रह दिन में...जैसे ही काम चल निकलेगा ...मतलब मैं अगले हफ्ते कानपुर जाऊँगा और पैसा लाऊँगा। अब जी इधर इतना तो नहीं रख सकते न।"

मैंने जसिया को इशारा किया उसने गड्डियाँ उठा लीं।

"अच्छा तो अब हम लोग चलें।"

"ठहरिये जालिब साहब को बताता हूँ।" मैं उठ गया, दीवानख़ाने में आया, वहाँ से स्टडी में गया, जालिब वहीं बैठा था।

मैंने कहा, "पाँच, पचास.."

"चलो ठीक है।"

"आओ बात कर लो...वे लोग जा रहे हैं।"

जालिब आया तो वे दोनों खड़े हो चुके थे।

"अब हमें आज्ञा दें जालिब साहब।"

"ठीक है तो कहानी आपने जसिया को दे दी है।"

"जी हाँ।"

"तो फोन पर यही लोग आपसे बात करते रहेंगे..."

"जी ध्यान रखना हमारा।" जोगेन्द्र शर्मा ने फिर हाथ जोड़े।

"आप फिक्र न करें।"

"तो कब तक?"

"म्यूज़िक कर ली आपने?" जालिब ने अभय से पूछा।

"अभी नहीं जी।"

"तो पहले म्यूज़िक करो...उसमें भी एक महीना लग जायेगा

...म्यूज़िक किससे ले रहे हो?"

"आप बताइए जी हम किससे लें?"

"ये लोग आपको बता देंगे।" जालिब ने मेरी और जसिया की तरफ इशारा किया।

"ठीक है जी हम पूछ लेंगे।"

उनके जाने के बाद हम लोग बांद्रा आ गये। जालिब ने गड्डी में से दो हज़ार रुपये मुझे और पाँच सौ जसिया को दिये। वह पैरों पर गिरकर रोने लगा, "'प्रभु' इनका मैं क्या करूँगा...मुझे तो रोल चाहिए 'प्रभु' रोल।"

"फिलहाल ये सँभालो... वह भी मिल जायेगा।"

रात में फिर महफिल जमी। इस महफिल के लिए दारू खरीदकर मैं लाया। दो देशी और एक बोतल रम। मानस तो शाम ढले ही आ गये थे। काफी खुश लग रहे थे। बताने लगे कि दिन भर गाने रिकार्ड करा रहे थे। उनके यह कहने पर मैंने और जालिब ने एक दूसरे को बहुत ही मानीख़ेज़ अन्दाज में देखा था। मानस समझ नहीं पाये कि चक्कर क्या है। उन्होंने यह भी बताया कि उन्हें एक नयी फिल्म मिल गयी है। मानस के बाद मैनुअल आया था। इस आदमी से मेरी बात बहुत कम हो पायी है लेकिन अच्छा लगता है। औसत कद, काले रंग का मैनुअल बुद्धिजीवी-सा लगता है। उसके चेहरे पर काली दाढ़ी है, माथा चौड़ा है और शराब पी कर ख़ूब मस्त हो जाता है। रतनसेन भी आये। हालाँकि वे कुछ दिनों के गैप के बाद आये थे लेकिन उनके बर्ताव में गर्मज़ोशी थी। कुछ पीते-पिलाते रतनसेन और जालिब भावुक हो गये थे। जालिब ने रतनसेन को याद दिलाया था कि उसकी नौकरी छूट जाने पर रतनसेन ने कैसी मदद की थी। इस पर बात यह निकली की दोस्तों को एक दूसरे की मदद करनी चाहिए। इस बात में मानस ने भी खुलकर हिस्सा लिया था। इस बात के पीछे इशारा यही था कि रतनसेन को चाहिए कि अपनी अगली फिल्म में मानस और

जालिब को 'एडजेस्ट' करे। रतनसेन ने बताया कि वे दोस्तों का कितना सम्मान करते हैं और पटना में उन्हें स्कूल के ज़माने के दोस्त आज तक अच्छे दोस्त बने हुए हैं। इसी सिलसिले में उन्होंने अपने पटना के दो-चार दोस्तों के क़िस्से भी सुनाये थे। दरअसल रतनसेन पटना के हैं। वहीं शिक्षा हुई थी और कॉलेज पढ़ाने की नौकरी भी वहीं करते थे।

उसके बाद फ्रांस चले गये थे। अब भी पटना से उन्हें बड़ा लगाव है। उन्हें अपना बचपन, लड़कपन और कॉलेज का ज़माना याद आता है। जब भी पटना की बात होती है। दोस्ती के सन्दर्भ में ही रतनसेन ने कहा, "जालिब मेरी और तुम्हारी दोस्ती की यह बुनियाद तो नहीं है न कि तुम मेरी फिल्में लिखते हो? नशे में होने के बावजूद जालिब इस सवाल से बुरी तरह चौंक गया। मानस ने भी पहलू बदला।

"क्या मतलब है तुम्हारा? मैं समझा नहीं।" जालिब बोला।

"हमारी दोस्ती की बुनियाद किसी किस्म की लालच तो नहीं है न?" अब की रतनसेन ने अंग्रेजी में कहा।

"बिल्कुल नहीं। बल्कि तुम ये सोच कैसे सकते हो?" मैं तो ये सोच भी नहीं सकता।"

"यह मैंने नहीं सोचा है। उड़ती-उड़ती खबर सुनी है।"

"कहाँ?"

"ये तो सब नहीं याद। लेकिन ऐसा कहा जा रहा है कि मेरी और तुम्हारी दोस्ती सिर्फ इसलिए है कि तुम मेरी फिल्मों के लिए लिखते हो।" रतनसेन बोले।

"देखो डियर, मैं चाहे तुम्हारी फिल्मों के लिए लिखूँ या न लिखूँ। हमारी दोस्ती है और रहेगी।"

"बिल्कुल यही मेरा ख़्याल है बल्कि यक़ीन है।" रतनसेन ने फिर अंग्रेजी में कहा।

मुझे लगा ये तो जालिब के साथ खेल खेला जा रहा है।

यानी अपना गला खुद कटाने और खुश रहने पर मज़बूर किया जा रहा है। पता नहीं जालिब शराब के नशे में यह समझ पाया था या नहीं लेकिन मेरे लिए यह साफ था। मतलब ये कि अगर कल रतनसेन अपनी फिल्म किसी और से लिखवाते हैं तो उनकी और जालिब की दोस्ती पर कोई फ़र्क नहीं पड़ेगा। जालिब फिर भी उन्हें दोस्त मानता रहेगा और वे इन बैठकों में बराबर आते रहेंगे। मानस भी इस बात को भाँप गये थे। उनके चेहरे का रंग उड़ गया था। ज़ाहिर है अगर जालिब प्रोडक्शन से बाहर होते हैं तो उनके अन्दर होने का तो सवाल ही नहीं पैदा होता। मानस गिलास उठाकर पूरी दारू गटक गये। आज जालिब भी ख़ूब पी रहा था। मैं भी ज़्यादा मौज में था। दो हज़ार रुपये जो मिले थे। मैं सोचने लगा कल ही घर एक हज़ार का मनीऑर्डर कर दूँगा।

महफिल एक बजे तक चली। उसके बाद रतनसेन ने प्रस्ताव रखा कि ईरानी के होटल में बिरयानी खायी जाये। हम सब उठकर ईरानी के होटल आये। खाने का बिल मना करने के बावजूद रतनसेन ने दिया। उनके ये सारे 'जेस्चर' मुझे काफी ख़तरनाक लग रहे थे। लेकिन मैं ख़ामोश था। ईरानी के होटल से रतनसेन ने टैक्सी पकड़ ली। मैं, जालिब, मानस और मैनुअल रह गये। जालिब का पता नहीं क्या मूड था कहने लगा, चलो यार किसी लड़की को फ्लैट पर ले चलते हैं। यह उसके लिए कोई नयी बात नहीं थी। वह अक्सर वेश्याओं को ले जाता था। रात में चूँकि नीना नहीं होती थी। शबनम और अहमद दूसरे कमरे में सोते थे। इसलिए किसी तरह का कोई डर न होता था।

मैंने कहा, "छोड़ो यार, चलकर सोते हैं।" लेकिन वह ज़िद करने लगा। मानस को क्या एतराज़ हो सकता था। हाँ मैनुअल ने कहा कि वह जायेगा और वह चला गया। अब हम तीन रह गये। जालिब की जेब में पैसे थे। अड्डे उसे सब पता था। हमने टैक्सी ली और निकल पड़े। चार-पाँच जगहों पर कोई तीस-चालीस

लड़कियाँ देखने के बाद जालिब को एक लड़की पसन्द आयी। पाँच सौ में तय हुआ। हम उसे लेकर फ्लैट आ गये। फ्लैट आते ही लड़की ने दारू माँगी उसे दी गयी और वह काफी धाकड़ पीने वालों की तरह तीन पेग खींच गयी, फिर बोली—मैं दो को बैठाऊँगी।"

"क्यों दो को क्यों बैठाओगी?"

"बस दो को।"

"देखो नखरे न दिखाओ। हम नये नहीं हैं। रात भर के पैसे दिये हैं, फिल्म के लोग हैं हम। खुश हो गये तो सौ-पचास ऊपर से दे देंगे।"

मैं जालिब के प्रोफेशनलिज़्म से बहुत प्रभावित हुआ। कमरे के दूसरे कोने में हैदर साहब लेटे थे। दूसरी तरफ करवट लिए पता नहीं सो रहे थे या जाग रहे थे। कमरे की बत्ती बन्द कर दी गयी। कमरे की बत्ती बन्द ही थी कि बाहर से किसी ने घण्टी बजायी फिर दरवाज़ा खटखटाने की जोरदार आवाज़ आयी। जालिब को उठते-उठते देर लगी। वह अपनी लुंगी ढूँढ़ रहा था लुंगी बाँधने के बाद बोला, "यार इतनी रात को कौन हो सकता है।"

"पूछा।" मैंने कहा।

"कौन है।"

"मैं हूँ दरवाजा खोलो। जल्दी करो।" बाहर से नीना की आवाज़ आयी। अब काटो तो ख़ून नहीं। मानस और मैं जल्दी-जल्दी कपड़े पहनने लगे। लड़की को जैसे-तैसे कपड़े पहनाये।

"जल्दी खोलो बाहर से आवाज़ आयी।"

"इसका क्या किया जाये यार?" उसने घबराकर पूछा।

"बाथरूम में।"

"नहीं, नीना सबसे पहले वहीं जाती है। किचन में ठीक रहेगा।"

उसको किचन में करके जालिब ने दरवाज़ा खोल दिया। ख़ासी देर हो गयी थी। नीना अन्दर आयी। इधर-उधर देखा। कुछ

भाँप गयी। हम तीनों के चेहरों पर एक गहरी नज़र डालकर बाथरूम में घुसी। लेकिन सिर्फ़ दरवाज़ा खोलने के लिए। फिर यही उन्होंने टॉयलेट के दरवाजे के साथ किया और फिर किचन का दरवाज़ा खोलकर 'लाइट' जलायी और बुझा दी। हम सब इस तरह खड़े थे जैसे लकवा मार गया होगा। जालिब तो घबराकर बोतल से ही पीने लगा। मानस ने कहा, "यार मैं चलता हूँ।" और जल्दी से बाहर निकल गया। नीना बेडरूम में थी और वहाँ की लाइट जल रही थी। करीब दस मिनट बाद हमने सुना कि वो शबनम को जगा रही है। जालिब की हिम्मत बेडरूम के अन्दर जाने की न थी। कुछ देर बाद नीना बाहर आयी। उनके एक हाथ में सूटकेस था दूसरे हाथ से उन्होंने शबनम का हाथ पकड़ रखा था। वे सीधी दरवाज़े की तरफ बढ़ रही थी।

"कहाँ जा रही हो।" जालिब ने डरते-डरते पूछा।

"फारस रोड।"

"क.क्या...क्या।" जालिब गिड़गिड़ाया। फारस रोड बम्बई में रण्डियों का सबसे बड़ा इलाका है।

अब तक शान्त लगने वाली नीना फट पड़ी। कमीने, कुत्ते, शराबी, ज़लील, आवारा, रण्डीबाज़, चोर, निकम्मे मैं न जाने कब से तुझे पाल रही हूँ। बीस साल से रात में सोयी नही हूँ। तुझे पढ़ाया है मैंने—डबल ड्यूटी करके, तेरा पेट कौन भरता है? अगर मैं न होती तो तू कुत्ते की तरह मर गया होता।"

"प्लीज़ प्लीज़ नीना।"

"तुझे मैंने शराब तक के पैसे दिये हैं। तेरे कर्ज़ उतारे हैं। तेरे आवारा दोस्तों को खिलाया है। बस आज से सब ख़त्म।" इतनी देर में अहमद भी उठ गया था, वह आ गया, "क्या हुआ ममी?"

"जाकर किचन में देखो।"

"नहीं, अहमद किचन में मत जाना" जालिब चीख़ा।

"अहमद किचन में ज़रूर जायेगा। जाओ अहमद किचन में

जाओ।"

वह किचन में जाने के लिए आगे बढ़ा तो जालिब ने उसे पकड़ लिया।

"इस घर में मैं और मेरी लड़की नहीं रह सकते। इसे तुम चकला बना दो। समझे।"

"मेरी बात तो सुनो।"

"बहुत सुन ली। बहुत देख लिया।"

हैरत की बात यह थी कि हैदर साहब इस पूरे शोर-हंगामे में जिस करवट लेटे थे उसी करवट लेटे रहे। लेकिन जब नीना ने दरवाज़ा खोला तो उठकर बैठ गये बोले, "बेटी, तुमको मैं अकेला नहीं जाने दूँगा। मैं साथ चलूँगा।" मेरी कुछ समझ में नहीं आ रहा था। कहाँ जायेंगे? क्या हैदर साहब भी घर छोड़ रहे हैं?

"देखो मैं दुनिया में कहीं भी अपना पेट भर सकती हूँ और अपने बच्चों को पाल सकती हूँ। मैं पूना जा रही हूँ। बहन के पास। समझे?"

नीना से हैदर साहब ने सूटकेस ले लिया। वे तीनों बाहर निकल गये। 'प्रभु' वहीं खड़े के खड़े रह गये फिर उन्होंने बोतल उठाकर मुँह से लगा ली।

11

हैदर साहब नीना और शबनम को पूना जाने वाली बस पर बिठा आये थे। जालिब पहले तो काफी डाउन रहा उसके बाद गुस्से में आ गया था। कुछ घण्टों के बाद वह बिल्कुल टुन्न हो गया था। जहाँ बैठा करता वहीं लुढ़क गया था। अहमद बग़ैर किताबें लिये कहीं चला गया था। शायद उसकी समझ में नहीं आ रहा था कि उसे क्या करना चाहिए। नीना के जाने के बाद मैं उस लौंडिया को टैक्सी में बिठा कर वहीं छोड़ आया था जहाँ से वह लायी गयी थी। हैदर साहब ने बताया कि नीना अस्पताल से रात में ही वापस इसलिए आ गयी थी कि उनके पास पूना से बहन का फोन आया था। उनके बहनोई को आई. सी. यू. में भरती कराया गया था। नीना को फौरन पूना जाना था और सामान लेने फ्लैट आयी थी। हैदर साहब जब आये तब जालिब टुन्न था मैं और वे नाश्ता करने बाहर गये थे और वहीं उनसे इस बारे में काफी लम्बी बात हुई थी। हैदर साहब जालिब की ही ग़लती मानते थे। उन्होंने बताया कि छिछोरी किस्म की लड़कियों को फ्लैट पर लाने का किस्सा कोई नया नहीं था। यह तो जालिब अक़्सर करता रहता था। क़भी-कभी तो अहमद बेचारा उसी कमरे में होता था जिस कमरे में जालिब लड़की से हमबिस्तरी करता था। वह चुपचाप लेटे रहकर यह ज़ाहिर करता था कि सो रहा है लेकिन ऐसा नहीं था। उसने एक-आध बार हैदर साहब से इसकी शिकायत भी की थी और हैदर साहब ने जालिब को समझाया भी था लेकिन जालिब की समझ में कुछ नहीं आया था। जालिब की इन्हीं हरकतों की वज़ह

से अहमद हायर सेकेन्ड्री में फेल हो गया था और पढ़ाई से उसकी दिलचस्पी बिल्कुल ख़त्म हो गयी थी। वह नौकरी की तलाश में था। उसे किताबों की एक दुकान में सेल्समैन की नौकरी मिल रही थी लेकिन जालिब ने उसे यह नौकरी नहीं करने दी थी। हैदर साहब ने यह भी बताया कि दरअसल घर का ख़र्च नीना ही चलाती थी। जालिब को पिछले साल से कोई काम न मिला था। वह कहता था कि मैं इसलिए पीता हूँ कि मेरे पास काम नहीं है। 'फरस्टेशन' में पीता हूँ और काम इसलिए नहीं मिलता कि वह पीता बहुत था। फिल्म वाले सब कुछ बर्दाश्त कर लेते हैं लेकिन ये हरग़िज़ नहीं बर्दाश्त करते कि उनका काम वक़्त पर पूरा न हो। दिन-रात पीने वाला आदमी ज़ाहिर है कि वक़्त पर काम नहीं दे सकता। इसलिए उसे काम मिलना बन्द हो गया है। हैदर साहब ने कहा था, "यहाँ पीते सब हैं लेकिन कोई अपने 'कैरियर' को नहीं पी जाता। जालिब साहब तो अपना 'कैरियर' पी रहे हैं। रतनसेन हो या और कोई डायरेक्टर यह किसी ऐसे 'राइटर' के पास नहीं जायेगा जो पियक्कड़ हो। उनका यह मानना था कि अगर जालिब ने अपने आपको सँभालकर रखा होता और प्रोफेशनल रवैया इख़्तियार किया होता तो आज उसके पास काम और पैसे की कोई कमी नहीं होती। उन्होंने यह भी बताया था कि यह अब ऐसे लोगों को ही पसन्द करता है जो उसकी हाँ में हाँ मिलाते रहते हैं और दरबारगिरी करते हैं। लेकिन उसकी 'दरबारगिरी' करने वाले ऐसे लोग होते हैं जो किसी भी तरह उसकी मदद कर पाने के लायक नहीं होते बल्कि उल्टा नुकसान पहुँचाते हैं।

जहाँ तक जालिब के नीना और बच्चों के साथ ताल्लुकात की बात है तो वह मैंने खुद देखा था कि एक तो नीना पूरी रात की थका देने वाली ड्यूटी के बाद करीब-करीब दिन भर सोती रहती थी। जालिब की अपनी ज़िन्दगी में उसका महत्त्व या भूमिका न थी। बच्चे भी जालिब से उखड़े-उखड़े रहते थे। वे इतने

समझदार हो चुके थे अपने बाप की इन हरकतों को अच्छी तरह समझते थे।

हैदर साहब यह बात भी मानते थे कि नीना ने जालिब का बहुत साथ दिया है। वह न केवल मुसलमान हो गयी थी बल्कि उसने उर्दू सीखी थी। अपनी बातचीत हैदराबादी मुसलमानों की तरह ढाल ली थी।

इंशाअल्लाह, माशाअल्लाह, आदाब, ख़ुदा हाफ़िज़, बिस्मिल्लाह जैसे दस-बीस शब्द ही नहीं बल्कि उसने वो सब तौर-तरीक़े भी सीख लिए थे जो जालिब के परिवार में चलते थे। इसके बावजूद भी उसे मिला क्या था? उसने अपने को बदल डाला, मज़हब बदल डाला, रीति-रिवाज़ बदल डाले, अपने लोगों में उसकी बदनामी हुई। हैदर साहब ने यह भी बताया कि जालिब की माँ ने आज तक नीना को अपनी बहू के तौर पर कुबूल नहीं किया है। क्यों? किसलिए? का ज़वाब यही था कि वो जालिब के लिए कोई खानदानी लड़की लाना चाहती थीं। अपने इकलौते लड़के की शादी का उनके दिल में जो अरमान था वह इस तरह जला था कि आज तक सुलग रहा था।

मेरी तमाम हमदर्दियाँ नीना के साथ थीं। मैंने सोचा था कि इस बारे में जालिब से बात करूँगा। मुझे यक़ीन था कि मैं उसे मना लूँगा। वह पूना जाकर नीना को वापस ले आयेगा। लेकिन मैं कच्ची बात नहीं करना चाहता था। इस बीच शहर में दोस्तों और जानने वालों के बीच नीना के चले जाने की घटना अफवाहों के रूप में कई तरह फैल गयी थी। अफवाहों का आधार तो सत्य था लेकिन उसके दो नहीं दस पहलू निकलते थे। पहली ख़बर यह आयी थी कि जालिब ने चुपचाप पिया से शादी कर ली और पत्नी को पीट-पीट कर घर से निकाल दिया है। दूसरा रूप यह था कि जालिब ने अपनी पत्नी को ज़हर देने की कोशिश की लेकिन पत्नी को पता चल गया और वह चली गयी। तीसरा रूप दिलचस्प था।

वह यह कि अधिक शराब पीने के कारण जालिब नपुंसक हो गया है और उसकी पत्नी ने उसे पीट-पाट कर घर छोड़ दिया है। कुछ विवरण ऐसे थे जो जालिब के पक्ष में जाते थे कुछ विपक्ष में, एक विवरण यह भी था कि जालिब की पत्नी उसकी पूरी कमाई लेकर अपने किसी प्रेमी के साथ उड़ गयी है। कहीं-कहीं लोग यह भी कह रहे थे कि जालिब और उसकी पत्नी के बीच एक नयी अभिनेत्री है, यह त्रिकोण कई सालों से बहुत तनावपूर्ण स्थिति में था और अब त्रिकोण का एक कोण यानी पत्नी को रास्ते से हटा दिया गया है। एक घटिया फिल्म की फिल्म पत्रिका के अफवाह कॉलम में यह तक छापा गया था कि जालिब ने किसी अभिनेत्री से गुप्त विवाह कर लिया था। एक दिन रात में पत्नी, अभिनेत्री और जालिब तीनों के बीच घमासान हुआ। पत्नी ने अभिनेत्री को खूब पीटा और जालिब को भी ज़ख़्मी करके लापता है, पुलिस को उसकी तलाश है।

नीना के चले जाने के अगले दिन जालिब ने हैदराबाद अपनी अम्मा को फोन किया। उस वक़्त कमरे में मैं भी था। जालिब ने पूरे प्रसंग को अपने पक्ष में मोड़ दिया था। उसका कहना था कि नीना ने उसके परिवार यानी नवाब हश्मतयार जंग को और पूरे कुनबे को बुरी-बुरी गालियाँ दी हैं और घर छोड़ कर चली गयी है। वजह यह है कि उसे जालिब से जो आशाएँ थीं वह पूरी नहीं हो रही हैं। फोन पर ही नवाब हश्मतयार जंग की बेगम साहिब यानी लेडी साहिबा को बहुत गुस्सा आ गया था और उन्होंने अपने मरहूम पतिदेव की कसम खाकर कहा था कि वे जालिब की दूसरी शादी करायेंगी।

जालिब ने दूसरी शादी वाली बात को दबी ज़बान से मना किया था लेकिन उधर से अम्मा ने बाप—यानी नवाब हश्मतयार जंग की रूह का वास्ता दे दिया। जालिब को भी लगा कि अम्मा को इस वक़्त 'न' करना ठीक नहीं होगा। बहरहाल फोन पर हुई

लम्बी बातचीत के बाद जालिब काफी खुश लग रहा था। ऐसा लगता था जैसे उसके मन से बड़ा बोझ उतर गया हो। फिर उसने मुझसे बताया था कि उसके वालिद साहब क़िबला की कितनी रखैलें थीं। लेकिन वालिदा साहिबा कभी 'उफ' नहीं करती थीं। मर्दों के साथ तो ये चलता रहता है। एक-आध बार वालिदा साहिबा ने वालिद साहब से इशारतन कहा था तो वालिद साहब ने सीधा जवाब दिया था—घर के अन्दर की मल्का तुम हो और तुम ही रहोगी। गली-कूचों की औरतें, गली-कूचों की औरतें हैं और गली-कूचों में ही रहेंगी। इस जवाब के बाद वालिदा मोहतरमा पूरी ज़िन्दगी के लिए ख़ामोश हो गयी थीं। मैं जालिब की इस बात से पूरी तरह असहमत था। यह मुझे घोर सामन्ती, पतनशील दृष्टिकोण लगता था। और मैं यह भी जानता था कि जालिब अपने आप को मार्क्सवादी कहता है। कम- से-कम मार्क्सवादी नज़रिये के अनुसार तो यह रवैया बिल्कुल ही ग़लत था। लेकिन मुझे इतना तो मालूम ही था कि लोग सुविधा के अनुसार नज़रियों का अर्थ निकालते और उससे उल्लू सीधा करते हैं। केन्द्र में स्वार्थ रहता है। मतलब यह नहीं कि सब ऐसे होते हैं। मतलब सिर्फ यह है कि अक्सर ही ऐसा होता है। लेकिन मैं इस पूरे मामले में बहुत दिनों तक ख़ामोश नहीं रह सकता था और दूसरी बात यह कि जालिब के यहाँ रहते हुए मैं उससे लड़ भी नहीं सकता था। इसलिए एक दिन जब वह बहुत नशे में नहीं था और मैं थोड़े नशे में था तो मैंने बातचीत छेड़ी थी।

"यार तुम्हें नीना वाले मामले में फिर से सोचने की ज़रूरत है।" मेरे कहने पर चौंक गया था। शायद उसे यह उम्मीद नहीं थी।

"क्या?"

"मतलब यह कि ग़लती उसकी नहीं है। उसकी जगह कोई भी औरत यही करती जो उसने किया है।"

"तुम्हारा मतलब है मैं ग़लत हूँ।"

"देखो ग़लत कोई भी हो सकता है। मैं भी और तुम भी। ऐसा नहीं है कि हम फरिश्ते हैं।"

"लेकिन नीना फरिश्ता है।" वह व्यंग्य करने लगा।

"नहीं, मैं ये नहीं कह रहा हूँ। मेरा मतलब सिर्फ इतना है कि फेमिली को मत तोड़ो, जिसके साथ तुम पच्चीस साल से हो और जिसने तुम्हारा साथ हर अच्छी-बुरी घड़ी में दिया है उसे एक झटके के साथ इस तरह मत तोड़ो।"

"मैं जानता हूँ तुम जो कुछ भी कह रहे हो वह नेकनीयती से कह रहे हो, मेरे फायदे के लिए कह रहे हो लेकिन दोस्त तुम्हें पूरी कहानी का पता नहीं है, तुम सिर्फ वही जानते हो जो तुमने देखा है। लेकिन तुम तो अच्छी तरह जानते हो कि रियलिटी वही नहीं हुआ करती जो हम देखते हैं।" वह पीने लगा, फिर बोला, "देखो नीना ने मुझे जितना इन्सल्ट किया है उतना कभी किसी ने नहीं किया।"

"और तुमने उसे जितना इन्सल्ट किया है उतना उसे किसी ने न किया होगा।" मैं समझ रहा था कि मेरे ये कहने पर वह बिफर जायेगा लेकिन उम्मीद के खिलाफ वह अपने आपको सँभाले रहा।

"देखो मैंने नीना का बहुत दिल दुखाया है। इस तरह उसे इन्सल्ट भी किया है लेकिन उसके दोस्तों, रिश्तेदारों या बाहर के लोगों के सामने उसके साथ वह सब कुछ नहीं किया है जो उसने उस रात मेरे साथ किया था। यार ठीक है आज मेरी हालत अच्छी नहीं है, मेरे पास काम नहीं है, मेरे पास पैसा नहीं है लेकिन मेरी रगों में नवाब हश्मतयार जंग का ख़ून दौड़ रहा है। मैं सब कुछ बर्दाश्त कर सकता हूँ। हाँ, दूसरे कमरे में मुझे बुलाकर वह कुछ भी कह या कर सकती थी। मैं माइंड न करता, तुम्हें 'यूलैण्डा' वाला किस्सा याद होगा?"

'यूलैण्डा' एक अमेरिकन लड़की थी जो दिल्ली में जालिब

को मिली थी। दोनों में दोस्ती हो गयी थी। जालिब ने उसे यह नहीं बताया था कि वह शादीशुदा है। बम्बई में 'यूलैण्डा' ने जालिब के घर फोन किया था। जालिब घर पर नहीं था। फोन नीना ने उठाया था। यूलैण्डा ने फोन पर जब सुना कि मिसेज़ जालिब बोल रही हैं तो उसने छूटते ही कहा था, जालिब तो अविवाहित हैं। तुम अपने को मिसेज़ जालिब क्यों कह रही हो। उस रात जब जालिब घर वापस आया था नीना इतनी ग़ुस्से में थी कि उसने जालिब को चप्पलों से पीटा था।

"तुम्हें याद है न यूलैण्डा वाला किस्सा?"

"हाँ, याद है।"

"उसके बाद भी मैंने 'उफ' नहीं की थी। क्योंकि ये मेरे और उसके बीच हुआ था। मैं ये बर्दाश्त नहीं कर सकता कि मियाँ-बीवी के सम्बन्ध पब्लिक हो जायें। समझे?"

"हाँ समझ गया।"

"तो नीना ने यही किया है।"

"चलो ठीक है एक बार हो गया लेकिन।"

"चलो ठीक नहीं है यार। क्योंकि यह पहली बार नहीं हुआ है, पिछले कुछ सालों से नीना के दिमाग़ में यह घुस गया है कि उसने मेरे साथ बहुत किया है और मैंने उसके साथ कुछ नहीं किया। इस बात को वो अज़नबी लोगों के सामने तक कहती है। यार तुम खुद सोचो अगर तुम्हारी बीवी ही तुम्हारी इज़्ज़त नहीं करेगी तो कौन करेगा? और अगर कोई तुम्हारी इज़्ज़त ही नहीं करेगा तो काम क्या ख़ाक़ मिलेगा।"

"देखो, इस सब के बाद भी मैं महसूस करता हूँ कि तुम्हें पूना जाना चाहिए और नीना से बात करना चाहिए।"

वह मेरी तरफ अज़ीब नज़रों से देखने लगा। फिर गिलास मुँह से लगा लिया और एक साँस में खाली कर गया।

"अब ये नहीं हो सकता।"

"क्यों?"

"इसलिए कि मैं ऐसा नहीं चाहता। दूसरी बात ये के वालिदा मोहतरमा ने मेरी शादी तय कर दी है।"

"क्या, शादी तय कर दी है?"

"हाँ। वह बहुत विश्वास से बोला।"

"तो तुम हैदराबाद जाओगे।"

"हाँ।"

इन्हीं दिनों एक दिन अहमद रात में फ्लैट नहीं लौटा उसका लिखा एक ख़त जालिब को मिला था। ख़त पढ़कर जालिब ने एक झटके के साथ बोतल को मुँह में लगा ली थी क्योंकि गिलास में शराब ख़त्म हो चुकी थी और उसमें इतना सब्र न था कि बोतल से शराब गिलास में डालता, पानी मिलाता, बर्फ डालता और फिर पीता।

12

मैं और हैदर साहब इस मुहिम में लगे हुए थे कि किसी तरह जालिब को दूसरी शादी करने से रोका जाये। हमारे ख़्याल से इसका सिर्फ एक रास्ता था। वह यह कि अगर जालिब के सब दोस्त मिलकर उस पर ज़ोर डालें तो शायद उसकी समझ में कुछ आ जाये। मुझे लगता था वह नीना से बदला लेना चाहता है। बदला लेने की भावना घटिया काम करने पर मजबूर कर देती है। और घटिया हो जाने की कोई सीमा नहीं है। उसी तरह जैसे बढ़िया हो जाने की कोई सीमा नहीं है। हमें पक्का यक़ीन था कि अगर जालिब के मन से बदला लेने की भावना को ख़त्म कर दिया जाये तो शायद मसला बहुत आसानी से सुलझ सकता है। लेकिन नीना को अपमानित करने के लिए अगर वह शादी करता है तो यह एक ऐसा घृणित काम होगा जिसे बर्दाश्त नहीं किया जायेगा। और फिर वह एक कुचक्र में फँस जायेगा। बदला लेने की भावना किसी तर्क को नहीं मानती। वह आदमी से उसका सब कुछ छीन लेती है। आदमी को नंगा कर देती है और नंगे आदमी से क्या उम्मीद की जा सकती है। वह कुछ भी कर सकता है। खुशी-खुशी अपना गला तक काट सकता है, दूसरों की तो बात छोड़िए।

मैनुअल के कमरे में हमारी मीटिंग हुई थी। मैं, हैदर साहब, मानस उसमें थे। जसिया को हमारी खबर नहीं थी। क्योंकि वह जालिब पर किसी तरह ज़ोर डालने की स्थिति में नहीं था। बल्कि वह इसका उल्टा भी कर सकता था। हम सिर जोड़कर बैठे थे। सब की राय थी कि जालिब बुरा आदमी नहीं है और उसके ऊपर

बुराई का ये जो दौरा पड़ा है इससे वह बाहर निकल सकता है। अब सवाल यह था कि क्या किया जाये। कई तरह की बातें उठीं। यह भी थी कि अगर वह हमसे सहमत न हो तो उसको बॉयकाट की धमकी दी जाये और चूँकि इस वक़्त वह बिल्कुल अकेला रह गया है इसलिए हो सकता है कि इससे डर जाये। लेकिन एक राय यह थी कि धमकी का असर उल्टा भी हो सकता है। बदले की तेज़ भावना के तहत वह सब कुछ कर सकता है। इसलिए धमकी देना ठीक नहीं है। बल्कि समझाया जाना चाहिए। वैसे हम सब उसे अकेले-अकेले समझा चुके थे और हम सबको उसने अलग-अलग तर्क दिये थे।

इसलिए एक मत यह भी था अब हमारे समझाने से तो समझा नहीं या तो कोई और समझाये या फिर समझाने वाली बात को छोड़ा जाये। एक राय यह भी थी कि अगर तत्काल नीना को वापस लाया जा सके तो बात सँभल सकती है। इस बात में दम था। नीना को समझा-बुझाकर वापस लाने का काम हैदर साहब ही कर सकते थे क्योंकि वही उसे छोड़ने गये थे और नीना ने यह अच्छी तरह समझ लिया था कि हैदर साहब उसके हमदर्द हैं। हैदर साहब का कहना था कि यह ठीक है लेकिन नीना जितनी गुस्से के हालत में गयी है उसके मद्देनज़र यह सोचना मुश्किल है कि वह जल्दी लौट आयेगी या कोई जायेगा और उनको वापस ले आयेगा।

तीन घण्टे की लम्बी बातचीत, दो बोतल रम की खपत और पाँच पैकेट सिगरेट के फूँके जाने के बाद हमें एक बिन्दु मिला जिस पर हम सब सहमत थे। वह था वक़्त—समय यानी टाइम—मतलब यह कि जालिब से कहा जाये ठीक है तुम शादी कर लेना लेकिन जल्दी मत करो। इस तरह जैसे-जैसे वक़्त गुजरेगा जालिब के बदला लेने की भावना कुछ कम होगी। दूसरी तरफ वक़्त के गुजरने के साथ नीना का गुस्सा भी कम होगा और तब एक ऐसा वक़्त भी आ सकता है कि वह वापस आने और जालिब

उसे बुलाने या खुद जाकर उसे लाने के लिए तैयार हो जाये। यह रणनीति सबको पसन्द आयी। इसी खुशी में एक-एक जाम और पिया गया था। मानस और हैदर साहब चले गये थे। मैं रुक गया था।

मैनुअल के पास बहुत अच्छी किताबें थीं। ख़ासतौर पर मार्क्सवाद पर उसके पास चुनिन्दा किताबें थीं। उसे जब पता चला कि मैं उसकी किताबें देखने के लिए रुका हुआ हूँ तो वह काफी जोश में आ गया था। काफी 'रेयर' किस्म की किताबें दिखाने लगा। उसने बताया कि उसकी ज़िन्दगी में किताबों की वही जगह है जो लोगों की ज़िन्दगी में बीवी-बच्चों की होती है। उसने और कुछ नहीं कमाया था सिर्फ किताबें कमाई हैं। वैसे उसका एक कमरे का फ्लैट उसी तरह का था जैसे अकेले, लापरवाह या बुद्धिजीवियों के रहने के कमरे होते हैं। पढ़ने की कुर्सी-मेज़ के अलावा पूरे कमरे में कोई फर्नीचर न था। फर्श पर गद्दे बिछे थे और वहीं बैठा, लेटा, सोया, खाया-पिया जाता था। पुराने अख़बारों की फाइलों और पत्रिकाओं के ढेर कोने में दुर्लभी कलाकृतियों की तरह रखे थे।

काफी देर तक कमरे में उसके साथ गपशप होती रही। फिर हम बाहर निकले। बम्बई के जाड़ों की एक शाम थी। हम अपने आप ही टहलते हुए इतनी दूर निकल गये कि समन्दर आ गया। रात घिर आयी थी और चहल-पहल में कमी हो गयी थी। मैनुअल जालिब के बारे में बता रहा था। उसका कहना था कि जालिब बुनियादी तौर पर अच्छा आदमी है लेकिन हालात या शराब या फिल्मी माहौल या पता नहीं क्या है जो उसके ऊपर एक 'प्रेत' की छाया की तरह मँडरा रहा है। वह उन दिनों की याद करने लगा जब वे दोनों आन्ध्र के जंगलों में भाग जाने का फैसला कर चुके थे। उसने कहा उस दिनों जालिब को बस एक धुन सवार थी वह थी किसी तरह 'क्लास स्ट्रगल' में शामिल होने की धुन। फिर

आन्दोलन में फूट के कारण मन खट्टा हो गया था। इसी दौरान आपातकाल लगा था और वह नौकरी से निकाल दिया गया था और फिल्मों में चला गया था। मैनुअल देश के कम्युनिस्ट आन्दोलन के बारे में बातचीत करने का शौकीन था। बहुत देर तक वह भारतीय कम्युनिस्ट आन्दोलन का विश्लेषण करता रहा। मेरे ख़्याल से अब वह किसी पार्टी में न था और बहुत निष्पक्ष ढंग से विश्लेषण करता था। उसने एक मज़ेदार बात कही थी। उसने बताया था कि जितनी संख्या कम्युनिस्ट पार्टी के सदस्यों की है उससे कहीं बड़ी संख्या उन लोगों की है जो कभी किसी कम्युनिस्ट पार्टी के सदस्य थे। मैं उससे सहमत था। अब वह मलयाली पत्रिकाओं के लिए लेख लिखता था और अपना मज़ाक उड़ाते हुए कहता था कि वह 'अपराधबोध' से निकलने के प्रयास में यह कर रहा है।

अगले दिनों हम लोगों ने अपनी रणनीति पर अमल करना शुरू कर दिया था। हम सब एक साथ नहीं अलग-अलग जालिब को यह समझा रहे थे कि ठीक है अगर वह नीना को छोड़ना चाहता है तो छोड़ दे लेकिन दूसरी शादी करने के सिलसिले में इतनी जल्दी नहीं करना चाहिए। इसलिए एक असफल शादी के बाद बिना सोचे-समझे दूसरी शादी करने का मतलब अन्धे कुएँ में छलाँग लगाने के बराबर था। दूसरी बात यह भी थी कि अब वह इतना 'मेच्योर' हो चुका था कि किसी भी लड़की के साथ पट जायेगी यह सोचना बिल्कुल बचकानी बात है। जब शादी करनी है तो अच्छी तरह से करना चाहिए ताकि आगे लोगों को हँसने का मौका न मिल सके।

लगता था जालिब हम लोगों की बात से सहमत हो रहा है लेकिन लगभग रोज़ ही हैदराबाद से उसकी अम्माजान का फोन आता था और वे उसे जल्दी से जल्दी बुला रही थीं। उन्होंने लड़की देख रखी थी और 'निकाह' पढ़वा देने के लिए बेचैन हो रही थीं।

जालिब हर बार कोई न कोई बहाना कर देता था। लेकिन अम्माजान का दबाव बरक़रार था। दूसरी तरफ उसका गुस्सा भी कम हो रहा था। उसकी 'नार्मल' ज़िन्दगी शुरू हो रही थी। पीने का तो वही हाल था और रात की महफिलें शुरू हो गयी थीं। रतनसेन, मानस, पिया, मैनुअल और जसिया के अलावा एक-दो लोग और आने लगे थे। मैंने उसे ठेल-ठेल कर इस बात के लिए तैयार किया था जोगेन्द्र शर्मा का काम शुरू करा दे। जोगेन्द्र शर्मा अभय चतुर्वेदी को छोड़कर कानपुर चले गये थे। अभय के रोज़ फोन आते थे। शायद उसे बम्बई में कोई और काम न था। मैं एक-आध बार उससे मिलने उसके होटल भी गया था और उसे आश्वस्त किया था कि उसका काम हो रहा है। जैसे ही जोगेन्द्र शर्मा लौट कर आते हैं 'स्क्रीनप्ले' पर 'डिस्कशन' होगा। उसके बाद 'डायलॉग' लिखने का काम शुरू कर दिया जायेगा।

शाम के वक़्त जब वह जसिया को 'डिक्टेंशन' देता था उस वक़्त मैं बांद्रा वाले अड्डे में चला जाता था। यहाँ अपने वक़्त पर हैदर साहब मिल जाते थे। हम अड्डे पर पिया करते थे। एक दिन मैंने उन्हें इस बात पर तैयार कर लिया कि हम दारू लेकर समन्दर के किनारे चलें और खुली हवा में बैठ कर पिया जाये। दरअसल हैदर साहब की 'हर चीज' इतनी सेट थी कि वे यह कल्पना भी नही कर सकते थे कि अड्डे को छोड़ कर वे समन्दर के किनारे बैठ कर पियेंगे। लेकिन मेरे बहुत ज़ोर देने पर वे तैयार हो गये।

कुछ देर बाद मैंने कहा, "दोस्त और रिश्तेदार तो होंगे?"

"हाँ हैं।"

"कभी उनसे मिलने...?"

वे चुप हो गये। कुछ नहीं बोले। आदत के मुताबिक़ छोटे-छोटे घूँट लेते रहे। कुछ ठहर कर बोले—बम्बई में ये अच्छा है कि कोई किसी से कुछ नहीं पूछता। ये कितना बड़ा सुकून है।"

समन्दर की तेज़ आवाज़ में उनके जुमले का आखिरी हिस्सा

खो गया।

"आपको कहीं से कुछ काम मिला?" उन्होंने मुझसे पूछा।

"अभी तो नहीं हैदर साहब। देखिए शायद मिले। एक-दो जगह बात चल रही है।

"कितनी मज़ेदार बात है असग़र साहब कि छोटी-छोटी मामूली खुशियों को पहचानने में भी इंसान को बड़ा वक़्त लगता है।"

"मैं आपकी बात समझा नहीं हैदर साहब।"

"उम्मीद। कितनी खूबसूरत लफ़्ज़ है। इसकी खूबसूरती उस वक़्त पता चलती है जब वह हमारी ज़िन्दगी से गायब हो जाता है।" समन्दर की आवाज़ ने उनके ज़ुमले के आखिरी हिस्से को कुछ और उभार दिया।

"उम्मीद की खुशी से मैं महरूम ज़रूर हूँ लेकिन उम्मीद के न होने से कोई 'टेंशन' नहीं है। सन् अड़तालीस से लेकर फिल्म इण्डस्ट्री छोड़ने से पहले तक हर सुबह लगता था कि बस आज या शायद परसों या शायद नरसों।"

"तो आपने फिल्म इण्डस्ट्री छोड़ क्यों दी हैदर साहब?" मैंने सीधा सवाल किया। मुझे लगा कि अब दोनों नशे में हैं कि सीधी बात हो सकती है।

"ये बड़ा मुश्किल सवाल है असग़र साहब। बहुत मुश्किल।"

जुहूतारा वाले 'बीच' पर हमने एक सुनसान-सी जगह पर अड्डा जमा लिया था। अचानक हैदर साहब बोले, "असग़र साहब यहाँ कभी-कभी कुत्ते आ जाते हैं?"

"कुत्ते?"

"हाँ और बग़ैर सौ-पचास लिये नहीं जाते।"

मैं उनकी बात को समझकर हँसने लगा। मुझे पहले भी ये लगा था कि हैदर साहब में 'सेंस ऑफ ह्यूमर' है, कलात्मक समझदारी है, फिल्म के मीडियम को समझते हैं, अच्छे समझदार

शख़्स हैं, बहुत तमीज़ और तहज़ीब वाले आदमी हैं, फिर फिल्मी दुनिया में कामयाब क्यों नहीं हो सके। हम पीने लगे। आज आसमान पर कुछ बादल थे और मेरे दोस्त का मिज़ाज़ भी कुछ तेज़ था। हमारे सिरों के ऊपर नारियल के पत्ते तेज़ हवा में ऐसी आवाज़ कर रहे थे जैसे नया कपड़ा फाड़ा जा रहा हो।

"हैदर साहब आपने जब समन्दर पहली बार देखा था तो क्या लगा था।"

"पहली बार।" वे सोच में डूब गये। सन् अड़तालीस तक आना-जाना इतना आसान न था। बचपन में हैदराबाद वाला हुसैन सागर देखता था तो सोचा करता था समन्दर कैसा होगा? जब पहली बार यहाँ आया और समन्दर देखा तो डर गया।"

"और उसके बाद हुसैन सागर कैसा लगा। क्या आप हैदराबाद जाते हैं?"

"नहीं। वालेदैन के इंतकाल के बाद कभी नहीं गया।"

"कितने साल हो गये?"

"कोई सत्ताइस साल।"

"सत्ताइस साल से नहीं गये? शहर की याद नहीं आती है?"

"जी हाँ बहुत।"

"तो जाते क्यों नहीं?"

"माज़ी में जाना आसान नहीं है।"

वो फिर चुप हो गये। मुझे लगा कि मेरा अन्दाज़ा ग़लत था कि वो भी मेरे तरह नशे में आ गये हैं।

"अभी भी मुझे इण्डस्ट्री में काम मिल सकता है। शायद ट्रांसपोर्ट कम्पनी की मुंशीगिरी से ज़्यादा ही पैसे मिल जायेंगे।"

"तो फिर आप क्यों नहीं करते।"

अपने नाकाम हो जाने का सीधा एहसास होता है। ट्रांसपोर्ट कम्पनी में सब यही समझते हैं कि हमेशा से मुंशी था। बम्बई मुंशी ही बनने आया था। मुंशी बन गया। मुंशी ही बने-बने मर जाऊँगा।

सिर्फ मैं ही समझता हूँ कि ऐसा नहीं है। वहाँ किसी को नहीं मालूम की मैं इश्क में नाकाम हो गया हूँ।"

"इश्क में?" मैंने आश्चर्य से पूछा।

"हाँ असग़र साहब फिल्मों से मुझे इश्क था। मैं दीवानों की तरह अच्छी फिल्में बनाना चाहता था। मैंने अपना सब कुछ माँ-बाप, घर, वतन—सब कुछ दाँव पर लगा दिया था। फिल्म की एक-एक बारीकी को मैंने समझा था। आज भी मैं किसी 'एडीटर' से अच्छी 'एडीटिंग' कर सकता हूँ। 'स्टीन बैक' पर मुझे बिठा दीजिये तो रात-रात भर काम करता रहूँ।" पहली बार उन्होंने तेज़ आवाज़ में मुझसे बात की थी। उनका जहज़ा सख़्त से सख़्त होता गया था।

"तो फिर आप।"

वे मेरी बात काटकर बोले, "मैं एडीटिंग करने नहीं आया था। मैं डायरेक्टर हूँ असग़र साहब डायरेक्टर। इण्डस्ट्री चाहे माने चाहे न माने। चाहे मुझे मौक़ा मिला हो चाहे न मिला हो। चाहे फिल्में पिट गयी हों। लेकिन मैं डायरेक्टर हूँ।"

"कभी-कभी सोचता हूँ तो हँसी आती है।" हैदर साहब गिलास खाली करके बोले, "हाँ सिर्फ हँसी।"

और वो हँसने लगे। मैं हैरत से उनकी तरफ देखने लगा। वो वाक़ई हँस रहे थे। समन्दर की आवाज़ से मिलती-जुलती थी उनकी हँसी।

13

हम तीनों फिल्म देखकर लौट रहे थे। वैसी ही कोई घटिया चालू फिल्म थी। दरअसल जालिब हर तरह की फिल्में देखता था। मतलब 'वेलइन्फार्म्ड' रहता था। जसिया ने एडवांस बुकिंग करायी थी। क्योंकि पहला ही हफ़्ता था फिल्म 'रश' खींच रही थी। फिल्म देखकर निकले तो जुहूतारा पर जालिब को पिया की याद आ गयी। पिछले हफ्ते वह तीन-चार बार जालिब के पास आ चुकी थी। जालिब ने सब दोस्तों की तरह उसे भी बताया था कि नीना नाराज़ होकर चली गयी है। पिया ने पता नहीं क्यों नीना की अनुपस्थिति में जालिब के घर की थोड़ी-बहुत देखभाल करने को अपनी ज़िम्मेदारी समझ लिया था।

ताज़ा सब्ज़ी, दूध, अण्डे और मक्खन वग़ैरा फ्रिज में रख जाती थी ताकि जालिब को कम-से-कम भूखा न मरना पड़े। उसके इस 'जेस्चर' ने जालिब को बहुत 'मूव' किया था। हम लोग भी प्रभावित हुए थे।

इसलिए जालिब ने कहा, "चलो यार पिया के यहाँ चलते हैं।"

थैला उसके कन्धे पर ही था। जिसमें दारू की बोतल और गिलास मौजूद था। हो सकता है उसने सोचा हो एक-दो 'पेग' वहीं लेगा और फिर घर आयेगा।

मैंने कहा, "यार कहीं वहाँ रतनसेन न बैठे हों।"

"बैठे होंगे। अब क्या उनकी वजह से मैं पिया से मिलना छोड़ दूँगा।"

"चलिए 'प्रभु' चलिए ऐसा भी क्या है।" जसिया बोला।

कुछ ध्वनित यह हो रहा था कि जसिया के साथ रहते आपको यह सब सोचने की ज़रूरत नहीं है। अब यह आप सोचिए कि जसिया क्या है। हम पहुँचे तो मेरी शंका किसी संत की भविष्यवाणी जैसी निकली। यानी रतनसेन वहाँ मौजूद थे। सामने 'रम' की बोतल रखी थी और पीना-पिलाना चल रहा था। पिया ने टाइट जीन्स और ऊँचा 'ब्लाउज़' पहन रखा था जो इतना ऊँचा था कि खड़े होने पर उसके सुन्दर पेट के बीच का हिस्सा साफ दिखाई देता था। हमें देख कर पहले चौंकी फिर एकदम सँभल गयी और लहककर मिली। रतनसेन से जालिब लहककर मिले। लेकिन रतनसेन का व्यवहार कुछ ठण्डा था। इस पर हम लोगों ने ध्यान नहीं दिया। बैठते ही जालिब ने ठण्डे पानी की बोतल तलब की। हँसकर नमकीन की फरमाइश की। पिया गिलास ले आयी। हम लोग उस फिल्म की बातें करने लगे जो देखकर आये थे। बातचीत में रतनसेन हिस्सा नहीं ले रहे थे। यह आश्चर्य की बात थी क्योंकि वह अपनी गुरु गम्भीर आवाज़ में बोलने के शौकीन थे। यह बात दूसरी थी कि कहीं-कहीं उनके लहजे में 'बिहार' झलकने लगता था।

अपनी यह कमी वह तुरन्त भाँप जाते थे। और अंग्रेज़ी बोलकर यह सिद्ध कर देते थे दरअसल वे 'बिहार' के नहीं हैं। लेकिन इस वक़्त वे बिल्कुल ख़ामोश थे और 'रम' के हल्के-हल्के घूँट ले रहे थे। बीच में बातचीत कुछ रुकी तो रतनसेन ने जालिब से अंग्रेज़ी में कहा, "जालिब इस घर को अपना अड्डा मत बनाओ।" उनका यह वाक्य हम सब पर बम की तरह गिरा।

"ये क्या कह रहे हो रतनसेन?" जालिब ने अंग्रेज़ी में पूछा। अब बातचीत अंग्रेज़ी में होने लगी।

"मेरे ख़्याल से जो मैं कह रहा हूँ वह बिल्कुल साफ है।"

"इस घर को अपना अड्डा न बनाओ।" अबकी उन्होंने एक-एक लफ्ज़ को काफी ज़ोर देकर कहा। पिया के चेहरे का रंग

बिल्कुल उड़ गया था। उसकी समझ में नहीं आ रहा था कि क्या करे या कहे। मैंने पहली बार उसके चेहरे पर यह भाव देखा था।

"रतनसेन, यह मेरे प्यारे अज़ीज़ दोस्त का घर है, इस घर में मैं उस वक़्त से आ रहा हूँ।..."

उसकी बात काटकर रतनसेन ने फिर कहा, "मैं यह नहीं जानना चाहता कि तुम इस घर में कब से आ रहे हो। मैं सिर्फ इतना कहना चाहता हूँ कि तुम इस घर को अपना अड्डा न बनाओ।"

"तुम्हें ये कहने का क्या हक़ है?"

"ये तुम समझो।"

"मैंने तुम्हें पिया से मिलवाया है। तुम तो उसे जानते भी न थे।"

"ठीक कह रहे हो। मैं मानता हूँ।"

"उसके बाद भी तुम उसके घर में मेरा अपमान कर रहे हो।"

"अपमान तुम इस घर का कर रहे हो।"

"क्या अपमान कर रहा हूँ।"

"अपनी बोतल और अपने दोस्तों के साथ।"

"तुम्हारा मतलब मैं कहीं जाता हूँ तो उस जगह का अपमान हो जाता है।"

"तुम मेरी बात को नया मतलब दे रहे हो।"

"और तुम मेरे यहाँ आते हो तो मेरा सम्मान होता है या अपमान?" जालिब ने पूछा।

"जालिब समझने की कोशिश करो। मैं पिया की वज़ह से कह रहा हूँ।"

"तो पिया की फिक्र मुझसे ज़्यादा तुम्हें है।"

"ये सब छोड़ो जालिब। मैं जो तुमसे कह रहा हूँ वह।"

"तुम मुझे 'ऑर्डर' कब से देने लगे?"

"मैं तुमसे 'रिक्वेस्ट' कर रहा हूँ।"

"तुम्हारी 'रिक्वेस्ट' का तरीका बताता है कि वह क्या है।"

"जालिब मुझसे बेकार की बहस न करो।"

"रतनसेन मैं जानता हूँ कि तुम पिछले कई महीनों से इस चक्कर में हो कि मेरे तुम्हारे ताल्लुक़ात खराब हो जायें ताकि तुम मेरे पैसे देने से बच जाओ।"

"तुम्हारे पैसे? रतनसेन ने त्योरियाँ चढ़ाकर कहा--तुम्हें सब दिया जा चुका है।"

"अब तुम आये न असली बात पर। तुम्हें यहीं से बात शुरू करना चाहिए थी।"

"तुम मुझे 'डिसऑनेस्ट' साबित कर रहे हो।"

"अभी यहीं इसी कमरे में कर रहा हूँ। कल पूरी इण्डस्ट्री के सामने करूँगा। ये बात तो शायद तुम जानते ही होगे कि मैं, कम-से-कम 'इण्डस्ट्री' में तुमसे सीनियर हूँ।"

"प्लीज़ जालिब ख़त्म करो बेकार की बातचीत।" पिया डरते-डरते बोली।

"तुम भी मुझसे कह रही हो? किसने ये बात शुरू की है? उससे कहने की हिम्मत तुममें शायद इसलिए नहीं है कि तुम उसकी अगली फिल्म में 'मेन रोल' करने जा रही हो।"

जालिब की यह बात शायद ठीक निशाने पर लगी। पिया और रतनसेन दोनों तड़प गये।

"जालिब प्लीज़ तुम अपने होश में नहीं हो।"

"दारू से वो लोग अपने होश खो देते हैं जिन्हें नया-नया पैसा या शोहरत मिली होती है।" जालिब ने फिर रतनसेन पर हमला किया। दरअसल पिछले चार-पाँच साल में ही वह चढ़ा था।

"ये पटना नहीं है, बम्बई है रतनसेन।" जालिब ने कहा।

रतनसेन को पटना से इतना भावनात्मक लगाव था कि इस जुमले पर वह आक्रामक मुद्रा में आ गये। लगता था जालिब पर झपट पड़ेंगे।

"जालिब ने फिर कहा, "अच्छा तो अब तुम मुझसे हाथापाई करोगे?"

"तुम्हारे ऊपर हाथ उठाना मेरा अपमान है।"

"और मेरे पैसे हज़म कर जाना तुम्हारा सम्मान है।"

अब रतनसेन ने अपना सही चेहरा दिखाया वे अचानक हिन्दी में बोले, "अगर आपके ताकत है तो पैसे लेकर दिखा देना।"

"रतनसेन अगर तुम में ज़रा भी हिम्मत है तो मेरे पैसे रोके रखना। तुम खुद मेरे पैसे लेकर घर देने न आये तो पेशाब से मूँछ मुड़वा दूँगा। समझे? अभी न तुम मुझे जानते हो न इस शहर को जानते हो।"

"चलो अब उठो।" मैंने धीरे से जालिब से कहा। उसने गिलास खाली किया क्योंकि हम लोगों के गिलास पहले ही खाली हो चुके थे। बोतल और उसका गिलास जसिया के बैग में डालकर बैग उठा लिया। हमें छोड़ने पिया दरवाजे तक आयी और बोली, "आई एम वेरी सॉरी जालिब।"

जालिब एक तल्ख़ हँसी हँसा, "बहुत-बहुत शुक्रिया। 'रोल' मुबारक हो। कभी मेरी ज़रूरत हो तो मेरे घर के दरवाज़े तुम्हारे लिए खुले हैं।" उसने घिसा-पिटा फिल्मी डायलॉग मारा।

बिल्डिंग से नीचे आते ही जसिया ने रतनसेन की माँ-बहन करनी शुरू कर दी। जालिब ने उसे रोका और कहा, "तुम देखो जसिया, मेरा एक वो रूप जो तुमने आज तक नहीं देखा है।"

मैं भी हैरान रह गया कि जालिब अपने किस रूप की बात कर रहा है। फिर वह विस्तार से जबानी हिसाब करने लगा कि उसका कितना पैसा रतनसेन की तरफ निकलता है। वह बता रहा था और जसिया जोड़ रहा था। होते-होते संख्या पैंतालीस हज़ार तक पहुँची। जालिब ने अपने दिमाग़ पर बहुत ज़ोर डाला लेकिन संख्या उससे आगे नहीं बढ़ी।

"तो मेरे कुल पैंतालीस हज़ार निकलते हैं।"

"छोटा 'एमाउण्ट' नहीं है 'प्रभु'।" जसिया बोला।

"बिल्कुल नहीं। और अब तक तो मैं इसलिए खामोश था कि अगली फिल्म का काम मिलने की उम्मीद थी। लेकिन अब जब सब साफ हो चुका है तो हिसाब बराबर करना पड़ेगा।"

"क्या नोटिस दोगे?" मैंने कहा।

मेरे यह पूछने पर जालिब इस तरह हँसा जैसा उसका बहुत मनोरंजन हुआ हो।

"नोटिस से क्या होता है प्यारे। मुकदमा लड़ना शुरू किया तो वही करता रहूँगा।"

"तो 'इम्पा'।" मेरे वाक्य को उसने पूरा नहीं होने दिया।

"ये सब 'चोंचले' हैं। मैं तो सीधा काम करूँगा। बिल्कुल सीधा और रतनसेन अगले दिन पैसे लेकर मेरे घर आयेंगे।"

"वह क्या काम है?" मैंने पूछा।

"देखते जाओ।" वह खामोश हो गया, मैं समझा शायद बताना नहीं चाहता लेकिन कुछ देर बाद बोला, "यूसुफ भाई का नाम सुना है तुमने?"

"अरे यूसुफ भाई!" जसिया ने इस तरह दोहराया जैसे जालिब ने किसी पहुँचें हुए संत या संन्यासी का नाम ले लिया हो। यूसुफ भाई का नाम मुझे कुछ-कुछ परिचित लगा। लेकिन कहाँ सुना था, यूसुफ भाई क्या है, यह सब याद नहीं पड़ रहा था।

"कुछ नाम सुना हुआ-सा लग रहा है।"

"ये वही आदमी है असग़र मियाँ जो बांद्रा से विरार तक का एरिया 'कण्ट्रोल' करता है।" जालिब बोला।

अब मैं समझा यूसुफ भाई कोई बहुत नामी, प्रभावशाली 'अण्डरवर्ल्ड' का गुण्डा था। तस्कर, अपराधी या जाने क्या-क्या। मैंने कहा, "तो तुम उसके पास जाओगे? तुम उसे जानते हो?"

"जाऊँगा नहीं, वह मेरे पास आयेगा। सिर्फ एक फोन घुमाने की ज़रूरत है।"

पिये होने के बावजूद मुझे ठण्डी सिहरन-सी लगी। यार ये क्या चक्कर है। क्या जालिब का दिमाग़ बिल्कुल ही पलट गया है।

"जो मामले अदालतों में बरसों नहीं तय होते उन्हें यूसुफ भाई एक मिनट में निपटा देता है। 'यूँ' उसने चुटकी बजायी।

"मेरे ख़्याल से तो तुम दो-चार बड़ी फिल्मी हस्तियों को बीच में डालो और मामला तय कराओ।"

"फिल्मी हस्तियाँ इसीलिए बैठी हैं न?" उसने व्यंग्य किया, "अरे मियाँ, यहाँ किसी को किसी से कोई दिलचस्पी नहीं है।"

"यूसुफ भाई क्या करेगा?"

"यह उसका काम है। लेकिन काम हो जायेगा। इसका यक़ीन कर लो।" उसने बड़े आत्मविश्वास से कहा।

घर आते ही उसने अपनी टेलीफोन डायरी उठायी और एक नम्बर घुमाया। वास्तव में वह यूसुफ भाई को पूछ रहा था। कुछ देर तक वह बात करता रहा। फिर फोन बन्द करके बोला, "यूसुफ भाई तो दुबई गया है। उसको आने दो, दो-चार दिन में आ जायेगा।" जालिब के साथ जो हो रहा था या वह अपने साथ जो कर रहा था वह तो था ही था लेकिन अब मुझे यह लगने लगा था कि मैं किस पचड़े में पड़ गया हूँ। यहाँ आया इस उम्मीद में था कि फिल्मों में काम मिलेगा, पैसे कमाऊँगा और घर वापस जाऊँगा। लेकिन यहाँ तो मामला ही दूसरा है। अब लगता है कि फिल्मी लेखक बनने के बजाय मैं किसी हत्या, मारपीट या आपराधिक मुकदमे का गवाह बन जाऊँगा। मैं यह भी नहीं चाहता था कि दिल्ली लौट जाऊँ क्योंकि मेरी छुट्टियाँ बाकी थीं। और आखिरी दम तक कोशिश करना चाहता था कि वे बेकार न जायें। दो महीने मुझे हो गये थे और उसमें दो हज़ार की कमाई हुई थी। लेकिन वह कमाई भी क्या कमाई थी।

समझ लीजिए 'ड्रामें' में अभिनय करने का पारिश्रमिक मिला था। नियाज़ साहब ने दरअसल ठेंगा दिखा दिया था। जालिब और

नियाज़ साहब के अलावा मैं फिल्मी दुनिया में किसी को न जानता था। ये हो नहीं सकता था कि कमर बाँध कर मैं 'स्टूडियोज' के चक्कर लगाने लगाता। और यहाँ उससे कुछ नहीं होता है। यह मुझे मालूम था। मेरे पास जो कहानियाँ थीं उन्हें अब तक जालिब तक ने न सुना था। बाकी लोगों के पास मेरे लिए कितना वक़्त होगा। यह सोचने की बात थी। आखिरकार एक दिन मैंने जालिब से कहा कि यार ये मेरे पास जो कहानियाँ हैं उनका क्या अचार डालना है। इनको बेचा जाये। हम तुम साथ-साथ करेंगे। जालिब को भी लग रहा था कि कुछ काम होना चाहिए। उसने फोन करके एक प्रोड्यूसर, किन्हीं दत्ता साहब से टाइम लिया। हम लोग दत्ता साहब के ऑफिस गये। मैरीन ड्राइव पर था। दत्ता साहब कई पीढ़ियों से फिल्मी लाइन में थे। उनका कारोबार बहुत जमा हुआ था। दत्ता साहब के ऑफिस में हमें करीब पैंतालीस मिनट उनके 'खाली' होने का इन्तज़ार करना पड़ा। 'रिसेप्शन' में जालिब मुझे उनके बारे में तफसील से बताता रहा। दत्ता साहब प्रोड्यूसर ही नहीं बल्कि बड़े 'डिस्ट्रीब्यूटर' भी हैं। यही नहीं वे बम्बई के पाँच बड़े सिनेमाहॉलों के मालिक भी हैं। दत्ता साहब किसी को कुछ बनाना चाहें तो पलक झपकते में बना दें। उसने उन स्थापित लोगों के नाम लिये जिन्हें दत्ता साहब ने 'बनाया' था। दत्ता साहब की विशेषता यह थी कि वे 'लो बजट' कॉमर्शियल फिल्में बनाते थे। जिनमें ख़तरा कम और मुनाफे के इमकान बहुत होते थे। बहरहाल दत्ता साहब से मुलाक़ात होने से पहले मैं उनके बारे में ज़रूरत से ज़्यादा जान गया था। एक हसीन वक़्त वह आया जब दत्ता साहब की सुन्दर महिला पी.ए. ने हमसे कहा कि हम अन्दर जा सकते हैं। दत्ता साहब एक बड़ी सी शीशे की मेज़ की दूसरी तरफ चमड़े की आरामदायक कुर्सी पर बैठे थे। वे आँखें बंद किये थे। चूँकि हमारे आने से आहट नहीं हुई थी इसलिए उन्हें पता नहीं चला कि हम कमरे में आ गये हैं या नहीं। वे आँखें बन्द किये-किये मुँह चलाने

लगे जैसे कुछ खा रहे हों। लेकिन ऐसा नहीं था। वे शायद फुर्सत के क्षणों में मुँह के कोने-खुतरों का जायज़ा ले रहे थे। एक-आध मिनट बाद जालिब थोड़ा खाँसा। दत्ता साहब ने बिना आँखें खोले कहा, "बैठ जाओ।" हम लोग बैठ गये।

"कितनी कहानियाँ हैं तुम्हारे पास?"

उन्होंने इस तरह पूछा जैसे सब्ज़ी मण्डी में थोक के खरीदार पूछते हैं। जवाब मिलता है कि सौ मन आलू है या पचास मन टमाटर है।

जालिब ने बताया, "दो कहानियाँ हैं।"

उन्होंने आँखें खोल दी थीं।

बोले, "ठीक है। कब सुना सकते हो।" जालिब की तरफ मैंने देखा। मतलब हम तो अभी कहानी सुनाने आये थे।

"अभी सुना सकते हैं।"

"अच्छा एक मिनट ठहरो।" वे कुछ कहते-कहते ठहर गये फिर अपनी कनपटियाँ दबाते हुए। एक मिनट।" इंटरकाम पर उन्होंने किसी को बुलाया। सफारी सूट में एक आदमी अन्दर आया, "खुनखुन जी आया?" दत्ता साहब ने पूछा।

"नहीं, अभी नहीं आया।"

"जैसे ही आये बताना।"

"यस सर।" वह चला गया।

"क्या पियोगे ठण्डा?" उन्होंने हमारे 'हाँ' या 'ना' करने से पहले इंटरकाम पर आदेश दे दिया। फिर कहा, "सुनाओ।"

"ये एक छोटे से पहाड़ी गाँव की कहानी है।" मैंने कहना शुरू ही किया था कि दत्ता साहब ने हाथ उठाकर मुझे रोक दिया और बोले, "नहीं, नहीं, ये नहीं चलेगी। आजकल कोई छोटे गाँव की फिल्में नहीं देखता...समझे...दूसरी कहानी सुनाओ।"

मैंने दूसरी कहानी शुरू कर दी। अच्छी बात यह थी दत्ता साहब ने पहले वाक़्य के बाद रोका नहीं लेकिन उसी वक़्त

इंटरकाम बजा, उन्होंने रिसीवर उठा लिया, "क्या आ गये खुनखुन जी। भेज दो।"

अगले क्षण एक विशुद्ध सेठ जैसा आदमी कमरे में आ गया उसकी बगल में एक काले रंग का चपटा सा डिब्बा दबा था।

"कुछ अच्छा माल लाये हो?" दत्ता साहब ने पूछा।

"निखालिस है सेठ निखालिस।" उसने डिब्बा मेज़ पर खोल दिया। हीरे जगमगा रहे थे।

"आप सुनाओ, कहानी सुनाते रहो।" दत्ता साहब ने कहा।

खुनखुन जी उन्हें हीरे दिखाता रहा। हर हीरे की तारीफ़ करता था। इस बीच कहानी भी चल रही थी। ऐसा नहीं था कि दत्ता साहब कहानी नहीं सुन रहे थे क्योंकि बीच-बीच में वे सवाल कर रहे थे।

उसके साथ ही हीरों के बारे में 'कमेंट' कर रहे थे। कभी-कभी ये पता नहीं चल पाता था कि वे 'हीरों' के बारे में कुछ कह रहे हैं या कहानी के बारे में। मुझे लग रहा था कि यह दो रेडियो स्टेशनों के गड्डमड्ड हो जाने वाला लतीफा हक़ीक़त में घट रहा है। इस बीच फोन की घण्टी भी बजती थी। दत्ता साहब फोन भी रिसीव करते थे और कहानी भी सुनते थे। मुझे लगा यह मज़ाक़ हो रहा है लेकिन जालिब बराबर इशारे कर रहा था कि सुनाते रहो। मैं कहानी सुनाता रहा। दत्ता साहब ने चार हीरे पसन्द किये। अब बातचीत पैसों को लेकर होने लगी। मेरी कहानी धीरे-धीरे 'क्लाइमेक्स' की तरफ पहुँच रही थी।

"वहाँ से फिर सुनाओ जहाँ से हीरोइन को गुण्डे उठा ले जाते हैं।"

मैंने कहानी कुछ पीछे से फिर शुरू की। अबकी एक हीरे का दाम दोनों के बीच तय हो गया था। मैं जल्दी-जल्दी कहानी सुना देना चाहता था। कहानी ख़त्म होने के बाद दत्ता साहब चौंके, "ज़रा 'क्लाइमेक्स' फिर बताना।" 'क्लाइमेक्स' फिर से बताया

गया।

"ठीक है मैं तुम्हें सोचकर फोन करा दूँगा।" उन्होंने हीरे को अपनी आँखों के सामने नचाते हुए कहा।

यह हम नहीं समझ पाये थे कि दत्ता साहब ने यह हमसे कहा है या सेठ खुनखुन जी से। फिर लगा हमीं से कहा गया है। हम दोनों उठ गये, बाहर चले आये।

बाहर आकर मुझे लगा जैसे दस जूते चौराहे पर मार दिये गये हों।

ऐसे चौराहे पर ज़हाँ सब ज़ानने वाले खड़े हों। मुझे यह भी लगा कि मेरा इतना बड़ा या इससे ज़्यादा अपमान कहीं नहीं हुआ है। मुझे लगा कि कहानियाँ लिखना दुनिया का सबसे घटिया और ज़लील काम है। लगा कि मैं बिल्कुल ही बेकार टाइप का घटिया आदमी हूँ। जालिब भी खामोश था। कुछ देर बाद बोला, "यार यहाँ यही हाल हैं?"

"तो बुलाया क्यों था।"

"मैंने किसी और से भी फोन कराया था। एक 'फिल्म जर्नलिस्ट' ने ये मीटिंग तय कराई थी।"

"इसने तो यार हम दोनों की बड़ी 'इनसल्ट' की है।"

मेरे ये कहने पर जालिब कुछ बुरा-सा मान गया। इसका सीधा मतलब यह था कि जालिब ने मेरा अपमान कराया है।

"देखो ये फिल्मी दुनिया है। यहाँ इतना 'सेंटीमेंटल' होने से काम नहीं चलता। तुम्हें मालूम है अच्छे-अच्छे 'राइटर' दत्ता साहब से मिलने के लिए महीनों जूतियाँ चटख़ाते हैं और सालों इन्तज़ार करते हैं, दत्ता साहब को तुम समझ क्या रहे हो? और आज जो तुम्हें लाखों, करोड़ों में खेलते जमे-जमाये लोग दिखाई दे रहे हैं सब इसी रास्ते से गुज़रे हैं। आज का अपना सुपर स्टार दत्ता साहब की चिलम भरा करता था। मुहावरे में नहीं वाक़ई। दत्ता साहब हुक्का पीते हैं वह चिलम भरता था। तुम्हें ये सब अज़ीब लगता होगा

क्योंकि तुम जिस दुनिया से आये हो वह अलग दुनिया है। यहाँ के दस्तूर अलग हैं। अगर यहाँ रह रहे हो तो इसकी आदत पड़ जायेगी।"

जालिब के आखिरी वाक़्य से मैं डर गया। क्या कभी वो वक़्त भी आयेगा कि मैं अपने अपमान पर सामान्य रहा करूँगा। मतलब अपमान अपमान ही नहीं लगेगा। दुख, दुख नहीं लगेगा, प्यार, प्यार नहीं लगेगा। दोस्त, दोस्त नहीं लगेंगे और दुश्मन, दुश्मन नहीं लगेंगे। अचानक मुझे दिल्ली का फिल्म वितरक याद आया जो कहा करता था कि जी मैं तो किसी के गाली देने पर बुरा नहीं मानता। इसलिए कि वह कुछ दे ही रहा है न, उसका बुरा क्या मानना। क्या मैं भी उसी वितरक जैसा हो जाऊँगा। ऐसा होने के बाद मुझे शायद बहुत पैसे मिल जायें। शायद मेरा बड़ा नाम हो जाये। शायद लोग मेरा बड़ा सम्मान करने लगें। शायद मैं सफल माना जाऊँगा।

"क्या सोचने लगे?" जालिब ने पूछा।

"अब क्या बताऊँ क्या सोचने लगा।" मैंने गहरी लम्बी साँस लेकर कहा।

"बड़ी लम्बी साँस ले रहे हो।"

"सोचता हूँ दिल्ली लौट जाऊँ।" मैंने कहा।

"क्या दिल्ली? यार तुम घबरा गये। प्यारे दत्ता साहब जैसे सब नहीं हैं यहाँ। कुछ अच्छे लोग भी हैं। बहुत अच्छे भी हैं। ये तुमने कैसे समझ लिया कि सब दत्ता साहब जैसे हैं।" वह बोला।

यही होता है, एक सूत्र खो जाता है तो दूसरा मिल जाता है। दूसरा खोता है तो तीसरा मिल जाता है। जालिब का यह वाक्य कि ये तुमने कैसे समझ लिया कि सब यहाँ दत्ता साहब जैसे हैं, एक नये सूत्र की तरह मिला। उपने ऊपर हँसी आयी या रोना आया, कुछ कह नहीं सकता।

14

फिल्मी भाषा में अगर कहा जाये तो कुछ में होगा कि दत्ता साहब ने मुझे जो दर्द दिया था उसकी दवा कराने मुझे कई बार अपने दोस्त के पास जाना पड़ा। कई बार मैं रात के अँधेरे में उसके पहलू में लेटा और उसने अपनी घनगरज आवाज़ में कुछ समझाया, कुछ दिलासा दिया, कुछ डाँटा, कुछ सुझाया और धीरे-धीरे थपकियाँ दीं ताकि दत्ता साहब के दिये ज़ख़्म भर जायें। उसके ऊपर से आने वाली हवाओं ने कई बार मुझे अन्दर तक ताज़गी दी और दूर टिमटिमाने वाली रौशनियों ने बहुत सी रहस्यमयी कहानियाँ सुनायीं। और मैं धीरे-धीरे सामान्य हो गया। मैंने उससे यह सलाह भी की कि क्या मुझे वापस लौट जाना चाहिए?

उसने कहा, "किसी ने तुम्हारे हाथ-पैर बाँध नहीं रखे हैं।"

मैंने कहा, "ऐसा मैंने खुद तो नहीं किया है?"

वह बोला, "अपने अन्दर झाँक कर देखो।"

मैंने कहा, "बहुत अंधेरा है।"

वह बोला, "दिन में यहाँ आओ। सूरज निकलने से पहले।"

फिर मैं सूरज निकलने से पहले उसके पास गया। उसके ऊपर दूर-दूर तक काले परिन्दे उड़ रहे थे और वह रंग बदल रहा था। उसका रंग गहरे से हल्का होने लगा और फिर वह आकाश जैसा हो गया। जब वहाँ मेरे जैसे और बीमार भी आने लगे तो मैं उठ आया। लौटने से पहले उसने मुझसे एक रहस्यात्मक, गूढ़ और दार्शनिक बात बतायी, "जिस तरह मैं बार-बार आगे बढ़ता हूँ और पीछे लौट जाता हूँ। उसी तरह तुम भी आगे बढ़ते और पीछे लौटते

रहो।" मैं उसकी बात पूरी तरह समझ तो नहीं पाया पर उसे समझने की कोशिश करता रहा।

जालिब ने जोगेन्द्र शर्मा की कहानी को दृश्यों में बाँट दिया था। उन लोगों की अगली मीटिंग में मैं नहीं था लेकिन जसिया ने बताया कि मीटिंग सफल रही थी और जोगेन्द्र शर्मा ने अपनी बात रखी थी यानी पैसे की अगली किश्त दे दी थी। जालिब इससे खुश था। उसे लग रहा था कि अगर वह प्रयास करे तो उसे और भी काम मिल सकता था। दूसरी अच्छी बात यह हुई थी कि जोगेन्द्र शर्मा के प्रोजेक्ट में मानस को म्यूज़िक डायरेक्शन का काम मिल गया था और उसे भी बीस हज़ार 'साइनिंग एमाउण्ट' के तौर पर मिले थे। यह खबर सुनकर मैं इतना खुश हुआ था जैरो मुझे कहीं से पचास लाख रुपये मिल गये हों। क्योंकि मुझे वह सुबह याद आ गयी थी जब मैं और जालिब मानस की पत्नी से मिले थे।

जालिब की माँ के फोन हैदराबाद से लगातार से आते थे और उन्हें टालता रहता था। अब शायद उसने ये 'रियालाइज़' कर लिया कि शादी-वादी मज़ाक नहीं है और पैंतालीस साल की उम्र और 'कैरियर' के इस मोड़ पर तो बिल्कुल ही नहीं। लेकिन शायद उसकी माँ बुरी तरह कमर कसे हुए थीं। शायद वे नीना से पूरा बदला लेना चाहती थीं। नीना के बम्बई के रिश्तेदारों से पता चला कि नीना ने पूना में किसी अस्पताल में नौकरी कर ली है। अच्छी तनख़्वाह मिल रही है। शबनम का दाख़िला स्कूल में हो गया है और अहमद एक 'ड्रग स्टोर' में सेल्समैन लग गया है। वह प्राइवेट 'हायर सेकेन्ड्री' की तैयारी कर रहा था। मुझे लगता था यह सब कुछ बहुत अच्छा हुआ है।

इन्हीं दिनों जालिब को किसी मनोहर मीना ने फोन करके 'एपाइंटमेन्ट' लिया था। उसने बताया था कि वह जयपुर से आया है और मिलना चाहता है। क्यों मिलना चाहता यह उसने नहीं

बताया था लेकिन जालिब ने तुरन्त अन्दाज़ा लगा लिया था कि वह 'रोल' के चक्कर में मिलना चाहता था। जालिब आमतौर पर मिलने की इच्छा रखने वालों को निराश नहीं करता था। हो सकता है इसकी वजह दरबार सजाने की प्रवृत्ति हो या मुसीबत के लोगों की मदद की इच्छा। बहरहाल मैं उस दिन वहीं था, जब मनोहर मीना आया। यह तीस साल का एक सेहतमन्द आदमी था। राजस्थानी तर्ज़ की उसकी मूँछें थीं और साधारण कपड़े पहने था। चेहरे से लगता था कि इरादे का पक्का और मज़बूत आदमी है। उसने बताया था कि जयपुर से कुछ दूर उसका गाँव है और खेती-बाड़ी करता था। लेकिन वह केवल खेती करने वाला न लगता था। कुछ गाँवों के नये नम्बरदारों और नेताओं जैसे उसके हाव-भाव थे। उसके साथ बीस-बाईस साल की एक लड़की भी थी। लड़की को वह अपनी ममेरी बहन बताता था। ममेरी बहन सुन्दर थी उसका शरीर गठा हुआ था। क़द अच्छा था। रंग साँवला था। ममेरी बहन का नाम शकुन्तला था। वह उसके लिए 'रोल' तलाश कर रहा था। किसी ने कहा था क़ि जालिब साहब से कहो, हो सकता है कुछ मदद कर दें। ममेरी बहन सुन्दर होने के साथ-साथ काफी चंचल भी थी। उसकी आँखें एक जगह नहीं ठहरती थीं। बड़ी अदा से मुस्कराती थी। उसे अपनी क्षमताओं का पक्का पता था। वह जानती थी कि लोगों की तरफ कैसे देखा जाता है। ममेरी बहन बहुत पढ़ी-लिखी भी न लगती थी। जबकि मनोहर बार-बार उसके कॉलेज में पढ़ने और नाटकों में हिस्सा लेने की बात को दोहराता था। उसने बम्बई के किसी अभिनय स्कूल में ट्रेनिंग भी ली थी। लेकिन अभी तक किसी फिल्म में उसे 'रोल' नहीं मिला था। एक-दो आश्वासन ज़रूर थे। जालिब मनोहर जैसे लोगों को प्रभावित करने का विशेषज्ञ था। उसे इन लोगों से बातचीत का ऐसा निराला ढंग आता था कि वे 'चित' 'पट' सब कुछ हो जाते थे। कारण शायद यही था कि वे ऐसे लोगों से अक्सर

टकराता रहता था और उसने इन लोगों की मनोवृत्ति को अच्छी तरह समझ लिया था। बातचीत के दौरान जालिब यह सिद्ध करता था कि वह न केवल प्रभावशाली है बल्कि संघर्ष करने वालों के लिए उसके मन में जगह भी है। फिर जितना समय वह इन लोगों को देता था उतना निश्चय ही दूसरे न देते होंगे। वह इन लोगों से अपने बनाये चार्ट के अनुसार बात करता था। उसमें कई बिन्दु थे। पहला यह कि वह उन्हें 'इण्डस्ट्री' के ख़तरों से पूरी तरह आगाह करता था और उसके बाद सम्भावनाओं की भरपूर चर्चा करता था। फिर उनके लिए रणनीति तय करता था और उसके बाद यह सिद्ध कर देता था कि सफलता मिलेगी और अवश्य मिलेगी। उस पूरे फिल्मी माहौल में जहाँ दूसरों ने उनको दुत्कारा होता है वहाँ जालिब की चेतावनियाँ, सहानुभूति, रणनीति और सम्भावनाएँ इन लोगों पर गहरा असर डालती थीं। मनोहर मीना और ममेरी बहन के साथ भी यही हुआ। एक घण्टे या डेढ़ घण्टे की मुलाक़ात में वे जालिब के भक्त हो गये। हम लोग अपनी 'टरमिनोलोजी' में इसे शीशे में उतारना कहते हैं। तो जालिब ने उन्हें बड़ी कामयाबी के साथ शीशे में उतार लिया। उन्हें यह दुःख हुआ कि अब तक वे क्यों भटकते रहे और जालिब से पहले क्यों नहीं मिले। मेरे लिए यह अन्दाज़ा लगाना कठिन नहीं था कि जालिब की नज़र ममेरी बहन पर है। ममेरी बहन थी भी कुछ ऐसी ही। बहरहाल पहली मुलाक़ात के बाद वे दोनों लगभग रोज़ जालिब के पास आने लगे। मज़ेदार बात यह है कि रोज़ उन्हें एक नया दरवाज़ा खुलता-सा मालूम होता था। जालिब के कलाकार होने में कोई शक नहीं था। जालिब ने उन्हें दूसरे आश्वासनों के अलावा जोगेन्द्र शर्मा की फिल्म में रोल दिला देने का आश्वासन भी दे दिया था। उसका कहना था कि वह कहानी में ममेरी बहन के लिए नया 'कैरेक्टर' डालना चाहता है।

पता नहीं मनोहर घाघ किस्म का आदमी था या अनजाने में

ही वह अपने दीगर कामों के लिए जब कहीं जाता था तो ममेरी बहन को जालिब के यहाँ छोड़ जाता था। इन्हीं दिनों की बात है कि एक दिन मौक़ा पाकर जालिब ने ममेरी बहन के साथ 'मुँह काला' कर लिया। जालिब सम्भोग करने को 'मुँह काला' करना कहता था। उसी दिन शाम को उसने बताया कि यार मैंने ममेरी बहन के साथ 'मुँह काला' कर लिया है। ग़ज़ब की चीज़ है। बम्बई की औरतें तो उसके सामने 'पानी भरती' हैं। अगले दिन मनोहर आया तो उसके हाव-भाव कुछ बदले हुए थे। मैं वहीं मौजूद था। जालिब की एक नयी 'ग़ज़ल' सुन रहा था। मनोहर ने मेरी मौजूदगी की परवाह न करते हुए या शायद करते हुए कहा, "ये क्या कर दिया आपने जालिब साहब। जब से शकुन्तला होटल वापस गयी है, रोये जा रही है। कहती है जालिब साहब से..."

मैंने दिल में कहा लो बेटा जालिब अब फँसे। लेकिन ज़ालिब धाकड़ था या इस तरह की परिस्थितियाँ उसके लिए नयी नहीं थीं। वह मुझसे पहले ही कह चुका था कि यह ममेरी बहन नहीं है साला उसे भगाकर लाया है।

"क्या कह रही है शकुन्तला।"

"कह रही है मेरा मेडिकल कराओ...एफ.आई.आर. ..."

"तो तुम यहाँ क्यों आ गये। थाने चले जाते या अस्पताल।"

"देखिए जालिब साहब हम लोग इज़्ज़तदार लोग हैं। ये आपने बुरा किया है।" वह थोड़ा दबा।

"देखो तुम भी सब जानते हो और मैं भी सब जानता हूँ। मुझे आँखें दिखाने से तुम्हें कुछ न मिल जायेगा। हाँ ठीक से बात करोगे तो हो सकता है कुछ मिल जाये।"

"देखिए जी मैं तो परेशान आ गया। तीन महीने हो गये हैं सौ रोज़ होटल का किराया देते-देते। आप कहते हैं अभी शूटिंग शुरू होते-होते तीन-चार महीने और लग जायेंगे।"

"हाँ ये तो है 'स्क्रिप्ट' पूरी नहीं होगी तो शूटिंग कैसे शुरू हो

सकती है।"

"अब आप ही बताइए। रोज़ होटल के कमरे का किराया और ऊपरी खर्च।"

"ठीक है अगर ये दिक्कत है तो तुम मेरे पास आ जाओ। एक कमरा खाली है।"

जालिब के यह कहते ही मनोहर की आँखें चमकने लगीं। मैं समझ गया, दरअसल बात यह थी। उसने एक अच्छा सौदा कर लिया था। उसे मालूम था कि ममेरी बहन यहाँ रहेगी तो उसकी इज़्ज़त का क्या होगा। लेकिन यह भी जानता था कि होटल का ख़र्च बचेगा। मतलब दोनों के बीच एक पक्का सौदा हो गया था। शायद इसी सौदे को पटाने के लिए वह शुरू-शुरू में आँखें दिखा रहा था। लेकिन मुझे लगा कि जालिब कहीं घाटे में न रहे। लेकिन फिर सोचा, "घाघ आदमी है, सब निपट लेगा।"

कुछ दीगर बातचीत के बाद मनोहर चला गया। मैंने जालिब से कहा, "यार ये तुम क्या कर रहे हो?"

वह बोला, "क्या बुरा है प्यारे। यहाँ रहेगी। तुम भी बहती गंगा में हाथ धो लेना।" वह हँसा।

"कहीं किसी लफड़े में न फँस जाओ।" मैंने कहा।

"अब तुम बम्बई वाले हो गये हो। यहाँ जब बाहर का आदमी 'लफड़ा' बोलने लगता है तो कहा जाता है वह बम्बई वाला हो गया है।" उसका मूड अच्छा था।

"नहीं यार सोच-समझ लो।"

"देखो मेरी ज़िन्दगी ऐसे ही लोगों को 'डील' करते कटी है, मैं अच्छी तरह जानता हूँ कि ये क्या, कैसे होते हैं।"

"ठीक है अगर ये बात है तो अच्छा है।"

घण्टी बजी। हम समझे जसिया! आया है लेकिन दरवाज़ा खोला तो सामने पिया खड़ी थी। वह फूलों का बड़ा सा 'बुके' लिए थी। अन्दर आ गयी। उसने जालिब के सामने फूल रख दिये। पता

नहीं पिया और जालिब के सम्बन्ध किस तरह के थे। उसे और फूलों का 'बुके' देखते ही जालिब के चेहरे पर बहुत आत्मीय मुस्कराहट आ गयी। मैं तो समझ रहा था कि शायद फिर एक छोटा 'सीन' हो जायेगा लेकिन नहीं हुआ। पिया के दूसरे हाथ में एक थैला था। उसे लेकर वह 'किचन' चली गयी और 'फ्रिज' खोलकर उसमें सामान रखने लगी। सामान रखने से पहले उसने चाय का पानी चढ़ा दिया था। किचन से निकली तो उसके हाथ में 'ट्रे' थी, जिसमें चाय और जालिब के मनपसन्द बिस्कुट थे। लेकिन जालिब दारू शुरू कर चुका था। अब वह इतनी एहतियात बरतता था कि गिलास किताबों की अलमारी के पीछे छिपाकर रखता था और बोतल भी सामने नहीं होती थी। चाय की 'ट्रे' सामने रखकर वह बैठ गयी।

पिया काफी दिनों के बाद आयी थी। पता नहीं एक-दो हफ्ते बाद देखने या किसी और वजह से वह बहुत ताज़ा, बहुत सुन्दर, बहुत मासूम और आत्मीय लग रही थी। उसके चेहरे पर एक ऐसा भाव था जो चीख़-चीख़ कर कह रहा था कि वह विश्वास करने योग्य है।

"कैसी हो पिया?" जालिब ने बड़ी आत्मीयता से पूछा।

"ठीक हूँ। तुम कैसे हो?"

"तुम देख रही हो। पीना मैंने करीब-करीब छोड़ दिया है। सिर्फ शाम को दो-चार 'पेग' लेता हूँ, दिन भर काम करता रहता हूँ। एक नयी फिल्म मिली है मुझे।"

जालिब जैसे-जैसे यह सब कह रहा था वैसे-वैसे पिया के चेहरे के भाव बदल रहे थे। लग रहा था जैसे कोई माँ अपने शरारती बच्चे की सफलताओं की कहानी सुन रही हो।

"तुम्हारी बेटी कैसी है?" जालिब ने पूछा। उसके बाद बहुत पारिवारिक किस्म की बातचीत होती रही।

पिया ने यह भी कहा कि वह पूना जायेगी और नीना को

मनाकर लायेगी। जालिब ने उसके ज़वाब में कहा वह शुक्रगुज़ार होगा। दोनों के बीच देवी के बारे में बातचीत होने लगी। पिया बहुत खुश थी कि देवी काफी 'इम्प्रूव' कर रही है। इस दोस्ताना और आत्मीय बातचीत के कारण पूरा वातावरण बहुत निर्मल हो गया। बाहर चमकने बाली तेज़ धूप बदल गयी। छत पर धीरे-धीरे चलने वाला पंखा ताज़ी हवा फेंकने लगा। फ्लैट की बिखरी हुई चीज़ें कायदे से सज गयीं। लगा कि अपनी तमाम सम्भावनाओं के साथ ज़िन्दगी बहुत खूबसूरत है।

"तुम कुछ दुबले हो गये हो।" पिया बोली। जालिब हँसने लगा।

"मोटा कब था।" उसने कहा।

"नहीं। तुम खाने-पीने का ख़्याल नहीं रखते।"

"तुम ज़ानती हो मैं कितनी मानसिक पीड़ा के दौर से गुज़र रहा हूँ।" वह ठहर कर बोला।

"कभी-कभी मुझे लगता है जालिब तुम इस फिल्मी दुनिया के लिए नहीं बने हो। सिर्फ शायर हो। सिर्फ शायर।"

जालिब ने बहुत दार्शनिक ढंग से कहा, "पिया पता नहीं हम सब लोग किस-किस काम के लिए बने हैं। ये तो ज़िन्दगी है जो हमें उठाती-पटकती रहती है लेकिन इस पूरी उठापटक में, इस पूरी नोच-खसोट में अगर कोई चीज़ ताक़त देती है, आश्वस्त करती है तो वह दोस्ती और प्यार है।" बातचीत मिली-जुली हिन्दी-अंग्रेज़ी में हो रही थी। लेकिन उसने यह वाक्य अंग्रेज़ी में बोला। मुझे लगा कि अब मुझे उन दोनों के साथ बैठने की ज़रूरत नहीं है। मैं उठकर बेडरूम में आ गया। वहाँ नीना की चीज़ें बिखरी हुई थीं। यह कमरा एक दूसरी कहानी सुना रहा था। यह कमरा उन रातों का गवाह था जो नीना ने जागकर काटी थी। उन दिनों का भी गवाह था जो नीना ने सोने की कोशिश में गुज़ारे थे। मैं बेड पर बैठ गया और मैंने सिगरेट सुलगा ली। अभी-अभी मुझे लगा था

कि जालिब कितना अच्छा, सरल और सीधा आदमी है। सम्बन्धों की गरमी पर विश्वास करने वाला एक ऐसा आदमी जो बच्चों की तरह बहल जाता है। लेकिन अब एक धूर्त, आवारा और कपटी आदमी जैसा लगा। क्या वह अजीब आदमी है, मैंने सोचा। फिर मुझे लगा कि शायद वही नहीं, हम सब इसी तरह के अजीब आदमी हैं। यानी आदमी की एक परिभाषा 'अजीब' भी हो सकती है। अपने इस खोज पर मैं दिल ही दिल में हँसने लगा। दूसरे कमरे से पिया और जालिब के ज़ोर-ज़ोर से हँसने की आवाज़ आने लगी। फिर जालिब ने मुझे पुकारा, "कहाँ चले गये यार..."

15

अगर फोन की घण्टी न बजी होती तो यह जालिब के फ्लैट की एक सामान्य सुबह थी। सड़क का एक हिस्सा दिखाई दे रहा था। दूसरी तरफ नारियल के कुछ पेड़ झूम रहे थे। नीचे से हल्के-हल्के शोर की आवाज़ बढ़ गयी थी। जालिब ने पीना शुरू कर दिया था और वह जसिया को जोगेन्द्र शर्मा की 'स्क्रिप्ट' के 'डायलॉग' बोल रहा था। मैं दूसरे कमरे में यह सोच रहा था कि अभी शेव बनाऊँ या न बनाऊँ—मुझे यह एक गम्भीर समस्या लग रही थी। कुछ ऐसा लग रहा था कि अभी मेरे शेव बनाने से दुनिया इधर से उधर हो जायेगी और न बनाया तो उधर से इधर हो जायेगी। हैदर साहब अपने ठीक वक़्त पर जा चुके थे। चाय का एक दौर चल चुका था। मैं दुनिया को इधर से उधर लाने उठने ही वाला था कि फोन की घण्टी बजी थी। मैं बैठ गया था। सोचा फोन पर बात हो जाने के बाद ही दुनिया को 'डिस्टर्ब' करूँगा। अक्सर होता यह था कि फोन आने के बाद जालिब मुझसे बताता था कि किसका फोन आया था और क्या बात है या रात कौन आ रहा है या किसने क्या कहा है या काम मिला है या मिलते-मिलते रह गया वग़ैरा-वग़ैरा। इसलिए मैं जालिब के फोन पर बातचीत ख़त्म कर लेने और उस पर 'तब्सिरा' करने के बाद शेव बनाने की सोचने लगा। फोन पर उसकी बातचीत खिंचने लगी। यानी कोई पन्द्रह मिनट लगे। फोन बन्द करके उसने मुझे आवाज़ दी। आवाज़ की घबराहट से अन्दाज़ा हो गया कि मेरे शेव बनाये बग़ैर ही दुनिया इधर से उधर हो गयी है। मैं उठकर 'ड्राइंगरूम' में आ गया। जालिब के चेहरे पर

वाकई परेशानी झलक रही थी। उसने जसिया से कहा, "नीचे से दो पैकेट सिगरेट और चार पान ले लेना।"

जसिया समझ गया कि किसी महत्त्वपूर्ण विषय पर बातचीत करने के ख़ातिर उसे टाला जा रहा है और उसे कम-से-कम आधे घण्टे सड़क पर टहलना पड़ेगा क्योंकि पान की दुकान तो बिल्कुल बिल्डिंग के नीचे थी। वह चला गया उसके जाते ही जालिब ने कहा, "यार ग़ज़ब हो गया।"

"क्या हुआ?" मैं भी घबरा गया।

"अम्माजान का फ़ोन था।" वह रुक गया जैसे बताने के लिए साहस बटोर रहा हो।

"क्या है? सब ख़ैरियत है न?"

"नहीं यार ख़ैरियत बिल्कुल नहीं है।"

"हुआ क्या यार?"

"तुम्हें तो मालूम ही है कि मैं उनके बुलाने के बावजूद हैदराबाद जाना एक महीने से टाल रहा हूँ। इस बीच उन्होंने यह भी बताया था कि लड़की देख ली है। अच्छी लड़की है। उसके माँ-बाप भी तैयार हैं। अच्छे ख़ानदान की है वग़ैरा-वग़ैरा। लेकिन मैं टालता रहा, अब अम्माजान ने पता नहीं क्यों उन लोगों को मेरे पास बम्बई रवाना कर दिया है। लड़की, उसके वालिद साहब और भाई आज रात बम्बई पहुँच रहे हैं।" वह साँस लेने के लिए रुका और मेरी ऊपर की साँस ऊपर और नीचे की साँस नीचे रह गयी, ये क्या हो गया, "मतलब ये कि।"

"अम्माजान ने कहा कि वो खुद निकाह में शरीक नहीं हो सकती हैं क्योंकि न पर फालिज का असर हो गया है लेकिन ये चाहती हैं कि मरने से पहले मेरी शादी हो जाये। उन्होंने लड़की के बाप से बहुत कुछ कहा-सुना तो वह इस पर तैयार हो गया है कि बम्बई में निकाह हो जाये और लड़की को लेकर यहाँ पहुँच रहा है।"

"ये तो बहुत बुरा हुआ यार।" मैंने कहा।

"अब बताओ क्या करें। उन्हें मना भी नहीं किया जा सकता क्योंकि वे ट्रेन में होंगे।"

"वे लोग बम्बई में रहेंगे कहाँ?" मैंने पूछा।

"यहीं यार मेरे पास।" वह झुँझलाकर बोला।

"अब क्या किया जाये?"

"पहले तो ये क़रना पड़ेगा कि उन्हें स्टेशन पर 'रिसीव' करना पड़ेगा उसके बाद देखा जायेगा कि क्या किया जाये।"

मुझे शक हुआ कि 'निकाह' करने की इच्छा जालिब के मन में है। मैंने उसकी तरफ टटोलने वाली नज़रों से देखा। कुछ साफ पता न चला।

"गाड़ी यहाँ आठ बजे पहुँचेगी।" उसने गिलास उठा लिया और ग़टाग़ट पी गया।

गाड़ी बम्बई सेन्ट्रल पर ठीक वक़्त पर पहुँची। मैं और जालिब इधर-उधर देख रहे थे। ज़्यादा तलाश नहीं करना पड़ा। एक पचास-साठ साल के आदमी, उनके साथ बुर्क़ा पहने एक लड़की और बारह-तेरह साल का लड़का अपना बेतहाशा सामान लिये हमें एक डिब्बे के सामने खड़े मिल गये। उन्हें देखकर मैं आगे बढ़ा। इनके अलावा और कोई दूसरा नहीं हो सकता, "तनवीर हुसैन साहब आप ही हैं।"

मेरे ये पूछते ही वह 'दूल्हा मियाँ' का नारा लगाकर मेरे गले से इस तरह चिमट गये जैसे फिल्मों में बचपन के बिछड़े भाई मिलते हैं। उसकी देखा-देखी लड़का भी मेरी कमर से चिमट गया। मैंने घबराकर कहा, "वो जालिब साहब उधर हैं।" उन दोनों को ग़लतफहमी शायद इसलिए हुई थी कि मेरी भी दाढ़ी थी और उम्र भी जालिब के आसपास ही है। अचानक बड़े मियाँ जालिब की तरफ लपके और क्षतिपूर्ति करने की ख़ातिर उसके गले से कुछ ज़्यादा देर ही चिमटे रहे। 'दूल्हा मियाँ' उन्होंने फिर कहा था।

लड़का 'दूल्हा भाई' कह जालिब से लिपट गया था। लड़की बुर्क़ा पहने चुपचाप खड़ी थी। उसने नकाब पूरी तरह डाली हुई थी इसलिए आँखें तक नहीं दिखाई दे रही थीं। लड़के के पास दो-तीन टीन के ट्रंक, एक पुराना होल्डाल, एक-दो टीन के बक्से, एक सुराही और एक लोटे के अलावा कई अदद थैले रखे थे।

जालिब ने ज़ब लगभग जबरदस्ती बड़े मियाँ को अलग किया तो वे सामने खड़े होकर उसे कुछ ऐसी तारीफ़ी नज़रों से देखने लगे जैसे दूल्हा से पूरी तरह सन्तुष्ट ही न हों बल्कि दिल में वाह-वाह कर रहे हों।

"ये मेरे दोस्त हैं असग़र।" जालिब ने मेरा परिचय कराया।

बड़े मियाँ नाटकीय ढंग से मुड़े और गर्मजोशी से हाथ मिलाते हुए बोले, "नाचीज़ को तनवीर हुसैन कहते हैं। ये मेरा बेटा अनवर है।" फिर बेटे से बोले, "चचाजान को सलाम करो बेटे।"

अनवर ने काफी झुककर मुझे सलाम किया। उसकी देखा-देखी लड़की ने भी बुर्क़े से हाथ निकालकर मुझे सलाम किया।

टैक्सी पर तनवीर हुसैन लगातार बोलते रहे। दरअसल मैंने ही ग़लती से पूछ लिया था कि सफर में कोई तकलीफ तो नहीं हुई। उसके जवाब में तनवीर हुसैन ने जो बोलना शुरू किया तो लगभग बांद्रा आने तक रुके नहीं। वो बादामी रंग की शेरवानी और टोपी लगाये थे। शेरवानी ढीली थी जिससे ये अन्दाज़ा लगाते देर न लगती थी की माँगे की है। शेरवानी के ऊपर तक के बटन बन्द थे और टोपी सिर पर पूरी तरह फिट थी। शायद पूरे सफर के दौरान न तो शेरवानी के बटन खोले थे और न टोपी उतारी गयी थी। देखने और उसकी बातें सुनने से ये अच्छी तरह पता चल गया था कि तनवीर हुसैन बहुत कम पढ़े-लिखे आदमी हैं। वे कई बार टाइम देखकर ये भी साबित कर चुके थे कि उनके पास जो घड़ी है वह भी माँगे की है। जितनी कोशिश वो इस बात की कर रहे थे कि उन्हें निम्न मध्यमवर्गीय या उससे भी निचले वर्ग का न समझा

जाये उतना ही ये साफ होता जा रहा था कि वो क्या हैं। टोपी के अन्दर हाथ डालकर सिर खुजाने और निगाहें बचाकर हाथ से नाक साफ कर लेने जैसी भंगिमाओं ने भी बहुत कुछ ज़ाहिर कर दिया था। हाँ, उर्दू का लहजा साफ और ख़ालिस हैदराबादी था।

गाड़ी में लड़की इधर-उधर देख पाने के मोह में अपनी नकाब को थोड़ा खिसकाकर बाहर देख रही थी। लड़का तो पूरी तरह बाहर के दृश्य में डूब गया था। एक-आध बार समन्दर दिखाई दिया तो वह अचानक बोल उठा था, "बाजी देखो समन्दर..." तनवीर हुसैन ने उसे घुड़क दिया था, लड़की को कोहनी मारकर उन्होंने नकाब ठीक करने का इशारा भी किया था। लड़की ने उनकी बात मान ली थी।

"देखिए अल्लाह को जो मंजूर होता है वही होता है। माशाअल्लाह से दसियों रिश्ते थे। एक लड़का सऊदी में इंजीनियर है, एक बैंक में है और साहब इधर-उधर के तो दसियों थे लेकिन बेगम साहिबा से बात हो गयी और इस्तिख़ारा आ गया तो मैंने सबको मना कर दिया। अब किसी को लटकाकर रखना, धोखे में रखना ठीक नहीं है न।"

मैं उसकी 'हाँ' में 'हाँ' मिलाता रहा। जालिब बिल्कुल खामोश था। थोड़ी देर क्या कुछ ही सेकेण्ड के लिए तनवीर हुसैन चुप हुए तो अनवर ने मुझसे पूछा, "चचाजान अमिताभ बच्चन का बँगला हमें दिखाइएगा।"

"चुप रहो अन्नू, खामोश रहो, बड़ों के बीच में नहीं बोलते।" तनवीर साहब ने बेटे को खामोश कर दिया। वह बहन के साथ खुसुर-फुसुर करने लगा।

"तो जनाब क्या राय है आपकी निकाह परसों हो जाये तो अच्छा है।" उन्होंने राय भी ली और फैसला भी सुना दिया।

"परसों?" मैंने आश्चर्य से कहा। इतना तो मुझे मालूम ही

था कि मामले को जहाँ तक हो सके टालना है।

"क्यों?" उन्होंने लगभग उतनी ही हैरत से कहा जितनी हैरत से मैंने परसों कहा था।

"मतलब ये कि एक दिन में पूरा इन्तज़ाम।"

तनवीर हुसैन मेरी बात काटकर बोले, "इन्तज़ाम क्या करना है जनाब। सब किया कराया है। दूल्हा मियाँ के कपड़े बेगम साहिबा ने मेरे साथ भेजे हैं। शकर छुवारे भी मैं साथ लाया हूँ। दीगर सामन भी है। अब तो बस मौलवियों का।"

"तनवीर साहब आप भी कमाल करते हैं।" मैंने कहा।

"क्यों इसमें कमाल की क्या बात है।"

"अरे भाई आप लोग थके-हारे आये हैं। दो-तीन दिन आराम कीजिए, हम लोगों को कुछ मौक़ा मिल जायेगा। किस-किस को बुलाना है।"

"साहब रास्ते भर आराम करते तो आ रहे हैं, हमने कौन से पत्थर तोड़े हैं और जहाँ तक लोगों को बुलाने की बात है तो उन्हें दावते वलीमा में शादी में बुला सकते हैं। निकाह में क्या चाहिए, दो मौलवी, दो गवाह और दूल्हा-दूल्हन। मैं हैदराबाद के एक मौलवी साहब का पता अपने साथ लाया हूँ, कल सुबह उनके पास जाऊँगा। परसों का दिन तय कर लूँगा, निकाह हो जायेगा। अल्ला अल्ला ख़ैरसल्ला।"

"चलिए, घर चलकर बात करते हैं।"

"निकाहनामे का फार्म तक अपने साथ ले आया हूँ जनाब। सोचा था पता नहीं यहाँ कहाँ मिले कितने का मिले।"

इस बात का असर जालिब पर क्या पड़ रहा होगा, इसका अन्दाज़ा लगाना मुश्किल न था। वह एक सिगरेट से दूसरी सिगरेट जला रहा था। चेहरे पर हवाइयाँ उड़ रही थीं।

उन तीनों के बेडरूम में चले जाने के बाद जालिब ने बोतल मुँह से लगा ली और फिर सिर पकड़कर बैठ गया। कुछ देर बाद

बोला, "यार मैं मर जाऊँगा।"

"मरो या जियो। ये मुसीबत तो झेलनी ही है।"

"यार मज़ाक छोड़ो ये बताओ अब क्या किया जाये?"

"तुम सब जानते हो।"

"यार मैं कहीं पागल न हो जाऊँ?"

"तब तो तनवीर साहब को और आसानी हो जायेगी।"

"यार तुम बड़े जालिम हो। इस मौक़े पर भी मज़ाक़ से बाज़ नहीं आ रहे।"

"सॉरी।" मुझे लगा ये मेरी ज्यादती है लेकिन जालिब की पागल हो जाने वाली बात का और क्या जवाब हो सकता था।

लड़की कमरे से निकलकर बाथरूम गयी तो उसकी एक झलक मैंने देख ली। जालिब उधर पीठ किये बैठा था। लड़की पन्द्रह-सोलह से ज़्यादा की नहीं लग रही थी।

"तुम्हारी होने वाली दूल्हन पन्द्रह साल की है।" मैंने धीरे से कहा।

"यार तुम अपने लिए भी इतने बेरहम हो?"

"मैं मज़ाक़ कर रहा था यार।"

"यार ये भी कोई मज़ाक़ का वक़्त है। यहाँ जान पर बनी है और तुम।" अभी यह वाक्य पूरा ही नहीं कर पाया था कि तनवीर साहब लुंगी और बनियाइन में आ गये।

"खूब नहाया साहब। मज़ा आ गया। खूब पानी आता है, बच्ची से कहा है गन्दे कपड़े धो डाले, आप लोगों के भी गन्दे कपड़े हों तो दे दीजिए। मैंने साहब, बच्चों की आदतें अच्छी डाली हैं, हर काम के लिए हर वक़्त हाज़िर रहते हैं, ये लड़की माशाअल्लाह से पूरा घर सँभालती है, उम्दा से उम्दा खाना पकाती है और कशीदाकारी का तो जवाब नहीं। मोहल्ले की लड़कियाँ सीखती हैं इससे।"

रात का खाना होटल से आया। मर्दों ने बैठकर हॉल में खाया और लड़की को अन्नू अन्दर दे आया।

तनवीर साहब ने ही कहा कि अब कल से होटल से खाना क्यों मँगाया जाये। माशाअल्लाह बेटी पकायेगी। खाने के दौरान भी वही बोलते रहे। हम दोनों खामोश थे। बीच-बीच में अन्नू कभी-कभी कोई सवाल करता था। जैसे शूटिंग कैसे होती है? क्या फिल्मों में जो लड़ाई होती है सच्ची होती है? उसके इस तरह के सवालों पर तनवीर साहब उसे वही पुराना जुमला कि बड़ों के बीच में बच्चे नहीं बोलते, कहकर उसे चुप करा देते थे लेकिन वह हमेशा मौक़ा पाकर कुछ न कुछ पूछ लेता था।

खाने के बाद तनवीर मियाँ टल ही न रहे थे और औल-फौल बातें किये जा रहे थे। उन्हें करीब-करीब जबरदस्ती बेडरूम में भेजा गया। उनके जाने के बाद जालिब ने फिर दारू शुरू की। अपने वक़्त पर हैदर साहब आये। उन्हें जब ये सब पता चला तो उनके पैरों तले ज़मीन निकल गयी। देर रात तक हम लोग यही बात करते रहे कि इस आयी बला को कैसे टाला जाये। तनवीर मियाँ इतने चलता-पुर्ज़ा लगते थे कि पुट्ठे पर हाथ तक न रखने देते थे।

अगर साफ-साफ इनकार कर दिया जाता तो वो और भी फैल सकते थे। अगर सब कुछ सार्वजनिक हो जाता तो जालिब के लिए बहुत बुरा था। बहरहाल रात देर तक मसले का कोई हल नहीं निकला। यही तय पाया कि किसी न किसी तरह जब तक हो सके तब तक मामले को टाला जाये।

16

सुबह कुछ अजीब तरह से हुई। घर में सबसे पहले हैदर साहब उठते थे। उनके उठते ही तनवीर साहब भी उठ गये और सुबह पाँच बजे दोनों की मुलाकात टॉयलेट के सामने हो गयी। एक दूसरे को परिचय देने के बाद दोनों ड्राइंगरूम में जम गये। हैदर साहब ने चाय बनायी और बातचीत शुरू हो गयी। हैदर साहब तो धीरे-धीरे बोल रहे थे लेकिन तनवीर मियाँ अपनी तरंग में थे। उनकी आवाज़ से सबसे पहले मेरी आँख खुल गयी। उसके बाद जालिब उठ गया। तनवीर मियाँ कह रहे थे, "बस अभी सुबह-सुबह मैं भिण्डी बाज़ार जाता हूँ और मौलवी सिब्तुलहसन नक़वी से कल के लिए तय कर लूँगा। अल्लाह का नाम लेकर निकाह कल ही हो जायेगा।"

"ऐसी भी क्या जल्दी है तनवीर साहब। अरे भाई हम लोगों को तैयारी करने का कुछ तो वक़्त दीजिए।"

हैदर साहब के लाख समझाने पर भी तनवीर मियाँ रुके नहीं और सिर्फ चाय पीकर भिण्डी बाज़ार रवाना हो गये। उनका कहना था ठीक है कल न सही परसों सही लेकिन मौलवी साहब से बात करना तो ज़रूरी है।

उनके जाने के कोई एक घण्टा बाद अन्नू उठा और सीधा हॉल में आकर बोला, "दूल्हाभाई सलाम अलैकुम।"

अन्नू जब भी जालिब को दूल्हाभाई कहकर मुखातिब करता था जालिब के चेहरे का रंग उड़ जाता था। और अन्नू 'दूल्हाभाई' कहने का कोई मौक़ा न छोड़ता था।

रात के खाने की तरह नाश्ता भी बाहर से आया और अन्नू

और 'दुल्हन' के लिए अन्दर चला गया।

जालिब ने गिड़गिड़ाकर मुझसे कहा कि यार इस लौंडे को कुछ देर के लिए बाहर ले जाओ ताकि मैं और हैदर साहब कुछ सोच सकें। ये मुझे 'दूल्हाभाई' कह देता है तो साला ब्लडप्रेशर बढ़ जाता है। मैं अन्नू को लेकर बाहर आ गया। वह घूमने पर तुला हुआ बैठा था। बाहर निकलते ही वो बोलने लगा।

"चचाजान बम्बई में बड़े अच्छे-अच्छे स्कूल होंगे।"

"हाँ हैं। क्यों?"

"अब्बा कह रहे थे कि मेरा नाम यहीं के किसी स्कूल में लिखा देंगे।"

"वहाँ हैदराबाद में तुम किस क्लास में पढ़ते हो?"

"पढ़ता था चचाजान। इस साल से नहीं जाता।"

"क्यों?"

इस पर वो थोड़ा घबरा गया। जैसे किसी झूठ की तलाश करने लगा हो। फिर जल्दी से बोला, "अम्मा की तबियत खराब रहती है न।"

मैंने ये नहीं पूछा की अम्मा की तबियत और तुम्हारी पढ़ाई का क्या ताल्लुक है। बातचीत में ही उसने बताया कि उसकी पाँच बहनें हैं। एक जो सबसे बड़ी है उसकी शादी वहीं हैदराबाद में हो चुकी है।

उसके शौहर कॉर्पोरेशन में काम करते हैं। दूसरी ये है जिसकी शादी जालिब से होने वाली है। तीन बहनें उससे छोटी हैं। माँ को टी.बी. हो गयी है और वो पलँग से लग चुकी हैं।

"चचाजान यहाँ अच्छे अस्पताल भी होंगे।"

"हाँ है।"

"यहाँ अम्मा का इलाज हो सकता है?"

"हाँ, क्यों नहीं हो सकता।"

"अब्बा अम्मा से कह रहे थे कि नाहीद की शादी के बाद

अम्मा का इलाज बम्बई के किसी अस्पताल में हो जायेगा और वो ठीक हो जायेगी।"

"तुम्हारी छोटी बहनें क्या करती हैं? स्कूल जाती हैं?"

"नहीं चचाजान। घर पर कुरान शरीफ पढ़ती हैं।"

कुछ देर खामोश रहकर वो बोला, "अच्छा चचाजान दूल्हाभाई फिल्मों में काम करते हैं न?"

"हाँ। लिखते हैं।"

"तब तो खूब पैसे मिलते होंगे।"

"मैं कह नहीं सकता। ज़रूर मिलते होंगे।"

"चचाजान आपको बताऊँ जैसे बाजी का रिश्ता दूल्हाभाई से तय हुआ न मोहल्ले के लोग हम लोगों से जलने लगे। इधर-उधर की बातें उड़ाने लगे ताकि बाजी की शादी दूल्हाभाई से न हो सके। अब्बा को बड़ा गुस्सा आया था। उन्होंने गली में निकलकर सबको डाँटा था। खूब चिल्लाये थे। हम लोगों को मना कर दिया था कि हम अब मोहल्ले में किसी के यहाँ न जायें। मेरा तो खेलना भी बन्द हो गया था। अब्बा कहते थे अब तुम बम्बई में ही अच्छे स्कूल जाना, शरीफ लड़कों के साथ पढ़ना लिखना, खेलना-कूदना और अच्छे अफसर बनना। चचाजान वहाँ का माहौल बहुत खराब है। लड़के बीड़ी-सिगरेट पीते हैं और गन्दी-गन्दी बातें करते हैं, मारपीट तो रोज़ होती रहती है।"

"तुम्हारे अब्बा करते क्या हैं अन्नू मियाँ?"

"कचहरी में काम करते हैं।"

"क्या काम करते हैं?"

"ये तो नहीं मालूम चचाजान।"

उसने सवालों का जवाब इस तरह दिया जैसे उसे ये रटाया गया हो।

मैं उसे लेकर पहले जुहू बीच गया। वहाँ उसे नारियल का पानी पिलाया और भेलपूरी खिलाई। वह सब कुछ बहुत मज़े में

देख रहा था। समन्दर देखकर उसका मुक़ाबला हुसैन सागर से कर रहा था। जुहू बीच दिखाकर मैंने सोचा कि अब इस बेचारे की एक बड़ी हसरत भी पूरी कर दी जाये। यानी इसे अमिताभ बच्चन का बंगला दिखा दिया जाये। लड़के से मुझे हमदर्दी पैदा हो गयी थी। पूरे प्रसंग में न तो उसकी कोई ग़लती थी और न कोई भूमिका लेकिन वह उसका एक हिस्सा था। इस शादी से उसकी ज़िन्दगी एक नया मोड़ लेने वाली थी। उसकी उम्मीदों का मरकज़ यही शादी थी। मुझे मालूम था कि यह शादी न होगी। ठीक है इसका जो असर तनवीर मियाँ पर पड़ेगा वो उसे 'डिज़र्व' करते हैं। क्योंकि जानबूझकर, चालाकी से और लालच में वो अपनी पन्द्रह साल की लड़की की शादी अड़तालीस साल के आदमी से कर रहे थे। लेकिन इस शादी का न होने का जो असर अन्नू पर पड़ेगा वह मेरे ख़्याल से ज़्यादती होगी। पिछले दो-तीन हफ्तों में उसने जो ख़्वाब देखे हैं वो इतने ज़रूरी और बुनियादी हैं कि अगर पूरे न हुए तो उसका क्या होगा। वह पूरी तरह यह मान बैठा था कि हैदराबाद वापस न जायेगा। यहीं अपनी बाजी के साथ फ्लैट में रहेगा और अच्छे स्कूल में पढ़ेगा। एक अच्छी साफ-सुथरी और क़ायदे की ज़िन्दगी गुज़ारेगा। अमिताभ बच्चन का बंगला देखकर वह निराश हो गया।

"अरे चचाजान यहीं अमिताभ बच्चन रहते हैं?"

"हाँ क्यों?"

"लीजिए ये तो बस एक बँगला जैसा है। हमारे यहाँ बंजारा हिल्स पर ऐसे बहुत बँगले हैं।"

"ज़रूर होंगे।"

"मैं तो समझा था कम-से-कम 'फलकनुमा' जैसा होगा अमिताभ बच्चन का घर।"

मुझे हँसी आ गयी। जब मैं अन्नू के साथ लौटकर फ्लैट आया तो हैदर साहब जा चुके थे। जालिब ने पीना शुरू कर दिया

था। अन्नू आते ही अपनी बहन के पास शायद वह सब कुछ बता देने चला गया जो उसने देखा था। जालिब ने मुझे विस्तार से बताया कि उसने और हैदर साहब ने क्या तय किया है। दोनों का ये मानना था कि तनवीर मियाँ बहुत घाघ और चलता-पुर्ज़ा किस्म के आदमी हैं। उन्हें अगर ठीक से 'हैंडिल' नहीं किया गया तो मुश्किल हो जायेगा। अगर उन्हें साफ़-साफ़ बताया गया कि देखो निकाह नहीं होगा तो इस तरह फैलेंगे और ऐसा 'सीन क्रीएट' करेंगे कि सँभालना मुश्किल हो जायेगा। उनके जल्दी करने से ये तो ज़ाहिर है कि उन्हें अभी तक शक है कि पता नहीं निकाह होगा या नहीं।

ऐसे हालात में सिर्फ यही रास्ता बचता था कि निकाह को जहाँ तक हो सके टाला जाये। टालने वाली बात में भी ख़तरा था। यानी जितने दिन गुज़रते जायेंगे उतना ही तनवीर मियाँ का 'क्लेम' बढ़ता जायेगा और बाद में वो कह सकते हैं कि अगर इनकार ही करना था तो पहले क्यों नहीं कर दिया। इतने दिन खामोश रहने के बाद इनकार क्यों किया जा रहा है। और खामोशी तो एक तरह की सहमति ही मानी जायेगी। इस तरह तय यह हो पाया था कि एक तरफ न तो फिलहाल पूरी तरह 'नहीं' कहा जाना चाहिए और पूरी तरह यह दिखाना चाहिए सब कुछ ठीक है और निकाह हो जायेगा। इस दोहरी चाल का असर देखना चाहिए और जैसे हालात बनते हैं उसी तरह की रणनीति आगे बनाकर किसी तरह उन्हें चलता कर देना चाहिए। शाम होते-होते तनवीर मियाँ लौट आये। भिण्डी बाज़ार के हैदराबादी मौलवी साहब कहीं बाहर गये हुए थे। यानी सितारे जालिब के पक्ष में थे। मौलवी साहब को परसों लौटना था। तनवीर मियाँ मौलवी साहब के नाम एक पर्चा छोड़ आये थे कि आते ही फोन करें और इस तरह का काम है। जालिब ने सोची-समझी स्कीम के तहत तनवीर साहब से बातचीत शुरू की और कहा कि निकाह हैदराबाद में होना चाहिए क्योंकि वो चाहता

है कि निकाह में अम्मीजान भी शामिल हों। और अभी तनवीर साहब वग़ैरा हैदराबाद चले जायें। इस बात पर तनवीर मियाँ बोले कि ऐसा नहीं किया जा सकता क्योंकि अब निकाह के बग़ैर वो लड़की को हैदराबाद ले जायेंगे तो उनकी नाक कट जायेगी और लोग यही कहेंगे कि वो लड़की दिखाने ले गये थे। दूसरी बात ये कि अम्मीजान ने ही यह सुझाव दिया था कि निकाह बम्बई में हो। इसलिए निकाह यहीं होना चाहिए।

"लेकिन अभी मेरे पास काम बहुत है और मैं नहीं चाहता कि।..."

"अरे दूल्हा मियाँ उसमें कितना वक़्त लगता है। आप भी कमाल करते हैं।"

"तनवीर साहब यहाँ भी तो कुछ लोगों को बुलाया जायेगा। उसमें भी तो वक़्त लगेगा।" मैंने कहा।

"आप लोगों को निकाह में बुलाने पर इतना इसरार क्यों कर रहे हैं। लोगों को बाद में 'वलीमा' में बुलाया जा सकता या 'ऐटहोम' वग़ैरा दिया जा सकता है।"

"आप समझते नहीं आजकल मेरे पास मरने तक की फुर्सत नहीं है। दो-दो फिल्मों की शूटिंग शुरू हो रही है और पहाड़ ऐसे काम का बोझ मेरे सिर पर है।"

"दूल्हा मियाँ आप को बस 'कुबूल' कहना होगा। इतना कहने में कितना वक़्त लगता है।"

"लेकिन मैं चाहता हूँ निकाह हैदराबाद में अगले महीने हो।" जालिब ने फैसला देने वाले अन्दाज़ में कहा।

"अगर यही होना था तो हमें यहाँ क्यों बुलाया गया। ये जनाब कोई खेल तो है नहीं।" वो बुदबुदाये और फिर कुछ ऊँची आवाज़ में बोले, "बेगम साहिबा को हैदराबाद फोन मिलाइए मैं उनसे बात करूँगा। जो वो कहेंगी वही किया जायेगा।" तनवीर मियाँ के ये कहने पर जालिब के चेहरे पर फिर अँधेरा छा गया।

"देखिए काम तो जालिब साहब को है न। चचीजान को थोड़ी ही है।" मैंने कहा।

"साहब ये बात मेरी समझ में नहीं आती। मैंने यहाँ आने में करीब हज़ार रुपये।"

"तो हज़ार रुपये आप मुझसे ले लीजिए।" जालिब ने जल्दी से कहा।

"जनाब हज़ार रुपये में लोगों की इज़्ज़त तो नहीं बिकती। रुपये-पैसे तो आते-जाते रहते हैं। मैं बग़ैर निकाह के लड़की को घर वापस ले जाऊँगा तो लोग क्या कहेंगे?"

"अच्छा तो ऐसा कीजिए एक हफ्ता रुक जाइए।" जालिब ने कहा।

"एक हफ्ता। क्यों?"

"देखिए परसों तो मौलवी साहब ही आयेंगे। नरसों वो फोन करेंगे। उसी वक़्त तो दौड़े चले नहीं आयेंगे। वैसे भी एक हफ्ता लग जायेगा। तब तक जालिब मियाँ अपने ज़रूरी काम पूरे कर लेंगे।" मैंने उन्हें समझाया।

"चलिए ठीक है।" वह एक ठण्डी साँस लेकर बोले।

अब कम-से-कम कुछ दिन का समय था लेकिन कहते हैं न मुसीबतें आती हैं तो एक साथ आती हैं।

यही जालिब के साथ हुआ। अगले दिन मनोहर, मीना और शकुन्तला अपने तीन सूटकेस लिये आ पहुँचे। उन्हें देखते ही जालिब और नर्वस हो गया।

"अरे यार कम-से-कम फ़ोन तो कर लिया होता।" उसने मनोहर से कहा।

"फोन? आपने तो कह दिया था कि तुम लोग आ जाना।"

"कह तो दिया था लेकिन कोई 'इमरजेन्सी' भी तो हो सकती है।" जालिब कुछ चिढ़कर बोला।

मनोहर समझा वह टाल रहा है और कुछ इस तरह से उसकी

तरफ देखने लगा जैसे अगला वाक्य तैयार कर रहा हो।

"भाई मेरे पास अचानक तीन 'गेस्ट' आ गये हैं। हैदराबाद से।" जालिब बोला। मनोहर के चेहरे पर अविश्वास के भाव आ गये। वह समझा कि उसे टाला जा रहा है।

"लेकिन हम लोग होटल से तो हिसाब साफ कर आये हैं।" मनोहर ने चारों तरफ इस तरह से देखा, जैसे हैदराबाद से आये मेहमानों को खोज रहा हो।

"ठीक है वहाँ से हिसाब साफ कर आये हो तो यहीं पास के किसी होटल में कमरा ले लो। ये लोग तीन-चार दिन में चले जायेंगे तब आ जाना।"

"पास के होटल में।"

"हाँ हाँ, यहाँ आसपास कई 'गेस्टहाउस' हैं।"

"पर ऐसा हो नहीं सकता जालिब साहब।" वह बड़े आत्मविश्वास से बोला—अब तो यहीं रहना पड़ेगा आपके साथ।"

"क्यों?"

"मेरे पास पैसा बिल्कुल नही बचा। घर तार किया है। एक सप्ताह में टी.एम.ओ. आयेगा।"

"अरे यार तो 'गेस्टहाउस' वाला सारे पैसे 'एडवांस' तो नहीं लेगा।"

"लेकिन कुछ तो लेगा।"

"तो तुम्हारे पास कुछ नहीं है।"

"नहीं कुछ नहीं है।"

जालिब सोच में पड़ गया।

"हम तो सोच रहे थे कि आप के पास आ जायेंगे और पैसा आता रहेगा। मनीआर्डर भी आपके पते पर ही आयेगा।"

"ठीक है तो मुझसे पाँच सौ रुपये ले लो।"

"अरे नहीं जालिब साहब पाँच सौ रुपये में क्या होगा। गेस्ट हाउस वाले कम-से-कम तीन दिन का किराया तो पहले ही रखवा

लेते हैं।"

"ठीक है हज़ार ले लेना।" जालिब ने मरी हुई आवाज़ में कहा।

मैंने दिल में सोचा, वाह बेटा जालिब, ये तुम्हें शकुन्तला के साथ 'मुँह काला' करने की फीस देनी पड़ रही है।

17

जालिब का काम बन्द हो गया था क्योंकि उसने जसिया को आने से मना कर दिया था। बहाना यही था कि कुछ रिश्तेदार आ गये हैं। शाम की रंगीन महफिलें बन्द हो गयी थीं। बहाना या मज़बूरी वही थी।

पिया का आना बन्द हो गया था। मानस भी नहीं आता था, उसे जालिब ने सब कुछ बता दिया था। मैनुअल को भी मालूम था और वह नहीं आता था। कुछ अगर बन्द नहीं हुआ था बल्कि कुछ बढ़ गया था तो वह था जालिब का पीना। यह तनवीर मियाँ जैसे घाघ ने समझ लिया था। जालिब की परेशानियों में आर्थिक परेशानी भी थी। जबसे ये लोग आये थे ख़र्चा बढ़ गया था। अन्नू दिन में दसियों बार उसके सामने आ जाता था। दूल्हा भाई अब्बा के लिए सिगरेट लाना। दूल्हा भाई साबुन खत्म हो गया है। दूल्हा भाई कपड़ों पर प्रेस कराना है। दूल्हा भाई बाजी के लिए पान लाना है। दूल्हा भाई अब्बा के जूतों पर पालिश कराना है। नौबत यहाँ तक आ गयी थी कि जालिब उसे देखते ही एक नोट निकालकर पकड़ा देता था।

एक हफ्ता और गुज़र जाने के बाद तनवीर मियाँ से ये कहा गया कि अभी थोड़ा और वक़्त चाहिए तो वो पैजामें से बाहर हो गये। ऐसे चीखे कि दूसरे फ्लैट तक आवाज़ गयी होगी। उन्होंने बड़ा ड्रामा किया। कहने लगे मैं फ्लैट से कूद कर खुदकुशी कर लूँगा। लड़की और लड़के को ज़हर दे दूँगा। अब ये हो ही नहीं सकता कि निकाह और टाला जाये। उन्होंने यह भी कहा कि उन्हें

शुरू से ही धोखे में रखा जा रहा है। किसी तरह काबू में नहीं आये। उन्हें सबने समझाने की कोशिश की लेकिन उन्होंने पुट्ठे पर हाथ तक न रखने दिया। आखिरकार उन्होंने फैसला देने वाले अन्दाज़ में कहा कहा कि परसों निकाह हो जाना चाहिए। इतना कहकर वो भिण्डी बाज़ार में हैदराबाद वाले मौलाना के पास चले गये। उनके फ्लैट से निकलते ही कुछ माहौल ऐसा हो गया जैसा गमी के घर में होता है। जालिब लम्बे-लम्बे घूँट लेने लगा। हैदर साहब सोच में डूब गये और दोनों की तरफ टुकुर-टुकुर देखने लगा।

"अब बताओ यार क्या किया जाये?" जालिब ने मुझसे पूछा।

"क्या बताऊँ प्यारे। मामला बुरी तरह उलझ गया है। लेकिन ठहरो।" मेरे दिमाग़ में एक मिलियन डॉलर 'आइडिया' आया।

"मारा पापड़ वाले को।" मैं खुश होकर चीखा।

"क्यों क्यों क्या हुआ?" जालिब ने कहा।

"बस यार काम हो गया।"

"बताओ यार...पह..."

मैं उसकी बात काटकर बोला, "किसी पुलिस के इंसपेक्टर को जानते हो?" पुलिस इंसपेक्टर कहते ही जालिब पूरी तरह मेरी बात समझ गया।

"हाँ यार 'आइडिया' तो शानदार है। बस इसी से काम चलेगा।"

"कैसे जालिब साहब?" हैदर साहब ने पूछा।

"देखिए हैदर साहब लड़की नाबालिग़ है, उसकी शादी करना जुर्म है, उसके लिए लड़की के बाप को गिरफ्तार तक किया जा सकता है, सज़ा हो सकती है।" मैंने कहा।

"हाँ ये तो बात तो है।"

"अरे साहब एक ही झटके में तनवीर मियाँ धराशायी हो जायेंगे।"

"देखो इंसपेक्टर खान को फोन करता हूँ।" जालिब ने अपना टेलीफोन उठा लिया।

हालाँकि दिन का साढ़े बारह बजा था लेकिन 'आइडिया' आने की खुशी में मैंने अपने लिए जालिब की बोतल से एक पेग बना लिया। सुबह-सुबह तल्ख़ शराब ने गला खुरच दिया। फिर भी मैं खुश था।

शाम को फ्लैट में जो ड्रामा हुआ वह ऊँचे दर्जे का था। करीब सात बजे घण्टी बजी। मैंने दरवाज़ा खोला तो सिविलियन कपड़ों में पुलिस वाला जैसा कोई आदमी खड़ा था। मुझे पहचानने में देर नहीं लगी कि वही इंसपेक्टर खान है।

"हैदराबाद से कोई तनवीर साहब यहाँ आये हैं।"

"आइए अन्दर।" मैंने इंसपेक्टर खान को अन्दर आने का रास्ता दिया और आवाज़ लगाकर कहा, "तनवीर साहब आपसे मिलने कोई साहब आये हैं।"

"अभी आता हूँ असग़र साहब।" अन्दर से आवाज़ आयी। कुछ देर बाद तनवीर साहब बाहर हॉल में आ गये।

"कहिए?" वो इंसपेक्टर खान को देखकर बोले।

"मुझे बताया गया है कि आप हैदराबाद से यहाँ तशरीफ लाये हैं।"

"जी हाँ। लेकिन आप।"

"मैं अपना तार्रुफ़ बाद में दूँगा। आपके आने का मक़सद क्या है? मुझे मौलाना सिब्तुल हसन नक़वी ने बताया है कि आप अपनी लड़की की शादी करने तशरीफ लाये हैं।"

"जी हाँ।"

"आप की लड़की की उम्र क्या है?" इंसपेक्टर खान ने पूछा।

"जी आपसे क्या मतलब?" तनवीर मियाँ आँखें निकालकर बोले।

इंसपेक्टर खान ने जेब में हाथ डालकर अपना आइडेंटिटी

कार्ड निकाल कर दिखाया और साफ-साफ कहा, "इंस्पेक्टर एम. खान बॉम्बे पुलिस।"

तनवीर साहब के चेहरे का रंग इस तरह उतर गया जैसे जादू हो गया हो। वो चुप हो गये।

"अब तो आप मेरी बात का ज़वाब दीजिए।"

"जी। उम्र यही कोई उन्नीस साल।" वो हकलाये।

"क्या आपकी बेटी को देख सकता हूँ।"

"लड़की पर्दानशीन है ज़नाब। आप कैसे देख सकते हैं।"

"ठीक है तो लड़की को लेकर मेरे साथ चलिए। उसका डॉक्टरी मुआयना होगा।"

"जी। क्यों?"

"मुझे पता चला है कि आपकी लड़की नाबालिग है। अगर है तो आपको हिरासत में ले लिया जायेगा और ये कहने की ज़रूरत नहीं है कि ये जुर्म है। पुलिस आप पर मुकदमा कायम करेगी और अगर साबित हो गया तो।"

तनवीर इस तरह इंसपेक्टर खान को देखने लगे जैसे कुछ देख ही न रहे हों।

"आप लोगों को भी चलना होगा।" इंस्पेक्टर खान ने मुझसे और जालिब से कहा।

"बिल्कुल चलिए। मैं तैयार हूँ।" मैंने कहा।

"नीचे जीप खड़ी है।" इंसपेक्टर खान ने कहा।

"जालिब साहब।" तनवीर मियाँ ने बड़ी बेचारगी से जालिब की तरफ देखा।

"इंसपेक्टर खान। बात ये है कि मतलब। आपकी इन्फारमेशन सही नहीं है।"

"अभी-अभी तनवीर साहब ने कहा है।"

"नहीं-नहीं इन्होंने क्या कहा है।"

"मौलवी सिब्तुल हसन नक़वी ने भी ग़..."

"देखिए इंसपेक्टर खान। कोई ग़लतफहमी हो गयी है। मतलब तनवीर साहब मेरे रिश्तेदार हैं ये अपने बच्चों को बम्बई घुमाने आये हैं। शादी-वादी की तो कोई बात ही नहीं है।"

"क्यों तनवीर साहब?" इंस्पेक्टर खान ने पूछा।

"ज...ज...जी हाँ।" तनवीर मियाँ बोले।

"ठीक है मैं जाता हूँ। लेकिन अगर ये शादी हुई तो आप सब हवालात में नज़र आयेंगे। समझे?"

इंसपेक्टर खान के जाने के बाद तनवीर मियाँ बहुत देर तक खामोश रहे। वो हम लोगों की तरफ इस तरह देख रहे थे जैसे पूरी तरह समझ गये हों कि इंसपेक्टर खान वाला ड्रामा हमने स्टेज कराया था। हम दोनों भी खामोश थे। कुछ देर बाद वो बोले, "मैं तो बर्बाद हो गया।" उनकी आवाज़ में सच्चा दर्द था।

हम दोनों में से किसी ने उनकी बात का ज़वाब नहीं दिया। वह दरअसल कोई जवाब भी न था।

"अब मैं क्या मुँह लेकर वापस जाऊँगा।" उन्होंने धीरे से कहा। फिर कुछ देर खामोश रहे।

मैं समझा था कि लड़की की क़िस्मत अच्छी है लेकिन मेरे बच्चों की किस्मतें भी मेरी जैसी है। या खुदा," उन्होंने चेहरे पर हाथ रख लिया।

मुझे उस अधेड़, खिचड़ी बालों वाले, मरियल और चालाक आदमी पर पहली बार तरस आया। पाँच बेटियों का बाप, एक टी.बी. मरीज़ बीवी का मियाँ पहली बार सामने आया।

"मैं तो ये समझा था कि उसकी ज़िन्दगी कट जायेगी। कम-से-कम रोटी-कपड़े की तो दिक्कत न होगी। मेरे लिए भी सहारा होगा। या खुदा।" उसने फिर मुँह पर हाथ रख लिया।

"अब हैदराबाद में तो कहीं उसकी शादी न हो सकेगी।"

"उस बच्ची की शादी से ज़्यादा जरूरी तो ये है तनवीर साहब कि उसे पढ़वाइए—लिखवाइए।" मुझे उन्होंने बात पूरी नहीं

करने दी और पहली बार बम की तरह फट पड़े,

मैं भी ये सब जानता हूँ असग़र साहब। सब जानता हूँ। काश मेरी जगह आप होते तो पता चलता। अब मैं आपको क्या बताऊँ।"

"तनवीर साहब मैं आपको दस हज़ार रुपये दे सकता हूँ। आप वापस जाइए। कुछ काम वग़ैरा...।" जालिब पहली बार बोला।

"दस हज़ार रुपये में वो सब कुछ वापस न आ सकेगा जालिब साहब जो।" पहली बार उन्होंने जालिब को दूल्हा मियाँ न कहकर जालिब साहब कहा।

कुछ देर खामोशी के बाद उन्होंने आवाज़ दी, "अन्नू बेटे। अन्नू।।"

अन्नू बाहर आया तो उन्होंने कहा, "तुम और बहन मिलकर सामान बाँधो।"

"जी।" उसकी समझ में कुछ नहीं आया।

"सामान बाँधो। अपना सामान। हाँ हम वापस जा रहे हैं। हैदराबाद।" वे बेचारगी से बोले।

"जी अब्बा, क्या!!" अन्नू बौखला गया।

"हाँ बेटा हम वापस जा रहे हैं।"

"आपा का निकाह कब होगा अब्बा?" अन्नू ने पूछा।

कोई कुछ न बोला। अन्नू सबकी तरफ बारी-बारी देख रहा था। जालिब सिर झुकाए बैठा था। तनवीर साहब ख़ला ये देख रहे थे। मुझे अन्नू पर बेतहाशा तरस आया और मैंने बात बनाने के लिए कहा, "निकाह अब हैदराबाद में होगा।"

"हैदराबाद में?"

"हाँ।"

"कब?"

"जल्दी ही।"

"क्या दूल्हा भाई वहाँ आयेंगे।" अन्नू ने पूछा।

"बेकार के सवाल न पूछो।" तनवीर मियाँ ने उसे सख़्ती से डाँटकर कहा, "जो कहा जा रहा है करो। जाओ सामान बाँधो।"

अन्नू अन्दर बेडरूम में चला गया। ये तय पाया था कि तनवीर साहब रात वाली गाड़ी से जायेंगे।

जालिब बैंक चला गया था ताकि तनवीर साहब के लिए पैसे निकलवा लाये। जब तनवीर साहब मेरे साथ अकेले रह गये तो पता नहीं क्यों अपनी पूरी राम कहानी मुझे सुनाने लगे। उसे यहाँ दोहराने से फायदा नहीं। न तो कहानी नयी थी और न उसमें कोई चमत्कारी बात थी। निम्न मध्यवर्गीय लोगों की जो कहानियाँ होती हैं वैसी उनकी कहानी थी। बहुत से भाई-बहन थे। पिता जल्दी मर गये। पढ़ नहीं सके। शादी जल्दी हो गयी। कोई काम-धन्धा जमा नहीं। बच्चे पर बच्चे होते चले गये। फिर अभाव, भुखमरी और तरह-तरह के अपमान। फिर शार्टकट से सब कुछ पाने की कोशिश। उसमें नाकामियाँ। फिर लड़कियों के सहारे कुछ कर लेने के प्रयास और उसमें नाकामी।

सामान बाँधने के बाद अन्नू बाहर आया तो उसकी आँखें लाल थीं। ज़रूर वह खूब रोया होगा। लड़की भी रोयी हो तो कोई ताज़्जुब की बात नहीं। मैं अन्नू से निगाहें नहीं मिला पा रहा था।

तनवीर मियाँ, उनकी लड़की और अन्नू को ट्रेन पर बैठाकर हम लोग वापस आये तो सबका अजीब-सा मूड था। एक तरफ तो ये लग रहा था कि जाते-जाते जान बची और दूसरी तरफ अन्नू और रुआँसी लड़की की याद कचोट रही थी।

"मुझे तो अब तनवीर मियाँ पर रहम आ रहा है।" मैंने कहा।

"रहम तो मुझे भी आ रहा है असग़र साहब। देखिए उसकी मज़बूरी। ये जानते हुए कि उसकी लड़की की उम्र शादी लायक नहीं है। ये जानते हुए कि जालिब साहब सैंतालीस साल के हैं, वह शादी पर तैयार था।"

"पेट की आग जो न करायें कम है।" मैंने कहा, "उसकी इस ख़्वाहिश को आप नाजायज़ तो नहीं कह सकते हैं कि उसकी लड़की का पेट भरता रहे। उसके जिस्म पर कपड़े रहें। उसका लड़का स्कूल जाता रहे। उसकी बीवी का इलाज़ हो जाये।"

"सब ठीक है, सब बजा है। लेकिन उसने तरीका क्या अपनाया था।" हैदर साहब बोले।

"देखिए वही बात है मरता क्या न करता।" मैंने कहा।

"लेकिन इंसान को इतना तो न गिर जाना चाहिए।" हैदर साहब ने थोड़ी हिक़ारत से कहा।

देखिए एक लफ़्ज़ है जिसे लोगों ने नारा बना दिया है और उसकी सच्चाई और गर्मी को ख़त्म कर दिया है। उसकी ताक़त को ख़त्म कर दिया है। वह लफ़्ज़ है ग़रीबी। कोई माने या न माने लेकिन मैं तो इस बात पर यक़ीन करता हूँ कि उससे बड़ी लानत कोई दूसरी नहीं है।" जालिब बोला।

"आप वहाँ की हालत नहीं जानते।" हैदर साहब बोले, "गरीबी जिहालत और पेट की आग ने उन लोगों को इतना गिरा दिया है कि अपनी आँखों पर यक़ीन नहीं आता।"

"वहीं क्यों हैदर साहब हर जगह। कौन सी ऐसी जगह है जहाँ ये सब नहीं है। आदिवासियों के इलाके में मैं गया हूँ, लगता है वह भी इससे बेहतर था। आदिमानव भी उन लोगों से अच्छा था। लगता है जानवरों की ज़िन्दगी इनसे कहीं अच्छी है क्योंकि जो पालता है, जो काम लेता है वह उन्हें खिलाता है। लेकिन वे तो बेचारे ऐसे जानवर हैं जिनसे काम सब लेते हैं लेकिन चूँकि वे आदमी हैं इसलिए अपने पेट भरने की ज़िम्मेदारी उन्हीं पर है। काम लेने वाले पर नहीं है।" जालिब बोला।

"जब अपने ऊपर, अपने माहौल के ऊपर शर्म आने लगे तो बड़ी मुश्किल हो जाती है।" मैंने धीरे से कहा।

उस रात हम देर तक पीते रहे। हैदर साहब ने भी अपने

प्रोग्राम में एक महत्त्वपूर्ण परिवर्तन कर लिया था। यानी वे 'बांद्रा अड्डे' नहीं गये थे। घर पर ही बैठ गये थे। वैसे भी इतवार के उदास-उदास से दिन की रात थी।

शबो-रोज़ फिर सामान्य हो गये थे। जालिब ने जसिया को 'डिक्टेंशन' देना शुरू कर दिया था। मानस ने जोगेन्द्र शर्मा की फिल्म के कई गीतों की धुनें बनायी थीं। अच्छी बनी थीं जोगेन्द्र शर्मा और अभय चतुर्वेदी खुश थे और मानते थे कि पूरी 'इण्डस्ट्री' में जालिब ही उन्हें अकेला हमदर्द आदमी मिला है जिसने उनकी बड़ी मदद की है। चूँकि उनकी 'पटकथा' भी बढ़ रही थी इसलिए उन्हें इत्मीनान था।

जालिब की तरफ से मौक़ा पाकर मैंने जसिया के रोल की बात भी कर ली थी। जोगेन्द्र शर्मा ने कहा था कि अगर जालिब साहब चाहते हैं तो क्या मुश्किल है। जसिया ने 'स्क्रिप्ट' में अपने लिए एक रोल में अपने आपको खपाना शुरू कर दिया था। लेकिन जालिब ने उसके सबसे बड़े 'आइडिये' का समर्थन नहीं किया था। बल्कि वह बिगड़ गया था जब जसिया ने भैंसें पालने की बात कही थी। जसिया के समझ में नहीं आता था कि इसमें बुराई क्या है। इस बारे में दोनों के बीच दिलचस्प बातचीत हुई थी। जसिया ने कहा था, 'प्रभु' बहुत अच्छा रहेगा। काम मैं जानता हूँ उसमें पैसा है।"

"तो मथुरा लौट जाओ वहीं करो।"

"पर 'प्रभु' अपना 'स्ट्रगल' तो यहाँ ही है।"

"तो 'स्ट्रगल' करो। भैंसें पालना 'स्ट्रगल' तो नहीं है।"

"पर 'प्रभु' आपको भी आराम हो जायेगा। असली घी, दूध और दही का आराम रहेगा।"

"मेरी बात छोड़ो तुम अपनी बताओ? यहाँ 'एक्टिंग' करने आये हो या 'बिजनेस' करने?" जसिया चुप हो गया था।

उन लोगों के चले जाने के दो ही दिन बाद फ्लैट में मनोहर

और शकुन्तला आ गये थे। शकुन्तला को देखकर जालिब का चेहरा कुछ ऐसा हो जाता था जैसा नदीदे आदमी का चेहरा मिठाई देखकर हो जाता है। शकुन्तला थी भी क़यामत। उसका जलता हुआ-सा साँवला रंग, काली स्याह आँखें, थोड़ा चौड़ा माथा और मज़बूत लेकिन लचीला शरीर—आँखों में धँसकर रह जाता था। उसके शरीर के अनुपात बहुत ही आक्रामक थे। खूबी यह थी कि इसके बावजूद बहुत कोमल, नाजुक या छूने से खराब हो जाने वाली शहरी सुन्दर लड़कियों से बिल्कुल अलग थी। लगता था उसे छूने से वह और खिलेगी और न छूने से मुरझा जायेगी। मैंने उसे दो-चार बार पहले भी देखा था। लेकिन जब फ्लैट में आकर रही तो उसकी सुन्दरता किसी किताब की तरह खुलती चली गयी। वह ऐसी औरत थी कि उसके लिए बम्बई जैसे शहर में छोटे-मोटे 'महाभारत' हो जाते तो आश्चर्य न होता। कहीं कुछ ऐसा होता है जो शब्दों की गिरफ्त में नहीं आ पाता। शकुन्तला की खूबसूरती में भी एक ऐसी चीज़ थी। उसे जालिब ने शकुन कहना शुरू कर दिया था। वह अपने नये नाम पर हँसती थी और हँसने पर उसके होंठों के कटाव इस तरह फैल जाते थे जैसे कहीं कुछ अनहोनी हो गयी हो। हम लोग भी उसे शकुन ही कहने लगे थे। हद यह थी कि वह हैदर साहब तक को पसन्द आयी थी। उनका कहना था अगर बीस साल पुरानी फिल्मी दुनिया होती तो ज़रूर किसी फिल्म कम्पनी ने शकुन को बाकायदा नौकरी देकर पहले 'ट्रेनिंग' दी होती, अभिनय सिखाया होता, भाषा सिखाई होती और उसके बाद बड़ी पब्लिसिटी के बाद 'लांच' किया होता। उन्हें अपने ज़माने की दो-चार हीरोइनें याद थीं, जिनके साथ बड़ी कम्पनियों ने ऐसा किया था। हैदर साहब कहते थे अब तो लोग सिर्फ फल खाना चाहते हैं, बीज़ नहीं बोते। पहले, हद ये है कि गुरुदत्त तक के ज़माने में हीरोइनों को 'कल्टीवेट' किया जाता था। शकुन ने आने के दो ही चार दिन के अन्दर फ्लैट को चमका दिया था। कोई कोना ऐसा

नहीं बचा था जिसकी सफाई न की हो। चादरें और दरियाँ तक धो डाली थीं। अपनी गुलाबी छींट की साड़ी को वह मराठी औरतों की तरह दोनों टाँगों के बीच से निकालकर बाँध लेती थी और काम में जुट जाती थी। लगता था बड़े लम्बे समय से उसे करने के लिए काम नहीं मिला है। काम करते हुए वह जितनी सुन्दर लगती थी उतनी कभी न लगती थी। हाथ में कपड़ा लेकर जब वह दरवाज़ों और खिड़कियों की सफाई करती थी तो उसका पूरा शरीर 'मौसमे बहार' की तरह तमाम सम्भावनाओं को बेनकाब कर देता था। उसका कसा हुआ, चमकता, मजबूत और लचीला शरीर हाथों की गति के साथ एक लय में हिलता था। लगता था वह एक-एक 'मूवमेंट' को इस तरह 'इन्ज्वाय' कर रही है जैसे दूसरी औरतें सम्भोग के अन्तिम क्षणों में करती हैं। उसके चेहरे पर पसीना चमकने लगता था।

सफाई करते-करते उसके चेहरे और बालों पर धूल जम जाती थी। लेकिन वह यह परवाह नहीं करती थी कि धूल में अट कर वह कैसी लग रही है। फर्श की सफाई करते हुए वह अपने घुटनों को फर्श पर टेक देती थी और पूरी तरह झुककर पोंछा लगाती थी। उसकी लम्बी और पतली कमर इस प्रयास में 'मुक्त' हो जाया करती थी और दहकता हुआ साँवला रंग चीख़कर बाहर निकल पड़ता था। उसके बाल बिखरकर कहीं-कहीं पसीने के कारण चेहरे पर चिपक जाते थे। वह अपने लम्बे हाथ बढ़ाती थी और उसकी बाँहें और कलाइयाँ और हाथ खूबसूरती और ताक़त के प्रतीक जैसे लगते थे। वह उँगलियों में कुछ नहीं पहनती थी और हैरत की बात यह थी कि इतनी मेहनत का काम करने के बाद भी उसकी उँगलियाँ और हाथ खूबसूरत थे। वे न तो सख़्त लगते थे और न कटे-फटे ही दिखाई देते थे। लगता था वह हाथों से काम ही नहीं ले रही है। उसकी सुन्दरता ही सब कुछ कर रही है। धूल अपने आप साफ हो रही है और फर्श अपने आप चमक

रहा है। बाथरूम में कपड़े धोते हुए वह आधी से ज़्यादा पानी में भीग जाती थी। चेहरे पर पड़ने वाली पानी की छींटें उसे और ताज़ा बना देती थीं और घुटनों के ऊपर उसकी साड़ी जांघों से चिपक जाती थी। दोनों हाथों में कपड़े पकड़कर जब वह निचोड़ती थी तो उसका शरीर हल्के से कम्पन के बाद फिर सामान्य हो जाता था। कपड़ों को बालकनी में खड़े होकर झटकती थी तो पानी की फुहारें अन्दर तक आ जाती थीं और लगता था यह पानी नहीं है।

जालिब की किताबों, फाइलों को उसने अच्छी तरह साफ करके कायदे से लगाया था। वह इस बात पर ज़िद करती थी सब के कपड़े वही धोयेगी। जबकि मैं और हैदर साहब उसका एहसान नहीं लेना चाहते थे। जालिब को मैंने जब यह बताया था कि काम करते हुए वह कितनी सुन्दर लगती है तो वह हँसकर बोला था—रसिया हो प्यारे।"

आमतौर पर शकुन मनोहर के साथ शाम के वक़्त बाहर जाती थी और रात दस-ग्यारह और कभी-कभी बारह बजे तक लौटती थी। मनोहर सुबह ही निकल जाता था और दोपहर को वापस आता था। उसने बताया था कि वह उन प्रोड्यूसरों से मिलता है जिन्होंने शकुन को काम देने का वायदा कर रखा है।

शाम को दोनों समन्दर के किनारे टहलने जाते थे।

मुझे यह देख आश्चर्य होता था कि ऐसी घरेलू किस्म की लड़की फिल्मों के चक्कर में क्यों पड़ गयी है। ये भी लगता था उसकी जैसी 'जंगली' खूबसूरती के लिए फिल्मों में कोई जगह नहीं है। ये बात दूसरी थी कि वह ठीक से हिन्दी भी नहीं बोल पाती थी, अंग्रेज़ी की बात तो दूर। मनोहर ज़्यादा चालू और बहुत कुछ छिपाने वाला आदमी लगता था। उसके हाव भाव कभी-कभी 'मुजरिमाना' लगते थे।

लेकिन मेरा ख़्याल था कि गाँव का होने की वजह से थोड़ा 'रफ़' है और कोई बात नहीं है।

18

यूसुफ भाई दुबई से लौटकर आ चुका था। उसी के यहाँ से फोन आया था। जालिब घर पर नहीं था। मैंने फोन उठाया था और ये कहा था कि 'मैसेज' दे दूँगा। उधर से जो भी बोल रहा था, ख़ालिस बम्बइया लहज़े में बहुत तमीज़ से बातें कर रहा था। जालिब को मैंने बता दिया था। फिर ये बात हुई कि यूसुफ भाई को रतनसेन से पैसे की उगाही के लिए लगाया जाये या नहीं। मैं इसके विरोध में था। मुझे लगता था कि रतनसेन लाख घटिया या बेईमान आदमी हो लेकिन उसके पीछे गुण्डे लगाना अच्छी बात नहीं है। दूसरी बात यह कि अपराधी जगत के लोग पैसे वसूल करने के लिए जो हथकण्डे अपनाते हैं उसे भी मैं ठीक न समझता था। लेकिन जालिब का कहना था कि और कोई रास्ता नहीं है। अगर पैसे लेने हैं जो कि ज़रूर लेना है तो एक ही रास्ता है क्योंकि रतनसेन किसी दूसरे तरह से पैसे नहीं दे सकता। यह भी शक था कि यूसुफ भाई अपनी भी फीस रखेगा क्योंकि यह उसका एक अच्छा 'साइड बिजनेस' था। मेरी राय के खिलाफ जालिब ने यूसुफ भाई को फोन किया था और पूरी बात बतायी थी। यूसुफ भाई ने कहा था कि काम हो जायेगा। बल्कि ये कहा था कि आजकल तो उसके पास इन कामों के लिए वक़्त नहीं है। वह अपने किसी गुर्गे से कह देगा और काम हो जायेगा। मतलब यह कि एक और नाटक शुरू हो गया था। मेरी अपनी ज़िन्दगी उतनी ही नाटकों से भरपूर थी। मैं डर भी रहा था कि देखो क्या होता है।

पूना में 'सेटल' होने के बाद नीना ने अपना सामान मँगवा

लिया था। सामान लेने उसका एक रिश्तेदार आया था। जालिब ने तो नहीं लेकिन मैंने और हैदर साहब ने उससे कहा था कि नीना को वापस लौट आना चाहिए। जालिब को एक मौक़ा और दिया जाना चाहिए वग़ैरा-वग़ैरा। लेकिन न तो हमारे कहने में दम था और न उस रिश्तेदार की 'हाँ' में 'हाँ' मिलाने में दम था। लगता था नीना उस समय तक वापस नहीं आयेगी जब तक जालिब ख़ुद जाकर उसे वापस नहीं लायेगा और जालिब अब भी अकड़ा हुआ था, कहता था वह अपने आप गयी है और अपने आप आये। अगर मैंने उन्हें निकाला होता तो बुला लाता। मतलब यह कि तनातनी दोनों तरफ से बरकरार थी।

तक़रीबन रोज़ की तरह बैठक जीम थी। आज की महफिल में पिया भी थी। वह अब जालिब से अपने और रतनसेन के सम्बन्धों के बारे में कुछ नहीं बताती थी। न जालिब पूछता था, पर यह पता था कि दोनों मिलते हैं और मिलने की जगह आमतौर पर पिया का घर ही होता है। मानस और मैनुअल भी थे। इतने में रोज़ की तरह शकुन और मनोहर लौटकर आये। शकुन का होठ सूज रहा था और होठ पर कुछ ख़ून भी जमा था।

"ये तुम्हें क्या हुआ शकुन?" जालिब ने पूछा। वह चुप रही।

"क्या गिर पड़ी?" जालिब ने फिर कहा।

"नहीं गिरी-विरी नहीं, मैंने मारा है।" मनोहर ने सबके सामने इस तरह कहा जैसे बहुत बहादुरी का काम किया है।

"मारा है? क्यों?" जालिब ने पूछा।

"वैसे कुछ उल्टा-सीधा बक रही थी।" उसने लापरवाही से कहा।

"तो तुमने मारा?" जालिब को कुछ गुस्सा आ गया था।

"हाँ मारा।" उसने फिर लापरवाही से कहा और शकुन से बोला, "जा तू अन्दर जा। यहाँ खड़ी क्या कर रही है।" शकुन अन्दर चली गयी। वह सीने पर हाथ बाँधे इस तरह खड़ा रहा जैसे

सब की शंकाओं का समाधान करने के बाद ही हटेगा।

"ये तो तुमने बहुत बुरा किया।" जालिब बोला।

"देखो जी जालिब साहब, मेरी औरत है जैसा ठीक समझूँगा करूँगा।" वह इस तरह कहने लगा जैसे मेरी बकरी है, जब चाहूँ कसाई के हाथ बेच सकता हूँ।

मनोहर के व्यवहार में मैं कुछ बदलाव तो महसूस कर रहा था लेकिन ये अन्दाज़ा नहीं था कि वह इतना अपमानजनक हो जायेगा।

"जालिब ये तुमने कैसे जंगली लोगों को अपने यहाँ ठहरा रखा है।" पिया ने नफरत से कहा। चूँकि वह अंग्रेज़ी में बोली थी इसलिए मनोहर समझ नहीं पाया। पर इतना समझ गया कि उसी के बारे में कुछ कहा गया हैं। पिया के इस 'कमेन्ट' से जालिब थोड़ा और गुस्से में आ गया।

"देखो मैं तुम्हें 'वार्निंग' देता हूँ कि तुम अब उसके साथ मारपीट नहीं करोगे। समझे?"

"मैं उसके साथ जो जी चाहे करूँगा।" वह बोला।

"तो तुम यहाँ नहीं रह सकते।"

"ठीक है जब कोई दूसरा बन्दोबस्त हो जायेगा तो चले जायेंगे।" वह लापरवाही से बोला और अन्दर के कमरे में चला गया। उसके बाद कुछ देर तक सन्नाटा रहा फिर मानस बोला, "ये मामला कुछ टेढ़ा लग रहा है।"

"टेढ़ा कैसे?"

"जालिब भाई वह आसानी से कह सकता था कि शकुन गिर पड़ी थी जबकि आपने कहा भी था। लेकिन फिर उसने सबके सामने क्यों कहा कि नहीं उसने मारा है और फिर अकड़ा भी।"

"तो वो क्या दिखाना चाहता है?"

"यही कि देखो, मैं अपनी मर्ज़ी से रहूँगा जो चाहूँगा करूँगा।"

"मतलब मेरे फ्लैट में रहेगा और जो चाहे करेगा?"

"हाँ, लगता तो यही है। वरना आपसे माफी भी माँग सकता था।"

"लेकिन इसमें उसे क्या फायदा है?"

"अब फायदा तो वही जाने। हो सकता है कुछ सोचा हो उसने।"

"हाँ यार, ये तो खतरनाक बात है।"

"तुम उसे निकाल क्यों नहीं देते? बम्बई में कौन ऐसे लोगों को रखता है।" पिया बोली।

"वह बात भी उसने साफ कर दी है।" मैंने कहा। जब तक दूसरी जगह का बन्दोबस्त नहीं हो जाता यहीं रहेगा।"

"जब तक। ये क्या मतलब है?" मानस ने पूछा।

"कोई मतलब नहीं है। सिर्फ ये कि जब तक उसका जी चाहेगा।"

"और अपनी शर्तों पर रहेगा।"

जालिब सोच में डूब गया। फिर बोला, "ठीक है कल फैसला हो जायेगा।"

अगले दिन सुबह पर्दा उठा। नाश्ते वग़ैरा के बाद जसिया और मेरी मौजूदगी में जालिब ने मनोहर से बातचीत की।

मनोहर भी मानसिक रूप से अपनी तयशुदा भूमिका निभाने के लिए तैयार था। इसमें शक नहीं कि वह अपनी शर्तों पर फ्लैट में उस वक़्त तक रहना चाहता था जब तक कि उसकी इच्छा हो। यह एक तरह से फ्लैट पर कब्ज़ा करने का एक षड्यन्त्र था। जालिब ने बातचीत शुरू करते हुए कहा, "देखो ये मेरा फ्लैट है मैंने तुम लोगों को यहाँ जगह दी है। इसलिए यहाँ कोई ऐसा काम नहीं कर सकते जो मेरी मर्ज़ी के खिलाफ हो। अगर ऐसा करोगे तो मैं तुम्हें निकाल दूँगा।"

"मानता हूँ फ्लैट आपका है पर यहाँ रहने का मतलब यह नहीं है कि मैंने हाथ कटा लिए हैं।"

"यानी तुम शकुन को जब चाहो तब पीटते रहोगे?"

"पीटने की बात छोड़ो। हमारे यहाँ ऐसा ही चलता है।"

"लेकिन यहाँ ऐसा नहीं चलता।"

"तो तुम ऐसा न करो।" अब वह जालिब को तुम कहकर मुख़ातिब कर रहा था जिसका सीधा मतलब यही था कि अकड़ रहा है।

"देखो पहले तो तुम ये अच्छी तरह समझ लो कि मुझे किसी तरह मजबूर नहीं कर सकते हो।"

"वही तुम नहीं कर सकते। मेरे साथ।" वह आँखें निकालकर बोला।

"ठीक है तो अपना सामान उठाओ और जाओ।"

"ये मैंने कल ही कह दिया था कि जब जगह मिल जायेगी तब चला जाऊँगा।"

"जगह दो महीने न मिली तो?"

"सड़क पर तो रह नहीं सकता।"

"मतलब तुम यहीं रहोगे।"

"और कहाँ जाऊँगा।"

जालिब उसे घूरकर देखने लगा। वह समझ गया था कि अब बातचीत करने का ज़्यादा फायदा नहीं है। मनोहर लम्बा-तगड़ा और अपराधी प्रवृत्ति का-सा आदमी लग रहा था। उसके साथ हम तीनों जबरदस्ती भी नहीं कर सकते थे। यह बातचीत जल्दी ही ख़त्म हो गयी। लेकिन उसके बाद एक शाम मनोहर का कोई रिश्तेदार आया। वह कमरे में कोई दो घण्टे रहा फिर चला गया। उसके बाद रिश्तेदारों या दोस्तों का आना शुरू हो गया। वे आते थे घण्टी बजाते थे और सीधे मनोहर के कमरे में चले जाते थे। कमरे का दरवाज़ा अन्दर से बन्द हो जाता था और करीब दो घण्टे बाद 'रिश्तेदार' चले जाते थे।

एक दिन मनोहर ने दरवाज़े में ताला भी लगा दिया। अब

जब वह टहलने जाता था तो ताला बन्द कर देता था। जालिब ने जसिया से वह ताला तुड़वा दिया। उस पर काफी झगड़ा हुआ। मनोहर जसिया को मारने पर तुल गया। उसने एक बड़ा-सा चाकू भी निकाल लिया था जो वह कमर में खोंस कर लगाता था।

यह बात भी बिल्कुल साफ हो गयी थी कि वह शकुन से पेशा करा रहा है और जालिब के घर को उसने अड्डा बना दिया है। क्योंकि अब खुल्लम-खुल्ला रात गये तक एक-आध रिश्तेदार उसके कमरे में रहता था और रात गये लौट जाता था। कोई दूसरा रास्ता न देखकर जालिब ने फिर यूसुफ भाई को फोन किया और तत्काल मदद की बात की। यूसुफ भाई ने अगले ही दिन अपना 'आदमी' भेजा। उसे देखकर यह यकीन कर लेना पड़ा कि घटिया बम्बइया फिल्में यथार्थवादी होती हैं। घटिया हिन्दी फिल्मों के लेखक जो संवाद लिखते हैं, वे सच्चे होते हैं। वे जिस तरह के 'खलनायकों' का सृजन करते हैं वे वास्तविक ज़ीवन में भी हैं। यूसुफ भाई का यह आदमी शेर सिंह अपनी बातचीत, पहनावे, भंग-भंगिमाओं, चलने-फिरने आदि में हिन्दी की 'बिग बजट' फिल्मों का खलनायक लगता था। उसका सिर घुटा हुआ था। चेहरे पर चाकू के वार का एक गहरा निशान था। आँखें डरा देने की हद तक खौफनाक थीं। उसकी बाँहों की मछलियाँ टी-शर्ट से बाहर निकली पड़ती थीं। धारीदार टी-शर्ट और जीन्स में उसका कसरती शरीर ताल ठोंकता-सा लगता था। उसके संवाद लगता था क़ादिर खान ने लिखे हैं। वह जब आया तो मनोहर फ्लैट में नहीं था। शेर सिंह दारू नहीं पीता था। उसका कहना था कि वह 'ड्यूटी' पर होता है तो दारू देखना तक पाप समझता है। वह मनोहर का इंतज़ार करता रहा। मनोहर जैसे ही फ्लैट में आया शेर सिंह उसे पहचान गया। बिना कुछ कहे-सुने वह मनोहर के पास गया और लपककर तेज़ी से उसका हाथ पकड़कर इस तरह मरोड़ा कि वह घूम गया। दूसरे ही क्षण शेर सिंह के हाथ में उसका चाकू आ गया

जो उसने जालिब के सामने फेंक दिया और अपने बायें हाथ की कोहनी से मनोहर की गुद्दी पर दो ऐसे सख़्त वार किये कि मनोहर की आहें निकल गयीं। फिर शेर सिंह बोला, "गुण्डे के बाप, बिच्छू की औलाद इधर लफड़ा करता है? इधर पता नहीं चलेगा कि तेरे को ज़मीन खा गया कि आसमान। समझा?" मनोहर ने शायद अपना हाथ छुटाने की कोशिश की थी। उसके जवाब में शेर सिंह ने उसकी गर्दन पर अपना खड़ा हाथ इस तरह मारा कि वह तिलमिला गया औ चीख़ा, "मार डाला।" उसके चीख़ने पर शेर सिंह अपनी जेब से लोहे का कड़ा सा निकाल कर उसके सिर पर मारा और वह निढाल हो गया और फर्श पर ढेर हो गया।

"उठ पिल्ले के जने। बम्बई में दादागिरी करता है। साला भले 'राइटरों' को परेशान करता है।" शेर सिंह ने अपना एक पैर मनोहर पर रख दिया था और धड़ाके से 'डॉयलॉग' बोल रहा था। मैं सोचने लगा कि जसिया को तुरन्त ये डॉयलॉग नोट करना चाहिए क्योंकि जोगेन्द्र शर्मा की फिल्म में भी एक ऐसी ही 'सिच्वेशन' है। कमाल की बात थी कि इतनी मारपीट के बाद भी मनोहर के शरीर पर ख़ून की एक बूँद भी न थी। वह अधमरे आदमी की तरह हाँफ रहा था। शेर सिंह ने झुककर उसका गरेबान पकड़कर उसे सीधा खड़ा किया और उसकी जेब में हाथ डालकर सौ-सौ रुपये के अच्छे-खासे नोट निकाले। एक पुड़िया निकाली, "अच्छा तो तू ये कर रहा था साले। हमें बताये बिना। बाप को पता नहीं था कि औलाद क्या करती है।"

"ये क्या है?" जालिब ने पूछा।

"'व्हाइट पाउडर' है जालिब साहब।" वह लापरवाही से बोला। "अच्छा चल उठ और बाहर सीधा स्टेशन चले जाना। समझा।" मनोहर उठकर 'बेडरूम' की तरफ जाने लगा तो शेर सिंह ने फिर उसकी गर्दन पर एक तना हुआ टेढ़ा हाथ मारा।

"उधर तेरी अम्मा बैठी है क्या?"

"सामान। मेरी औरत।" वह बड़ी मुश्किल से बोला।

"इधर तेरा एक तिनका भी नहीं है हिजड़े। औरत उसकी होती है जिसके पास ताकत होती है। जा अभी और खा पीकर आना।"

"शेर सिंह। वह औरत।" जालिब बोला।

"जालिब साहब वह यहाँ रहेगी। ये साला तो उसे बेच डालेगा। गधे का जना। चल उठ।"

मनोहर बाहर जाने लगा तो शेर सिंह बोला, "सीधे गाड़ी पकड़ना और गाँव में उतरना समझा, इधर आया तो बोतल में बन्द कर दूँगा।" शेर सिंह विशुद्ध खलनायकों वाली हँसी हँसा। मनोहर बाहर चला गया। उसके बाद शेर सिंह बेडरूम में गया और काफी देर बाद शकुन के साथ बाहर निकला और बोला—जालिब साहब। छोकरी कड़क है।

"ले जाओ यार इसे भी ले जाओ।" जालिब बोला।

"अब ये अपना माल है। जब मर्जी होगी ले जाऊँगा। अभी जल्दी क्या है जा अन्दर जा।" शकुन अन्दर चली गयी।

शेर सिंह बोला, "ओ.के. जालिब साहब मैं निकलता हूँ। दस काम पड़े हैं।"

"वह लौट कर?"

"अब उसकी हिम्मत नहीं है वैसे अपुन इधर आता रहेगा। अब कोई फिक्र मत करना। वही फोन घुमाना और शेरू को पूछना।" दृश्य बदल गया। मेरे ख़्याल से किसी फिल्म का अच्छा सीन था। सनसनीखेज़ 'एक्शनपैक्ड' और डरावना। जसिया तो बिल्कुल अभिभूत हो गया था। मुझे लगा कहीं वह शेरू को अपना 'प्रभु' न बना ले। जसिया ने फौरन ही मनोहर का चाकू अपनी कमर में खोंस लिया था। उसने खोलकर भी देखा था। काफी अच्छा था। काफी डरावनी कर्र-कर्र की आवाज़ के साथ खुलता था।

"अब देखो तुम कैसे आदमी को पाल रहे थे। पुलिस का छापा पड़ जाता तो?" मैंने कहा।

"हाँ यार मुझे तो बिल्कुल अन्दाज़ा नहीं था।"

"'प्रभु' मैं तो पहले दिन ही समझ गया था कि साला 'किरिमनल' है।" जसिया ने कहा।

"लेकिन तुम्हारे यूसुफ भाई का भी कोई ज़वाब नहीं है।" मैंने कहा।

"यार असग़र मियाँ तुम यक़ीन नहीं करोगे। यही साले 'अण्डरवर्ल्ड' के लोग बम्बई पर हुकूमत करते हैं। मैं जो कुछ कह रहा हूँ उसका एक-एक लफ़्ज तुम सच समझो। यही लोग हुकूमत करते हैं तुम्हें कभी यूसुफ भाई से मिलवाऊँगा। ज़रा उसका 'दरबार' देखना।"

"दरबार? मैंने हैरत से कहा।

"हाँ, वह खुला दरबार करता है।"

"ये सब क्या है यार।" मैं कन्फ़्यूज़ हो गया।

"बड़े-बड़े मुकदमों का फैसला वहाँ 'खट' से हो जाता है। जो यूसुफ भाई की ज़ुबान से निकलता है वह कानून है।" वह उत्साहित होकर बोला।

"अमाँ जरा शकुन को तो बुलाओ। देखें उसका क्या रुख़ है?" मैंने कहा।

जसिया बड़े स्टाइल से उसे बुलाने के लिए उठा। स्टाइल कह रहा था—अभी उस साली कुतिया को बाल पकड़ कर खींचता हुआ लाता हूँ और 'प्रभु' के कदमों पर पटक देता हूँ। शकुन आयी। हम तो समझे कि बहुत उदास होगी और मनोहर के बारे में बड़ी चिन्ता कर रही होगी लेकिन ऐसा नहीं था। फिर हमने उसकी पूरी कहानी सुनी। कहानी वही थी जो आमतौर पर ऐसी लड़कियों की होती है।

19

पता नहीं वे कैसे क्षण होते हैं जब आदमी अपने आप खुलता चला जाता है। उसे लगता है कुछ छिपाने से ज़्यादा अच्छा है दिखाना और बोलना। शायद यह भी होता होगा कि बताने वाला सुनने वाले को पहले अच्छी तरह जाँचता-तौलता होगा और फिर शंकाएँ दूर हो जाती हैं और सीधा सम्प्रेषण स्थापित होता है। मेरे और हैदर साहब के बीच में यही हुआ, उन्हें ये अच्छी तरह पता लग गया था कि मैं बम्बई वाला नहीं हूँ और उनकी ज़िन्दगी की सफलता या असफलता का मतलब मेरे लिए वह नहीं है जो यहाँ आमतौर पर समझा जाता है। जालिब के फ्लैट की एक बोझिल सी शाम थी। जालिब कहीं गया हुआ था। मैं अकेला बैठा जालिब का फ़र्ज़ पूरा कर रहा था यानी पी रहा था। दूसरे कमरे में शकुन थी। पता नहीं क्या कर रही थी। उसी वक़्त हैदर साहब आये। नीना के चले जाने के बाद अक्सर वे फ्लैट आने के बाद अड्डे जाया करते थे। आये और मुझे अकेला बैठा देखकर बैठ गये। बैठ गये तो पीना शुरू हो गया, बातचीत घुमा-फिराकर फिल्मों पर आ गयी। उसके बाद उनके फिल्मी कैरियर पर होने लगी।

हैदर साहब के चेहरे पर मासूम सी मुस्कराहट आ गयी। वे उठे और सोफे के नीचे रखे अपने सूटकेस को खोलकर एक बड़े साइज़ का 'एलबम' निकाल लाये। पहले पेज पर एक बड़ी सी तस्वीर थी किसी फिल्मी पार्टी की। कुछ लोग बाकायदा डिनर सूट पहने, बो टाइयाँ लगाये हाथ में शैम्पेन के गिलास लिये खड़े थे। तीन औरतें भी थीं जो पाँचवें दशक के फैशन के ब्लाउज और उल्टे

पल्ले से साड़ियाँ बाँधे थीं। उनमें एक मधुबाला थी। मैं उसे पहचान गया था।

"इनमें से आप किसी को पहचान सकते हैं? मधुबाला के अलावा? हैदर साहब ने पूछा।"

"जी नहीं।"

मधुबाला के बिल्कुल करीब खड़े एक आदमी की तरफ इशारा करके हैदर साहब बोले, "जब आतिश जवान था।"

"अरे ये आप हैं हैदर साहब।" मैं देखता रह गया। उनके चेहरे पर गज़ब का आत्मविश्वास था। फिल्मी ग्लैमर और ख्याति में डूबे हुए आदमी के चेहरे पर जो विजय भाव होता है वह भी उस पर था। वे लगभग मधुबाला की कमर में हाथ डाले खड़े थे और दूसरे लोगों के साथ जाम टकरा रहे थे।

"ये मेरी फिल्म 'दिल की बात' की मुहूरत पार्टी की तस्वीर है। मैं डायरेक्ट कर रहा था। मधुबाला और नया हीरो अनिल दास थे। अनिल चल नहीं पाया। ये इधर उस ज़माने के सबसे बड़े फाइनेंसर धीरू भाई खड़े हैं और उधर बॉम्बे टॉकीज के मालिक अम्बानी हैं। उन्होंने बताया।

"ये आपकी पहली फिल्म थी?"

"जी हाँ।"

"रिलीज हुई थी।"

"जी हाँ लेकिन अनिल दास को बिल्कुल पसन्द नहीं किया। ये वो जमाना था जब लोग मधुबाला के साथ दिलीप कुमार के अलावा किसी और को तसव्वुर भी नहीं कर सकते थे। मैं खुद अनिल दास को लेने के खिलाफ था लेकिन धीरू भाई अड़ गये थे।"

"क्यों?"

"अब ये न पूछिये।"

"क्या कोई राज है।"

"ख़ैर राज क्या उसकी अहमियत क्या? दरअसल धीरू भाई ने उस ज़माने में शमीम नाम की एक्ट्रेस से शादी की थी जो शादी के बाद कभी फिल्मों में नहीं आयी। अनिल दास की सिफारिश शमीम ने की थी।"

"क्यों?"

"अब छोड़िये।" हैदर साहब एक अर्थपूर्ण हँसी हँसने लगे। मैं समझ गया और यह भी महसूस किया कि आज भी हैदर साहब उन लोगों और हालात के प्रति पूरी शाइस्तगी से पेश आते हैं।

"तो डायरेक्शन के पैसे तो आपको अच्छे मिले होंगे।"

"क्यों नहीं उस ज़माने में सात बँगला इलाके में मैंने एक कोठी किराये पर ले ली थी। एक आस्टिन खरीदी थी। फिल्म फ्लॉप होने के बाद पहले आस्टिन बिकी उसके बाद कोठी छोड़नी पड़ी।"

उन्होंने एलबम का पन्ना पलट दिया। ये खाने की मेज पर मधुबाला के साथ उनकी तस्वीर थी जिसमें मधुबाला काँटे में लगाकर कबाब का एक टुकड़ा उनकी तरफ बढ़ा रही थी और हैदर साहब मुँह खोले थे।

"ये तस्वीर कई जगह छपी थी। 'फिल्म फेयर' ने भी इसे छापा था।

"दूसरी फिल्म आपने कौन सी 'डायरेक्ट' की?"

"देखिए असग़र साहब होता ये है कि जो एक बार डायरेक्टर बन जाता है वह बगर डायरेक्टर बना रहना चाहता है तो चाहे भूखा मर जाये किसी की असिस्टेंटी नहीं करता। क्योंकि एक बार वह असिस्टेंट हो गया तो ये समझा जाता है कि उसने खुद ही ये मान लिया है कि वह डायरेक्टर लायक नहीं है। और डायरेक्टर की कद्र होती है उसकी पिछली फिल्म से। मतलब अगर फिल्म पिट गयी है। वजह चाहे जो रही हो तो डायरेक्टर नालायक माना जाता है। 'दिल की बात' फ्लाप होने के बाद मैं दूसरी फिल्म मिलने की

कोशिश करता रहा। आखिरकार तीन साल बाद मुझे एक मुस्लिम सोशल मिली। नाम था 'नवाब साहब' उसे एक नया प्रोड्यूसर बना रहा था। वह भी हैदराबाद का ही था। काफी धूमधाम से फिल्म शुरू हुई थी। अच्छी कास्ट थी। म्यूज़िक बड़ा अच्छा दिया था नौशाद साहब ने लेकिन छः रील बनाकर डिब्बे बन्द हो गयी।"

"ऐसा तो यहाँ सत्तर फीसदी फिल्मों के साथ होता है।"

"उसके बाद?"

"असिस्टेंट हो जाने के बहुत से ऑफर थे। बहुत अच्छे ऑफर थे लेकिन वही था कि एक बार असिस्टेंट हो जाने से।"

वे चुप हो गये। फिर बोले—"लगातार भागता-दौड़ता रहा। कभी लगता कि ये प्रोड्यूसर कुछ बनाने जा रहा है तो उसके चक्कर लगाता कभी खबर मिलती फलाँ फाइनेन्सर नया प्रोजेक्ट शुरू कर रहा है तो वहाँ पहुँचता।"

"तो तीसरी फिल्म का चांस आपको नहीं मिला?"

"मिला, नासिर हुसैन ने दिया था। उस ज़माने में 'लाइट ह्यूमर' की कुछ फिल्में हिट हो गयी थीं। मैंने भी बिल्कुल वही फार्मूला आजमाया था लेकिन फिल्म नहीं चली।"

"क्यों?"

"किस्मत और क्या कहा जा सकता है? और उसके बाद तीन नाकाम फिल्मों का बोझ लेकर मैं कहाँ जाता?"

"लेकिन पैसा तो।"

"अगर पैसा होता असगर साहब तो सोने के लिए कम-से-कम एक छत तो होती। मेरा तो ये है जालिब साहब मना कर दें तो विक्टोरिया स्टेशन ही सहारा होगा। पैसा होता तो क्या ट्रांसपोर्ट कम्पनी में मुंशीगिरी करता या बांद्रा के अड्डे पर बैठकर देशी पीता और।..."

"नासिर हुसैन वाली फिल्म के बाद आपने क्या किया?"

"नासिर साहब के यहाँ चक्कर काटता रहा। उन्होंने कहा

था एक और फिल्म देंगे। फिर वो ज़माना ही खत्म हो गया। नासिर साहब ने प्रोडक्शन बन्द कर दिया। और साहब फिर उम्र...हाँ पलटकर देखा तो पचास के ऊपर था। बीस साल की उम्र में बम्बई आया था और बस आजकल आजकल में तीस साल सर्र से निकल गये। कोई दस साल पहले तो हालात इतनी तेजी से बदलने शुरू हुए कि मुझे लगा, न तो मैं आज जैसी फ़िल्में डायरेक्ट कर सकता हूँ और न आज जैसे गाने और डायलॉग अपनी फिल्म में इस्तेमाल कर सकता हूँ। यानी लगा बिल्कुल मिसफिट हो गया हूँ। तब वहाँ रहने या जाने का क्या मतलब था।"

"लेकिन कुछ पुराने लोग तो अभी भी जमे हैं।" मैंने कहा।

"वही जिन्होंने नाम और पैसा कमा लिया है। मैं कुछ न हासिल कर सका।" केदार शर्मा ने साफ कह दिया था ये ज़िन्दगी का जुआ है खेलना हो तो खेलो।" वे एक लम्बी साँस लेकर बोले।

"आपने शादी।"

"यही अच्छा है असग़र साहब कि मरने के बाद कोई मिट्टी देने वाला नहीं है। ये मेरे लिए कितनी खुशी की बात है मैं नहीं बता सकता। अब यही मेरा सरमाना है।"

हम लगातार पी रहे थे। शकुन को पता नहीं क्या सूझी कि गर्मागर्म पकौड़े बना लायी। हम हैरत में पड़ गये। हैदर साहब ने कहा, "बड़ी अच्छी लड़की है। खुदा इसे फिल्मों से बचाये।"

"जालिब तो इसे रोल दिलाना चाहता है। आप फिल्मों से बचने की दुआ दे रहे हैं।"

"जालिब मियाँ अभी जवान हैं।"

"आपकी क्या उम्र है हैदर साहब।"

"चौंसठ का हूँ।"

"अब अगर आपको कोई फिल्म डायरेक्ट करने को मिले तो?"

"अब बस एक ख्वाहिश बची है।"

"क्या?"

"मौत आये तो किसी रोड एक्सीडेण्ट में।"

मैं बुरी तरह डर गया। नशा हिरन हो गया। मैंने हैरत से उनकी तरफ देखा। उनका चेहरा सुर्ख था। आँखें भारी हो गयी थीं। कुछ पसीना भी था चेहरे पर।

"क...क्यों।"

"अपने साथ मैंने जो कुछ किया, उस पर मुझे इख्तियार था। लेकिन अगर मैं बीमार पड़ गया। सरकारी अस्पताल में दाखिल हुआ, बीमारी खिंचती गयी। रगड़ता रहा। तो यहाँ कौन बैठा है जो..." अगर हो भी तो मैं नहीं चाहता कि कोई मेरे लिए...रोड एक्सीडेण्ट में मरा तो सिर्फ कफ़न-दफ़न का खर्च होगा। वो कोई इतना बड़ा खर्च नहीं है। बम्बई के मुसलमान किसी मुर्दे को बग़ैर कफ़न दफ़न न होने देंगे। कफ़न तो मिल ही जायेगा। हो सकता है ट्रांसपोर्ट कम्पनी वाले हाजी साहब ही दे दें।

"अरे। अरे आप कैसी बातें करते हैं हैदर साहब।" मैं एक दम घबरा गया।

वे हँसने लगे। वही समन्दर के आवाज़ से मिलती-जुलती हँसी।

मनोहर गायब हो चुका था। वह फिर लौटकर नहीं आया। शेरू करीब रोज़ आता था। जालिब को लगता था कि शेरू के आने से उसे बहुत फायदा है। पड़ोसी, मोहल्ले वाले, दुकानदार सबको शेरू का आना एक खुली चेतावनी देता था। शेरू शकुन के कमरे में चला जाता था। इसमें कोई शक नहीं कि शकुन ने भी शेरू को स्वीकार कर लिया था। जालिब को इसमें कोई शिकायत न थी। मेरे ख़्याल से जालिब भी 'बहती गंगा' में हाथ धोता रहता था। उसका काम ठीक चल रहा था। जोगेन्द्र शर्मा वाली 'स्क्रिप्ट' खत्म हो चली थी। बाद के पन्द्रह-बीस सीन बचे थे। कुछ गाने भी

रिकार्ड हो गये थे। एक दिन 'रिकार्डिंग' में मैं भी गया था। मानस डायरेक्शन देता हुआ बहुत खूबसूरत लग रहा था। पूरी प्रक्रिया मज़ेदार थी। खासतौर पर 'अरेन्जर' और संगीतकारों के बीच जो 'अण्डरस्टैडिंग' थी वह शानदार चीज़ थी। रिकार्डिंग के बाद हम शाम को जोगेन्द्र शर्मा के 'एकाउण्ट' में बैठे भी थे। ऐसा लग रहा था जैसे उनकी फिल्म बन जायेगी। जसिया भी उनके साथ लग गया था।

एक दिन सुबह एक छोटा-सा नाटक हो गया। सुबह शेरू आया। आजकल वह एक 'सूटकेस' लेकर आता था। जाते वक़्त सूटकेस कमरे में छोड़ जाता था और फिर अगले दिन या एक दिन छोड़कर ले जाता था। उससे किसी ने नहीं पूछा था कि सूटकेस में क्या है? उसे वह यहाँ क्यों लाता है? क्यों छोड़ जाता है? और फिर वापस क्यों ले जाता है? उस दिन वह आया जालिब को दुआ-सलाम के बाद शकुन के पास चला गया और करीब दो घण्टे में बाहर निकला। 'ड्राइंगरूम' में जालिब और मैं बैठे थे।

जालिब पी रहा था और मैं दिल्ली वापस जाने के बारे में सोच रहा था।

शेरू जालिब के सामने बैठ गया। उसके साथ शकुन भी थी। शेरू ने बग़ैर किसी भूमिका के कहा, "जालिब साहब कल तक ये लड़की "उसने शकुन की तरफ इशारा किया" कुछ भी रही हो, आज से ये आपकी बहन है।"

मेरे लिए हँसी रोकना मुश्किल हो गया। शेरू को ट्रेनिंग दी जाती तो फिल्मी लेखक बन जाने की उसमें बड़ी सम्भावनाएँ थीं।

"बहन है क्या मतलब?" जालिब ने भी मुस्कराकर पूछा।

शेरू बराबर गम्भीर बना रहा। उसकी गम्भीरता का असर यह हुआ कि हम भी गम्भीर हो गये। वह फिर बोला, "आज से शकुन आपकी बहन है जालिब साहब।"

"मुझे बहन बनाने का शौक नहीं है।" जालिब ने लापरवाही

से कहा।

"शौक की बात नहीं है जालिब साहब। मजबूरी की बात है।" वह एक और फिल्मी डायलॉग बोला।

"मजबूरी?"

"हाँ मजबूरी।"

"क्या मजबूरी है?" जालिब ने आश्चर्य से पूछा।

"मैं इससे शादी करने जा रहा हूँ।" शेरू ने सीधे-साधे सपाट ढंग से कहा। यहाँ वह चूक गया जबकि मौक़ा अच्छा था।

"शादी?"

"हाँ शादी।"

अब पूछने के लिए और कुछ नहीं बचा था। उसकी बात भी पूरी तरह समझ में आ गयी थी। वह नहीं चाहता था कि शकुन उसके और जालिब के बीच 'साझे की खेती' बनी रहे।

"ठीक है तुम शादी करने जा रहे हो तो ये मेरी बहन है।"

शेरू ने जालिब को गले लगा लिया। शकुन मुस्कराने लगी।

मैंने कहा, "और मेरी भाभी है।"

शेरू ने ठहाका लगाया और मेरी पीठ पर प्यार से हाथ मारा। अगर मुझे पता होता कि वह ऐसा करेगा तो मैं हरगिज़ न कहता।

"शकुन से कहो जालिब के राखी बाँधे।" मैंने कहा।

सोचा नाटक हो ही रहा है तो कोई कसर क्यों रहे।

"ठीक है बाँध देगी।" शेरू बोला।

फिर कुछ छोटी-मोटी बातों के बाद वह चला गया जालिब का मूड खराब हो गया था। शायद उसका जी शकुन से भरा नहीं था। वह चीज़ ही ऐसी थी। लेकिन मजबूरी थी, खामोश बैठा रहा। लेकिन उसकी खामोशी दो-चार दिन से ज़्यादा न चल सकी क्योंकि उसने और मैंने दोनों ने यह अच्छी तरह नोट कर लिया था कि शेरू अपना 'सूटकेस' लाता है, छोड़ जाता है और फिर ले जाता है। हम

दोनों को पक्का यकीन हो गया था कि दाल में कुछ नहीं बहुत कुछ काला है।

"ये बताओ कि अगर पुलिस यहाँ छापा मारे और इस सूटकेस के अन्दर से।"

"तो पकड़ा मैं ही जाऊँगा, शेरू नहीं।" वह बोला।

"तुम्हारे साथ मैं भी।" मैंने कहा।

"हाँ तुम भी।"

"तो कुछ करो यार। ये खतरनाक बात है।"

"बहुत खतरनाक।"

"अच्छा सुनो। सूटकेस को खोलकर देखें। है क्या उसके अन्दर।"

"नहीं यार ये नहीं करेंगे। देखो, मैं कल शेरू से बात करता हूँ।"

अगले दिन शेरू आया। जालिब ने उससे डरते-डरते कहा, "भाई ये जो तुम सूटकेस यहाँ छोड़ के जाते हो उसमें।" शेरू हँसने लगा बोला, "जालिब साहब आप भी कमाल करते हैं। उसमें ऐसा कुछ नहीं होता। और फिर अब तो आपके फ्लैट की तरफ पुलिस भी आँख उठाकर नहीं देख सकती। आप बेकार डरते हैं।"

उसके बाद वह अपने यानी यूसुफ भाई और पुलिस के मधुर सम्बन्धों के बारे में बताता रहा। उसने यह तक सिद्ध कर दिया कि दरअसल ये दोनों एक ही विभाग है। जो काम ये लोग बिना वर्दी के करते है वही काम पुलिस वर्दी पहनकर करती है। उसने यह भी कहा कि पुलिस को जितना वेतन मिलता है उसका चार गुना यूसुफ भाई उन्हें देता है। हर पुलिस कर्मी की शादी में यूसुफ भाई की तरफ से चढ़ावा जाता है। जन्मदिन पर यूसुफ भाई पार्टी देता है। यानी वह स्वयं पार्टी में नहीं होता पर बिल वही चुकाता है। यानी उसने सिद्ध कर दिया कि दरअसल ये दोनों ही शेख़जी के 'बाहुनर बेटे हैं' जिनमें से एक को 'ये' कहा जाता है और दूसरे को 'वो'

कहा जाता है।

हम इतने भोले तो न थे कि शेरू की बातों से बहल जाते। खतरा था और सिर पर मँडरा रहा था। मैंने जालिब से साफ-साफ कह दिया था कि मैं यहाँ नहीं रह सकता। हैदर साहब के सामने कोई रास्ता न था। उन्होंने कहा था कि अब जो होगा देखा जायेगा। जालिब की समझ में नहीं आ रहा था कि वह क्या करे। न तो ये सब रोक पाना उसके वश में था और न वह यह सब चलने देना चाहता था।

20

रात देर तक हम कई तरह के खतरों के बारे में बातें करते हुए सोये थे। पुलिस के छापे की सम्भावनाओं से जालिब भी सहमत था। उसी ने बताया था कि ये अपराधी किस्म के लोग अपने अड्डे बदलते रहते हैं ताकि पुलिस को शक न हो। लेकिन पुलिस सूँघती-साँघती जब एक अड्डे तक पहुँचती है तो उस वक़्त तक ये दूसरे की तरफ निकल जाते हैं। रात का कोई तीन बजा होगा। फ्लैट की घण्टी बजी, मैं पहली ही घण्टी पर जाग गया और मेरे दिमाग़ में पहला ख़्याल आया—पुलिस का छापा।

गिरफ्तारी, थाना, मारपीट और फिर मुकदमा और सज़ा। मैं बुरी तरह डर गया। घण्टी दूसरी बार बजी और देर तक बजती रही। मैंने भागने की सम्भावनाओं पर विचार किया लेकिन कोई दूसरा रास्ता न था। तीसरी घण्टी पर हैदर साहब उठे और मुझे बैठा देखकर बोले, "इतनी रात को कौन हो सकता है।"

मैंने कहा, "पुलिस।"

इससे पहले कि वे जवाब देते या अपनी राय ज़ाहिर करते, चौथी घण्टी बजी और देर तक, इतनी देर तक कि जालिब उठ गया, बजती रही। उसके दिमाग में भी पहला ख़्याल पुलिस का ही आया और बेहद नर्वस हो गया।

भारी आवज़ में बोला, "सूटकेस यहीं है।"

"हाँ, यहीं है।"

"अब तो गये।"

मैं दिल ही दिल में अपना बयान तैयार करने लगा। मैं तो

साफ-साफ पूरी बात बता दूँगा। कहूँगा देखिए साहब मारिये-पीटिये नहीं, मैं सब बताता हूँ, दरअसल ये सब ऐसे-ऐसे हुआ है।

"कौन है?" जालिब ने बड़ी हिम्मत करके आवाज़ दी।

"अंकल जल्दी खोलिए।" बाहर से किसी लड़की की आवाज़ आयी।

ये क्या कोई नया ड्रामा? हैदर साहब ने उठकर लाइट जलाई और दरवाज़ा खोला। बाहर मानस की लड़की खड़ी थी। वह अब तक बुरी तरह हाँफ रही थी। शायद अपने घर से यहाँ तक दौड़ती हुई आयी थी।

"क्या हुआ बंटी?" हैदर साहब ने पूछा।

"दादा बहुत बीमार हैं। मम्मी ने जालिब अंकल को बुलाया है।" वह हाँफते हुए बोली।

"ठीक है चलता हूँ।" वह जल्दी से लुंगी उतारकर पैंट पहन आया। मैं तो कुर्ता-पाजामा पहने था। इसलिए तैयार था बस पर्स जेब में डाल लिया। जालिब इस वक़्त भी अपने थैले में बोतल और गिलास रखना और उसे कन्धे पर टाँगना नहीं भूला था।

"मैं भी चलता हूँ।" हैदर साहब बोले।

"नहीं आप यहीं रुकिये। मैं आपको अस्पताल से फोन करूँगा।" जालिब ने कहा।

हम लोग तेज़ी से सीढ़ियाँ उतरते नीचे आये। जालिब ने कहा, "यार तुम चौराहे से टैक्सी लेकर आओ। मैं सीधा उधर चलता हूँ।"

मैं टैक्सी लेकर पहुँचा तो जालिब और मानस की पत्नी सहारा दिये मानस को गेट तक ला रहे थे। वह बहुत निढाल और बिल्कुल सफेद लग रहा था। चेहरे से लगता था कि बहुत तेज़ दर्द और बेचैनी का शिकार है। जल्दी से उसे पिछली सीट पर लिटाया गया। भाभी भी पिछली सीट पर बैठीं। मैं और जालिब आगे बैठे। अस्पताल दूर न था। उसे 'इमरजेन्सी' में ले गये। डॉक्टरों ने

तत्काल ले लिया। हमारे पूछने पर कि क्या हुआ? कहा—"थोड़ा ठहरिये।"

हम तीनों 'इमरजेन्सी' के सामने एक बेंच पर बैठ गये। जालिब ने पूछा, "कब से दर्द शुरू हुआ था?"

"रात एक बजे के करीब। मैं सो रही थी। मुझे जगाया और कहा 'चेस्ट' में दर्द है। मैंने पेनकिलर दिया पर दर्द बढ़ता रहा।"

"क्या पहले भी ऐसा दर्द हुआ था?"

"नहीं, पहले कभी नहीं हुआ।"

भाभी बिल्कुल चुप हो गयीं। उनके चेहरे की तरफ देखना भी मुश्किल था। उनकी आँखें 'इमरजेन्सी' के दरवाज़े पर जमीं हुई थीं। एक टक उधर देख रही थीं। लगता था कि एक-एक सेकण्ड उन पर इतना भारी गुज़र रहा है कि सालों की तकलीफ उसके आगे कुछ नहीं है। करीब एक घण्टे के बाद दरवाज़ा खुला। एक जूनियर डॉक्टर आया और हम उस पर झपट पड़े, "क्या है डाक्टर साहब। क्या।"

"मैसिव 'हार्ट अटैक'।" वह बोला।

"तो?

"हम उन्हें आई.सी.यू. में ले गये हैं। आप लोग यहीं बैठिए।"

"कुछ चाहिए हो।"

"नहीं। कुछ नहीं।" वह बोला और गैलरी में आगे बढ़ गया। भाभी फिर चुप हो गयीं। अब उनका चेहरा बिल्कुल भाव शून्य हो गया था। लगता था लकड़ी का चेहरा हो। मैं उठकर टहलने लगा। कुछ देर बाद जालिब भी मेरे साथ टहलने लगा। हम बाहर आ गये। अस्पताल के लॉन में रात के अँधेरे में भी एक-दो लोग बेंचों पर बैठे थे। हम वहीं बैठ गये।

"यार भाभी से कह दो हम यहीं बैठे हैं, कोई बात हो तो बुला लें।"

मैं अन्दर गया। वे बैठी थीं। मैंने उनसे कहा, जवाब में

उन्होंने अपना पर्स खोल कर एक पर्चा निकालकर मेरी तरफ बढ़ाते हुए कहा, "ढाका में मेरा भाई है उसे तार कर दो। अब बचेंगे नहीं।"

"नहीं-नहीं, आप कैसी बातें करती हैं। 'हार्ट अटैक' तो आजकल लोगों को हुआ ही करते हैं। ये आपका डर है। बिल्कुल ठीक हो जायेंगे।" लेकिन उन्होंने पर्चा मेरे हाथ में पकड़ा ही दिया। मैं बाहर आ गया। जालिब ने पीना शुरू कर दिया था।

"क्या हुआ?" वह बोला।

मैंने बताया। वह कहने लगा, "नहीं यार ऐसा नहीं है। मेरे ख़्याल से कुछ दिन तो अस्पताल में रहना ही पड़ेगा और खर्च भी काफी हो जायेगा। लेकिन जान से बड़ी कोई चीज़ थोड़ी है।"

"लेकिन उनकी हालत बहुत खराब है।"

"यार मैं तो ये समझता हूँ कि मरने वाला हमेशा फायदे में रहता है। मर जाता है लेकिन असली मौत तो उन करीबी रिश्तेदारों की होती है जो ज़िन्दा रहते हैं।"

"खासतौर से इस 'केस' में।" मैंने कहा, "क्या इनका यहाँ कोई नहीं है?"

"नहीं। कोई रिश्तेदार नहीं है। ढाका से किसी का आना भी तो आसान नहीं है।" वह बोला।

"अगर मानस मर गया तो इस औरत के साथ बहुत बुरा होगा।" कुछ क्षण बाद जालिब ने कहा।

मैं फिर खामोश रहा। मैं सोच रहा था कि हमें वह सब सोचने का मौक़ा पहले क्यों नहीं मिलता जो हम अपने या किसी और के मरने से तुरन्त पहले सोचते हैं।"

"अगर मानस मर गया तो इस औरत के साथ बहुत बुरा होगा।" उसने फिर अपना वाक्य दोहराया। मेरे ख़्याल से यह दारू का असर था। वह लम्बे लम्बे घूँट ले रहा था।

"कुछ पढ़ी-लिखी हैं भाभी?" मैंने पूछा।

"हाँ यही हायर सेकेन्ड्री या कुछ ज़्यादा।"

"कुछ काम?"

"काम क्या जानेगी बेचारी। वही जो सुबह से शाम तक करती रहती थी।"

"और।" मैं पूछते-पूछते रुका नहीं उसने बात काटकर कहा, "कोई रास्ता नज़र नहीं आता।"

"पैसा या इंश्योरेंस।"

"यह दुनिया यानी फिल्मी दुनिया धोखा है। यहाँ लगता है 'कल' सब हो जायेगा। 'कल' लगता 'कल' ये हो जायेगा। फिर 'कल' यह लगता है कि 'कल' यह हो जायेगा। मैं कहता हूँ कि वे लोग अच्छे हैं जो जानते हैं कि 'कल' सिर्फ पैंतालीस रुपये का 'इंक्रीमेंट' लगेगा और कुछ नहीं होगा। मानस के साथ के दसियों 'म्यूज़िक डायरेक्टर' लाखों में खेल रहे हैं। अगर वे खेल सकते हैं तो मानस क्यों नहीं? आज नही तो 'कल'। यही 'कल' है जो हम लोगों को चलाता रहता है और हम।"

कुछ देर बाद वह बोला, 'इनसिक्यूरिटी'। यहाँ की पहली शर्त है। हैदर साहब को देख रहे हो। ज़िन्दगी यानी चालीस-पैंतालीस साल बाद भी सिर पर छत नहीं है। बैंक में पैसा नहीं है।"

" 'इण्डस्ट्री' ऐसे लोगों के लिए कुछ नहीं करती।"

" 'इण्डस्ट्री' मुहूरतों और 'सिल्वर जुबली' 'गोल्डन जूबली' पर लाखों रुपये की पार्टियाँ देती है।" वह अब गालियाँ देने लगा। कुछ देर बाद खामोश हो गया फिर बोला, "मैं अगर उन दिनों आन्ध्र प्रदेश के जंगलों में चला ही गया होता तो अच्छा होता।"

मैं क्या बोलता, खामोश रहा।

"वहाँ अगर मुझे गोली लग गयी होती और मर गया होता तो और अच्छा होता।" मैं फिर चुप रहा।

"यहाँ इस तरह घुल-घुल कर मरने से तो अच्छा था।"

"ऐसा नहीं है कि आन्ध्र प्रदेश के जंगलों में नहीं गये हैं वे

कुछ नहीं कर रहे हैं।" मैंने कहा।

"क्या कर रहे हैं?" उसने पूछा।

"हम सबका अपना-अपना काम है। अपनी-अपनी जगह है, जहाँ क्षेत्रत हैं, वहीं रहते हुए हम बहुत कुछ कर सकते हैं। मैं और तुम जो नहीं कर सकते, दूसरे लोग तो कर रहे हैं।"

"चीज़ों को इतना 'रैशनलाइज़' मत करो। प्लीज़ इतने 'रैशनल' न बनो।" वह बोला।

"तुम क्या चाहते हो। सब आन्ध्र के जंगलों में चले जायें?"

"हाँ।" उसने कठोर ढंग से कहा, "आंध्र के जंगल सिर्फ आंध्र के ही नहीं है न।" मुझे एक क्षण यह लगा कि वह बहुत नशे में है। दूसरे क्षण यह लगा कि नहीं।

कुछ देर बाद मैंने कहा, "तुम बैठो मैं देखकर आता हूँ। उनको डॉक्टरों ने कुछ और बताया है या नहीं।" मैं उठकर अन्दर आ गया।

भाभी उसी तरह उसी दिशा में वैसी ही बैठी थीं। उसी तरह दरवाज़े की तरफ देख रही थीं। मैंने धीरे से पूछा, "डॉक्टर ने कुछ कहा?"

"गुज़र गये।" वे धीरे से बोलीं।

क्या? मुझे कानों पर या उनके शब्दों पर यक़ीन नहीं आया। लगा वे मुझसे नहीं कह रही हैं या यूँ ही अपने ख़्यालों में कुछ बुदबुदा रही हैं। उसी वक़्त वही जूनियर डॉक्टर आया जो पहले आया था। मैं उछलकर खड़ा हो गया।

वह बोला, "वी आर सॉरी। बहुत मैसिव हार्ट अटैक था।"

उसके बाद उसने बहुत से टेक्निकल शब्द बोले। मैं कुछ न सुन सका। तेजी से बाहर आया। जालिब वहीं बैठा था। उसने पूछा, "क्या हाल है?"

"मानस नहीं रहे।"

"तुम भाभी के पास बैठो। मैं हैदर साहब को फोन करके

आता हूँ। वे घर से सबको फोन करके बता देंगे।"

अगर कोई मुझसे पूछे कि तुम्हारी ज़िन्दगी के सबसे मुश्किल क्षण कौन से थे तो कहूँगा वही जो मैंने उस समय भाभी के साथ गुज़ारे। जालिब हैदर साहब को फोन करने गया था। अगर वे रोती होतीं तो शायद वे क्षण कठिन न होते। अगर वे बकतीं, फकतीं तब भी वे क्षण कठिन न होते। वे तो खामोश थीं बिल्कुल खामोश। मैं भी खामोश था। कहते हैं ऐसी हालत में रोना अच्छा है। मैं भाभी से कैसे कह सकता था कि भाभी अब तुम रो। मैं खुद भी तो नहीं रो सकता था। मैं कहता क्या? कहने को कुछ था नहीं। मैं करता क्या क्योंकि करने को भी कुछ नहीं था। मैं यह भी नहीं जानता था कि अब क्या किया जायेगा। अब कहाँ जाना होगा? किससे बात करनी पड़ेगी?

जालिब ने आकर मुझे इशारा किया, मैं उसके पास गया। वह बोला, "हैदर साहब आ रहे हैं। उनके साथ भाभी को घर भेज देते हैं। हम तुम 'डेड बॉडी' के साथ चलेंगे।"

कुछ देर में हैदर साहब आ गये। उन्होंने जब भाभी से कहा, "उठिये, चलिए।" तो वे तुरन्त उठ गयीं और एक भी सिसकी निकाले बिना चली गयीं।

21

बहुत तेज़ हवा चल रही थी। पता नहीं किधर से आ रही थी और किधर जा रही थी लेकिन हवा तेज़ थी। बहुत तेज़। उसमें कपड़े ही नहीं उड़ रहे थे, चिता की आग ही नहीं भड़क रही थी बल्कि लगता है पूरा दृश्य उड़ा चला जा रहा हो। सब जो वहाँ था। सफेद कपड़े पहने हुए लोग? कुछ फासले पर खड़ी कारें और वह सब कुछ जो ठोस था वह उड़ा जा रहा था। हद यह है कि लगता था कि दिमाग़ में कोई ख़्याल भी नहीं टिक पा रहा है उसके भी पैर उखड़ गये हैं। वह भी उड़ा चला जा रहा है। पर उसके पीछे कोई नहीं दौड़ता। उसे कोई नहीं पकड़ता। वह सफेद कबूतरों की तरह नीले आसमान में पहुँचकर आँखों से ओझल हो जाता है। तेज़ हवा में सूरज तक लड़खड़ा रहा था। धीरे-धीरे डोल रहा था जैसे सूरज न हो पतंग हो। हवा के थपेड़ों की आवाज़ गूँज रही थी और लकड़ियों के चटकने की आवाज़ें उसे और भयानक बना रही थीं। धीरे-धीरे लोग हवा में उड़ने लगे, चिता की आग और भड़क गयी। वहाँ सब जालिब से इस तरह बातें कर रहे थे जैसे वही उसका भाई हो। जालिब के बाल उड़ रहे थे। उसका चश्मा रेतीली हवा ने धुँधला कर दिया था। हैदर साहब हाथ बाँधे खड़े थे। जैसे नमाज़ पढ़ रहे हों। उन्होंने रुमाल से सिर ढ़क रखा था। जसिया हवा में डोल रहा था। लगता था वह भी जल रहा है। लगता था हवा आग को दूर तक फैला कर ही मानेगी। मालूम होता था कुछ न बचेगा। जहाँ तक हवा जायेगी वहाँ तक चीज़ें उड़ेंगी, उन्हें पकड़ने वाला कोई न होगा।

वही तेज़ हवा ट्रेन पर भी थी। उस ट्रेन पर जिससे मैं दिल्ली लौट रहा था। लगता था ट्रेन हवा नहीं चला रही बल्कि तेज़ हवा ट्रेन चला रही है। हर स्टेशन तेज़ हवा में उड़ता दिखाई देता था। हर मुसाफिर के शरीर के अन्दर से तेज़ हवा गुज़र रही थी। सरसराहट बढ़ जाती थी। कभी क्भी लगता जैसे ज़हरीले सांपों की फुनकार है। कभी लगता पेड़ के पत्तों की दर्दनाक चीख़ें है जो हवा में मिल गयी है।

बहरहाल हवा तेज़ थी। इतनी तेज़ कि उससे ज़्यादा तेज़ हवा ही नहीं, कुछ भी नहीं हो सकता था।

हवा एक पल ठहरकर दम भी न लेती थी। ऐसी तेज़ हवा के बारे में तो कभी सुना भी न था। देखने की तो बात दूर है। जहाँ-जहाँ ट्रेन रुकती थी। तेज़ हवा बढ़ जाती थी और लगता था कि उससे कोई नहीं बचा है। उससे शेरू भी नहीं बचा है और यूसुफ भाई भी नहीं बचा है। उसकी चपेट में सब आ गये हैं।

तेज़ हवा सिर्फ रास्ते में ही नहीं थी। वह मेरे दिल्ली पहुँचने से पहले यहाँ पहुँच चुकी थी और पूरा शहर उसकी चपेट में था। कुछ भी सोचता था और अगले क्षण उसे तेज़ हवा उड़ा ले जाती थी। उसे पकड़ नहीं पाता था। इसलिए कुछ और फिर कुछ और। लेकिन हवा इतनी तेज़ थी कि पूरा वाक्य सोचने तक की मोहलत न देती थी। कभी-कभी तो वह अधूरे वाक्यों को ही नहीं, शब्दों या अक्षरों तक को उड़ा ले जाती थी। कुछ समझ में नहीं आता था कि वह क्यों पीछे पड़ गयी है। दूसरों की तरफ देखता था तो वो भी हवा के चपेट में लगते थे। उन्हें हवा कहाँ ले जाकर पटकेगी कुछ कहा नहीं जा सकता था। कभी-कभी तो यह भी जी चाहता था कि अपने आपको हवा के हवाले कर दिया जाये उसके बाद देखा जाये कि क्या होता है? ज़मीन पर पाँव कहाँ पड़ते हैं और कहाँ से उखड़ते हैं?

कुछ दिनों के बाद धीरे-धीरे हवा का ज़ोर कम होता लगने लगा था। या हो सकता है कि मैं हवा का इतना अभ्यस्त हो गया था कि वह मुझे सामान्य लगने लगी थी। या ख़त्म हो गयी थी या कहीं चली गयी थी। पता नहीं क्या हुआ लेकिन मेरी दिनचर्या शुरू हो गयी थी। बम्बई से जालिब के पत्र आते थे उसके अलावा जो मित्र आते थे उनसे भी वहाँ का हाल-पता चलता रहता था।

वे सब घटनाएँ जो मैंने आपको बतायी हैं काफी पुरानी हैं। लेकिन मैं आपको वहीं उन घटनाओं के साथ नहीं छोड़ना चाहता। यह भी बताना चाहूँगा कि पिछले दस वर्षों में वहाँ क्या हुआ। मैं जानता हूँ मेरी तरह आपके लिए भी जालिब, मानस के परिवार, पिया, रतनसेन, अनवर, हैदर साहब से पीछा छुड़ाना आसान नहीं है। हमारे जीवन में एक बार जो आ जाता है, चाहे किसी भी तरह आये, हमारा हिस्सा बन जाता है। उसे काटकर फेंका या भूला नहीं जा सकता।

मेरे दिल्ली लौटने के कोई छः-सात महीने बाद जालिब का एक ख़त आया था। ख़त क्या था पोथा था। उसमें अच्छी ख़बरें थीं। पहली तो यह थी की मानस की मौत के बाद उसने नीना को मौत की सूचना देते हुए एक लम्बा ख़त लिखा था। उस ख़त में उससे माफी माँगी थी और वापस आने का अनुरोध किया था। नीना ने जवाब दिया था कि वह पूना आ जाये। जालिब पूना गया था और आख़िरकार नीना और बच्चे वापस आ गये थे। लेकिन इससे पहले उसने यह भी लिखा था कि उसने शेरू से कैसे छुटकारा हासिल किया। मानस के मरने और मेरे दिल्ली चले आने के बाद जालिब और ज़्यादा अकेला हो गया था। शेरू ने फ्लैट की पुताई और दरवाज़ों की वार्निश वग़ैरा करा दी थी। उसने धीरे-धीरे जालिब के शराब के 'कोटे' को पूरा करने की जिम्मेदारी भी ले ली थी। हालात इतने बिगड़ गये थे कि जालिब से मिलने उसका कोई दोस्त उसके पास नहीं आ सकता था। यानी एक तरह से जालिब

शेरू की कैद में आ गया था। उसने लिखा था—ऐसे मौक़े पर मेरा दोस्त राकेश गुप्ता काम आया। मैं उससे तक़रीबन छुपकर मिला और पूरी कहानी बतायी। राकेश गुप्ता ने मामले की गम्भीरता को पूरी तरह समझ लिया और बताया कि शेरू दरअसल मेरे फ्लैट पर कब्ज़ा करना चाहता था। एक दिन वह मुझे शराब के नशे में तीसरी मंजिल से नीचे फेंक देगा। पूरे इलाक़े में सब जानते हैं कि मैं शराब बहुत पीता हूँ। सब यही समझेंगे कि शराब पीकर गिर गया और मर गया। उसके बाद फ्लैट शेरू का हो जायेगा। मैं यह सुनकर बुरी तरह डर गया। राकेश ने कहा ऐसे केस बम्बई में आये दिन होते रहते हैं। मैंने उससे कहा कि अब उसके अलावा मेरा कोई नहीं है और वही कुछ करे। तुम तो जानते ही हो, राकेश गुप्ता करोड़पती है और उसके जबरदस्त 'कान्टैक्टस' हैं। उसने पुलिस कमिश्नर से कहा कि इस मामले में वे अनौपचारिक रूप से मदद करें। अगर कानूनी तौर पर कुछ किया गया तो मामला और उलझ जायेगा। ख़ैर मैं दो-तीन बार छुपता-छुपाता पुलिस कमिश्नर के पास गया। क्योंकि मुझे लगने लगा था कि शेरू के आदमी मेरे ऊपर निगाह रखने लगे हैं। उसके बाद एक दिन शेरू शकुन को लेकर चुपचाप निकल गया और वापस नहीं आया। उसके बाद ही मैं पूना गया और नीना और बच्चों को ले आया।

अच्छा अब सुनो एक ज़ोरदार बात, तुम्हारी तबियत खुश हो जायेगी। मानस के इंतक़ाल के बाद उसके दो-एक दूसरे दोस्त और मैं लगातार लोगों से मिलते रहे और मानस की 'फैमिली' के बारे में बताते रहे। हमने दो बड़े मशहूर और मालदार 'एक्टर्स' को इस बात पर तैयार कर लिया कि वे मानस के मकान मालिक से जाकर मिलें। उसे पाँच साल का किराया दें और कहें कि मकान मालिक उसकी 'फेमिली' को वहाँ रहने दे। अखबारों ने भी हम लोगों का बहुत साथ दिया। गरज़ ये कि दोनों वहाँ गये। प्रेस के लोग और दीगर लोग भी पहुँचे और मामला तय हो गया। मेरे ख़्याल से

मानस के ख़ानदान के लिए बम्बई में सबसे बड़ी ज़रूरत एक छत थी। उसके बाद हम 'इम्पा' और दूसरी 'आर्गेनाइज़ेशन्स' से मिले और मानस 'फण्ड' बनाना शुरू किया। सबको समझाया कि देखिए हर पेशे वाले अपने लोगों के लिए उनके ख़ानदानों के लिए ऐसा करते हैं। हम फिल्म वालों के लिए यह डूब मरने की बात है कि हम अपने आदमी के ख़ानदान को भीख माँगने पर मजबूर कर दें।

खैर साहब 'कलेक्शन' हुआ और उसमें सबसे बड़ा 'कण्ट्रीब्यूशन' दिया तुम्हारे पड़ोसी यानी जोगेन्द्र शर्मा कानपुरी ने। उन्होंने अपनी फिल्म की एक दिन की आमदनी दे दी। अब उस 'फण्ड' का ब्याज हर महीने भाभी के 'एकाउण्ट' में अपने आप पहुँच जाता है।

अब सुनो मेरे बारे में तुम्हें ये तो मालूम ही है कि यहाँ मेरे 'पियक्कड़' होने की 'पब्लिसिटी' बड़े जारों पर हो गयी थी। इसलिए जोगेन्द्र शर्मा की फिल्म के बाद 'फुल स्टाप' लग गया। मैं भी बहुत नहीं भागा। अब मैंने सोचा कि अपनी ही फिल्म बनायी आयेगी। एक 'स्क्रिप्ट' एन.एफ.डी.सी. को दे दी है।

दूसरी के लिए प्राइवेट 'फाइनेन्सर' की तलाश है, जल्दी ही मिल जायेगा। मुहूरत पर तुम्हें आना पड़ेगा।

उस लम्बे ख़त के बाद बहुत दिनों तक उसका कोई ख़त नही आया। बम्बई से जो लोग आये उन्होंने बताया कि जालिब का पीना बढ़ गया है। वह दिन भर क़रीब-क़रीब 'टुन्न' रहता है। ऐसे में कोई क्या 'फाइनेन्स' करेगा। सब डरते हैं। उसने वही पुरानी कहनी शुरू कर दी है कि काम नहीं है इसलिए पीता हूँ। और सब जानते हैं कि पीता बहुत है इसलिए काम नहीं मिलता। जालिब के बारे में जितनी बुरी खबरें मिलती थीं उसके परिवार के बारे में उतनी ही अच्छी खबरें आती रहती थीं। दो-तीन साल के बाद पता चला कि शबनम एम.बी.बी.एस. में आ गयी है। अहमद ने अपना 'पब्लिशिंग' हाउस खोल लिया है। नीना की तरक़्क़ी हो गयी है

और घर मजे में चल रहा है। उसे जालिब को उसके वालों ने उसके हाल पर नहीं छोड़ा है नीना उसे अस्पताल में दाखिल कराके उसका पीना छुड़ाने की कोशिश में है।

जालिब के एक ख़त से पता चलता है कि अन्ततः रतनसेन ने पिया को फिल्मों में रोल नहीं दिया। वजह दिलचस्प थी।

एक दिन पिया जालिब के पास आयी और कहा कि वह रतनसेन के बेटे की माँ बनने वाली है। जालिब ने पूछा की रतनसेन क्या कहते हैं तो पिया ने बताया कि वे कहते हैं यह 'ब्लैकमेलिंग' है यानी पिया उन्हें 'ब्लैकमेल' कर रही है। उसने जानबूझकर 'प्रीकाशन्स' नहीं लिए थे ताकि रतनसेन को 'ब्लैकमेल' किया जा सके। बहरहाल जालिब ने किसी अच्छी जगह पिया का 'एबॉरशन' करवा दिया था।

इस घटना के एक साल बाद जालिब का ख़त आया कि पिया ने एक एन.आर.आई. सर्जन से शादी कर ली है जिसका 'टॉरैण्टो' में अपना अस्पताल है, कोई पचास-पचपन साल का है लेकिन बहुत अच्छा आदमी है, उसे पिया के बारे में सब मालूम है लेकिन अमेरिकी तरीक़े से सोचता है, 'रात गयी बात गयी'। यह भी पता चला कि पिया उसके साथ चली गयी है और उसकी बेटी पूना के एक अच्छे स्कूल के 'बोर्डिंग हाउस' में रहकर पढ़ रही है। जालिब के ख़तों से यह मालूम होता था कि पिया साल में एक बार बम्बई आती है और हर बार 'ओबराय' में ठहरती है। पैसा पानी की तरह ख़र्च करती है। उतनी ही पागल है जितनी पहले थी या शायद कुछ ज़्यादा हो गयी है। पिया जब बम्बई आती थी तो जालिब को फोन करती थी। वह 'ओबराय' में उससे मिलने और खाना खाने जाता था लेकिन अपनी बोतल और गिलास ले जाता था।

उसने लिखा था, "यार मैं अपनी आदतें नहीं बिगाड़ना चाहता।" इसमें शक नहीं कि वह अपने सिद्धान्तों पर टिका रहने

वाला आदमी है। पिया के साथ वह हर बार फिल्म बनाने की एक 'इण्डो-कैनेडियन ज्वाइंट वेंचर' किस्म की योजना बनाता है। मुझे लिखता है और फिर अगले साल एक नयी योजना बनाता है। बहरहाल 'पिया' जब भी बम्बई आती है उसे नहीं भूलती।

रतनसेन के बारे में जालिब के ख़तों से कम लेकिन अख़बारों से ज़्यादा पता चलता रहता है। वे आज माने हुए, स्थापित फिल्म निर्माताओं, निर्देशकों में है। पटना के नजदीक बिहार सरकार की सहायता से एक 'फिल्म सिटी' बना रहे हैं। उन्हें कई अन्तर्राष्ट्रीय पुरस्कार मिल चुके हैं। उन्होंने एक खासी बड़ी फिल्म अभिनेत्री से शादी कर ली है और लगातार आगे बढ़ते जा रहे हैं। जालिब अपने किसी-किसी ख़त में रतनसेन से मुलाक़ात का हाल लिख देता है। दोनों में बातचीत होती है लेकिन औपचारिक।

कोई तीन साल पहले जालिब के ख़त से तो नहीं उसके जरिये भेजे गये एक उर्दू में छपे काले रंग और काले बार्डर वाले पोस्टकार्ड से पता चला था कि हैदर साहब नहीं रहे। उनकी मौत के बाद पता चला था कि उनकी आखिरी ख्वाहिश़, दूसरी ख्वाहिशों की तरह पूरी नहीं हुई। यानी वे 'रोड एक्सीडेण्ट' में नहीं मरे पर एड़ियाँ रगड़कर भी नहीं मरे थे।

वे एक हफ्ते के अन्दर गुज़र गये थे। मरने से पहले उन्होंने जालिब को बता दिया था कि उनके बक्से में जो पैसे रखे हैं उसी से उनका कफ़न-दफ़न किया जाये। मुझे हैदर साहब पसन्द थे लेकिन मैं उनके जीवित रहते उनकी क्या मदद कर सकता था, कुछ नहीं। न उन्हें बता ही सकता था कि देखिए मैं आपको कितना पसन्द करता हूँ। मेरे लिए यह हैरत की बात थी कि एक बिल्कुल असफल और नाकाम ज़िन्दगी गुज़ारने के बाद भी वे बुढ़ापे में बहुत शान्त, बहुत सौम्य और हमदर्द किस्म के आदमी थे। उनमें कटुता ज़रा भी नहीं थी। गालियाँ कभी किसी को नहीं देते थे। इसका मतलब है कि उनके दिल में बहुत जगह थी। मैं

सोचता हूँ काश वे अपने संस्मरण लिख पाते।

जो जसिया के बारे में पता चला था वह दिलचस्प था। जालिब के साथ लगातार पाँच साल बिताने और उसकी फिल्म 'लांच' होने का इंतज़ार करते-करते उसने भैंसें पाल ली थीं। कल्याण में उसे जगह और धंधे के लिए घर से पैसा मिल गया था। उसने अपने चचेरे भाई को भी बुला लिया था। कारोबार अच्छा चल रहा था। वह महीने दो महीने में जालिब के पास असली घी का डिब्बा लेकर आ जाता था और कहता था—'प्रभु' चिन्ता न करो। अब हम लोग अपने ही पैसे से फिल्म बनायेंगे। बस अगले सीजन से पहले दस भैंसें और खरीद लूँ तो समझो मुहूरत हो गयी।"

हर सीजन वह दस-दस भैंसें बढ़ाता जाता था लेकिन मुहूरत नहीं होती थी।

जालिब के ख़तों में धीरे-धीरे निराशा बढ़ती जाती थी। पहले वह अपनी योजनाओं के बारे में लिखता था। एक योजना फेल हो जाती थी तो उसकी जगह दो नयी योजनाएँ ले लेती थीं। एन.एफ. डी.सी. प्रोजेक्ट मंजूर नहीं करती थी तो वह 'प्राइवेट फाइनेन्स' की बात लिखता था। आन्ध्र प्रदेश सरकार से फिल्म मंजूर करा लेने की बातें लिखा करता था। फिल्म निर्माण की सहकारी संस्था बनाकर फिल्में बनाने की कोशिश करता था। दूरदर्शन को प्रस्ताव भेजता था। वहाँ से 'न' हो जाने पर 'चैनल फोर' या बी.बी.सी. के साथ पत्र-व्यवहार करता था और मुझे विस्तार से लिखता था। लेकिन पिछले तीन साल से उसके पत्रों में निराशा बढ़ रही थी। उसने एक बार लिखा—जहाँ हाथ डालता हूँ सिर्फ नाकामी मिलती है। लिखने का काम मिलता नहीं। अब मैं किसी स्कूल में पढ़ाने का काम भी नहीं कर सकता। कोई नौकरी भी नहीं कर सकता। ज़िन्दगी के करीब पचास साल गुज़ारने के बाद कोई नया पेशा चुन पाना भी मुमकिन नहीं है। कुछ समझ में नहीं आता क्या करूँ?

इसी घबराहट में पीने लगा हूँ। ये लोग कहते हैं तुम पीना छोड़ो। यार यही एक ऐसी चीज़ है जो जिलाये हुए है। पीना भी छोड़ दूँगा तो पता नहीं क्या होगा। कभी-कभी तो मैं अपने आपसे बदला लेने के लिए पीने लगता हूँ। सुबह से रात और रात से सुबह हो जाती है। दो-तीन बार पीना छोड़ने की कोशिश करके देख चुका हूँ लेकिन हर बार 'अंगूर की बेटी' से हार गया। अब मुझमें इतनी हिम्मत नहीं है फिर उससे लड़ाई लड़ूँ। आ सको तो आ जाओ, ग़ालिबे खस्ताहाल को देख जाओ। अब तो चिराग़े सहरी हूँ। पता नहीं कब बुझ जाऊँ।" उसके इस तरह के ख़तों के जवाब में मैं हमेशा उसे डाँटकर ख़त लिखता हूँ और क्या कर सकता हूँ। लेकिन जानता हूँ कि उससे कुछ न होगा। एक स्थिति ऐसी आती है जब सब कुछ हाथों से फिसल जाता है। जालिब मैनुअल के बारे में हर ख़त में लिखता है। पुराने दोस्तों में वही है जो अब भी उसके पास लगातार आता है। दोनों बैठ जाते हैं। बातें करने के लिए दोनों के पास बहुत से विषय हैं। दोनों कभी आन्ध्र के जंगलों में पहुँच जाते हैं तो कभी संसद में तीखा भाषण देते हैं। मैनुअल का चेहरा जब लाल हो जाता है, माथे पर पसीने की बूँद चमकने लगती है और घड़ी ग्यारह चालीस बजाती है तो वह उठकर आखिरी बस पकड़ने के लिए भागता है। लास्ट बस का 'कण्डक्टर' उसे पहचानने लगा है। बस उसे बांद्रा स्टेशन तक ले जाती है। उसके दस मिनट बाद लोकल मिलती है। इस दस मिनटों में मैनुअल रात का खाना खाता है। बटाटा वड़ा और दो गिलास पानी। फिर वह कन्धे पर काले रंग का झोला लटकाये प्लेटफार्म पर आ जाता है। रात में भीड़ नहीं होती। उसके क़दम कुल लड़खड़ाते हैं। चेहरा ग़मज़दा हो जाता है। वैसे भी उसके चेहरे पर दुःख की एक छाया लगातार बनी रहती है जो उसके संवेदनशील होने का पता भी देती है। वह 'बांद्रा' से लोकल पकड़कर 'अँधेरी' में उतरता है। शायद यह 'लोकल' सिर्फ उसी के लिए चलती है।

उन दिनों का यह पूरा लेखा-जोखा नहीं है। हो सकता है बीच के सालों का अन्तराल आपको खटकता हो। मुझे भी ऐसा ही लगता है। लेकिन कुछ नहीं किया जा सकता। कम-से-कम 'खाली जगह' को भरने के लिए कल्पना करना तो असंभव है। मुझे इस लेखे-जोखे की कमी एक दूसरी तरह से भी खटकती है। जो लोग इसमें एक बार आये और फिर अचानक ग़ायब हो गये वे जिज्ञासा जगाते हैं। एक तरह की कसक छोड़ जाते हैं। जैसे सुल्ताना, उम्मीद है अब तक उनकी दुआ कुबूल हो चुकी होगी। कब तक ख़ुदा उन्हें निराश करता। अब मुझे लगता है उनसे मुझे कई बार मिलना चाहिए था और यह समझने की कोशिश करनी चाहिए थी कि एक सफल ज़िन्दगी भी कैसे लोगों को 'कटु' बना देती है। सब कुछ मिल जाने के बाद भी लोगों को क्यों लगता है कि 'लोग' नहीं हैं? सुल्ताना के प्रेमी मिर्ज़ा साहब तो ज़रूर एक ऐसे आदमी थे जिनके पास जाना चाहिए था। मैं उनके मन के अन्दर उतरना चाहता था। देखना चाहता था कि उनकी सुरमा लगी मूर्खतापूर्ण आँखों में कितनी गहराई है। मुझे विश्वास है कि वहाँ मुझे कुछ न कुछ अवश्य मिलता जो दो-तीन घण्टों की मुलाक़ात में नहीं मिल पाया। शकुन की याद अब तक बेचैन कर देती है। वह कहाँ होगी? फर्श पर पोंछा लगाते हुए उसकी नंगी पीठ जो किसी जुते और पहटा लगे खेत की याद दिलाती थी, अब क्या वैसी ही होगी? अच्छा ही है कि वह केवल मेरी 'याद' में ही जीवित है। यह भी हो सकता है कि अब अगर मैं उसे देखूँ तो 'प्रतिमा' टूट जाये या उसके 'वर्तमान' पर विश्वास ही न कर सकूँ। चलो अच्छा है जो कुछ लोग सिर्फ 'याद' में जीवित रहते हैं। शकुन के साथ शेरू की याद आती है। क्या वह किसी 'गैंगवार' में मार दिया गया होगा? या क्या मेरी यह कल्पना उससे बदला लेने की मसखरी कोशिश है? यह भी तो हो सकता है कि वह संसद में पहुँच गया हो। यह भी हो सकता है उसने 'दुबई' में कोई अच्छा बड़ा 'स्टोर' खरीद लिया हो और

शकुन उसके कई बच्चों की माँ बन गयी हो। पता नहीं क्या हुआ होगा क्या नहीं। ये तो सब ख़्याली पुलाव हैं। बारह साल का अनवर तो मुझे अब तक धिक्कारता रहता है। आप सोच नहीं सकते कि उसे कितनी खुशी थी कि वह बम्बई में रहेगा। वहाँ पढ़ेगा, घूमेगा और मज़े से सब काम करेगा। स्टेशन पर वापस हैदराबाद जाते वक़्त जब वह रो रहा था तो ख़ामोश से नहीं रो रहा था। कुछ ही दिनों में उम्मीदों का महल खड़ा हो जाना और एक ही क्षण में उसका टूट-फूट जाना अच्छे-खासे बड़े लोगों को हिला देता है, न कि एक बारह साल का लड़का अन्नू। चाहिए तो यह था कि मैं उसके साथ उसी ट्रेन से हैदराबाद चला जाता। क्या बेतुकी बात है। मैं वहाँ उसके साथ जाकर क्या करता। फिर मैं किस-किस के साथ कहाँ-कहाँ जा सकता हूँ। और उसकी बहन? पन्द्रह साल की वह लड़की जिसकी रोटी और कपड़े का इन्तज़ाम नहीं हो पाया। जिसकी किस्मत उतनी अच्छी नहीं निकली जितनी उसका पिता चाहता था। पन्द्रह साल की बच्ची बुर्के में अजीब लगती थी क्योंकि उसकी चाल औरतों की चाल जैसी नहीं थी। उसे मैं कभी पूरी तरह ठीक से तो नहीं देख पाया लेकिन एक झलक याद है उसके बलबूते पर कह सकता हूँ कि उसके चेहरे पर लड़कपन, मासूमियत और अभाव का एक अजीब-सा भाव था। लेकिन स्टेशन पर बुर्के के अन्दर वह किसी बड़ी समझदार औरत की तरह रो रही थी। यानी आवाज़ क्या सिसकी तक नहीं निकल रही थी।

□□□